Stefan Slupetzky, 1962 in Wien geboren, schrieb und illustrierte mehr als ein Dutzend Kinder- und Jugendbücher, für die er zahlreiche Preise erhielt. Seit einiger Zeit widmet er sich vorwiegend der Literatur für Erwachsene und verfasst Bühnenstücke, Kurzgeschichten und Romane. Für den ersten Krimi um seinen Antihelden Leopold Wallisch, «Der Fall des Lemming», erhielt Stefan Slupetzky 2005 den Glauser-Preis, für «Lemmings Himmelfahrt» den Burgdorfer Krimipreis. 2010 gründete Slupetzky ein Wienerliedensemble, das Trio Lepschi, mit dem er seither als Texter und Sänger durch die Lande tourt. Stefan Slupetzky lebt mit seiner Familie in Wien.

«Wir warten auf noch viel mehr Polivka.» Wiener Zeitung

Stefan Slupetzky

POLIVKA HAT EINEN TRAUM

Kriminalroman

Rowohlt Taschenbuch Verlag

Veröffentlicht im Rowohlt Taschenbuch Verlag,
Reinbek bei Hamburg, Januar 2015
Copyright © 2013 by Rowohlt Verlag GmbH,
Reinbek bei Hamburg
Umschlaggestaltung any.way, Barbara Hanke/Cordula Schmidt
Umschlagabbildung Michael Sowa
Satz Dolly PostScript, InDesign
Gesamtherstellung CPI books GmbH, Leck, Germany
ISBN 978 3 499 26654 6

Willst du endlich lernen, gern zu leben,
sagt der alte Gandhi, lern zu geben.
Ich sag, nimm die Brüder Lehman ernst,
also schau drauf, dass du nehmen lernst.
Trio Lepschi

Teil 1

PARIS

1

Wenn der Mikulitsch das Dienstabteil verlässt, um seines Amtes zu walten, hat der Zug in der Regel schon Sankt Andrä-Wördern passiert. Der Mikulitsch ist ein kontemplativer, besonnener Mann; er weiß, was er den Bundesbahnen schuldet: die Würde der Montur und damit der gesamten Schaffnerschaft zu wahren. Zwischen dem Franz-Josefs-Bahnhof und der Spittelau öffnet er seinen schwarzen Lederkoffer. Bis Nußdorf entnimmt er dem Koffer

1. seine Jause (zwei Wurstsemmeln und eine Flasche Bier),
2. eine Rätselzeitschrift (Sudoku),
3. einen Flaschenöffner,
4. einen Kugelschreiber und
5. den ärarischen Fahrscheincomputer.

In Weidling, spätestens in Kierling macht der Mikulitsch eine kleine Verschnaufpause. Sein Werkzeug hat er mittlerweile akkurat im Abteil platziert: die Jause und den Flaschenöffner auf dem Tischchen beim Fenster, die Zeitschrift und den Kugelschreiber auf dem mittleren Sitz, den Computer auf der Ablage neben der Gangtür. Der Mikulitsch setzt sich ans Fenster, betrachtet die Landschaft und sinniert. Er widersteht dem Drang, die Bierflasche schon jetzt zu öffnen; er wird sie später noch brauchen, um die Wurstsemmeln hinunterzuspülen.

Kurz vor der Station Kritzendorf pflegt der Mikulitsch aufzustehen. Er schließt die Augen, atmet durch und spürt dem sanften Schaukeln des Waggons nach. Der Mikulitsch macht sich bereit, er sammelt sich, er transformiert gewissermaßen die kinetische Energie des Zuges in jene konzentrierte Geisteskraft, die auch ein guter Schauspieler vor seinem Auftritt durch den Körper strömen fühlt.

Dann aber geht es Schlag auf Schlag. Höflein: Der Mikulitsch öffnet die Augen und wirft sich in Pose. Greifenstein: Der Mikulitsch hängt sich den Fahrscheincomputer um. Sankt Andrä-Wördern: Der Mikulitsch prüft den Sitz seiner Uniform. Zeiselmauer-Königstetten: Der Mikulitsch streicht sich den Schnurrbart glatt, öffnet die Tür und tritt aus dem Abteil. Mit einem sonoren «Zugestiegen?» beginnt er seine Runde durch den Zug, eine Runde, die naturgemäß eher eine Gerade ist.

Heute aber ist alles anders. Heute ist ein schlechter Tag, ein wolkenverhangener, diesiger, drückend schwüler Tag. Ein Tag, an dem die Statistiker einen signifikanten Tiefpunkt der österreichischen Volkswirtschaftsleistungskurve feststellen könnten, wären sie heute nicht selbst so reizbar und unkonzentriert. Man wartet auf das erlösende Unwetter, aber das Unwetter ziert sich.

Auch der Mikulitsch wartet. Und so kommt es, dass er – ganz entgegen der Usance – sein Coupé erst in Muckendorf-Wipfing verlässt.

«Zugestiegen?» Der Mikulitsch streift durch den Gang, wirft seine Blicke nach links und nach rechts: erfahrene, unbestechliche Adlerblicke, Blicke eines Croupiers am Roulettetisch. «Zugestiegen?»

Die wenigen Passagiere tragen bekannte Gesichter: Schulkinder und Pendler, alle im Besitz von Jahreskarten. «Servus», nickt der Mikulitsch nach links und nach rechts. Der Zug fährt in Langenlebarn ein, und der Mikulitsch wechselt in den zweiten Waggon.

Hier kann er nur einen einsamen Reisenden ausmachen: einen Mann mit Krawatte und Anzug, der – mit gedankenverloren zur Seite geneigtem Kopf – aus dem Fenster starrt.

«Zugestiegen?», sagt der Mikulitsch. Der Mann reagiert nicht. «Zugestiegen, der Herr?», probiert der Mikulitsch es noch einmal. Wieder keine Antwort. Gehörlos, konstatiert der Mikulitsch, der seinen Kunden grundsätzlich mit Wohlwollen begegnet, sie also nie vorab des Schwarzfahrens verdächtigt.

Der Mikulitsch beugt sich vor, um dem Mann ins Gesicht zu sehen. Ein durchaus normales, gut rasiertes, etwa vierzigjähriges Gesicht, normal jedenfalls bis auf den Mund: Von einer unnatürlich dicken, dunkelgrünen Zunge auseinandergezwängt, stehen die Lippen weit offen. Erst bei näherer Betrachtung erkennt der Mikulitsch, dass dieses glänzende, grüne Objekt gar nicht die Zunge des Mannes ist. Der Mikulitsch ist am Land aufgewachsen, er kann eine ausgewachsene Salatgurke selbst dann als solche identifizieren, wenn der Großteil der Gurke im Rachen eines Fahrgasts steckt.

«Albert Jeschko, Gastronom», brummt Polivka und klappt die Brieftasche des Toten zu. «Und Sie haben den Toten entdeckt?», wendet er sich an den Mikulitsch.

«In Langenlebarn, ja, Herr Kommissar. Ich habe gleich den Zugführer verständigt, und wir haben beschlossen, mit dem verstorbenen Herrn nach Tulln weiterzufahren, um ihn mitsamt dem Tatort, also ... dem Waggon, hier abzukoppeln. Sie wissen ja, in Langenlebarn gibt es keine Nebengleise.»

«Passt schon.» Polivka wischt sich den Schweiß von der Stirn. «Wer war sonst noch im Wagen?»

«Keiner. Am Nachmittag ist nicht viel los bei uns.»

«Wann fahren S' denn immer ab in Wien?»

«Pünktlich um vierzehn Uhr neunundzwanzig. Aber mit ein bisserl Verspätung muss man immer rechnen. Heut waren's circa fünf Minuten.»

«Und wo ist er eingestiegen, der Herr Jeschko?»

«Das ... kann ich nicht ganz genau sagen. Ich hab noch alles Mögliche zu tun gehabt vor meinem ersten Kontrollgang.»

Wäre ihm wohler in seiner dampfenden Haut, in seinem nass geschwitzten Hemd, Bezirksinspektor Polivka käme an dieser Stelle ein Schmunzeln aus. Er kann sich bildhaft vorstellen, was der Mikulitsch alles zu tun hatte. Und seine Vorstellung kommt der Wahrheit ziemlich nahe.

«Wenn ich etwas fragen darf, Herr Kommissar», bringt der Mikulitsch nun das Gespräch auf ein anderes Thema, «haben Sie einen Fahrschein bei dem Herrn gefunden?»

«Nein», sagt Polivka. «Weder in den Anzugtaschen noch im Portemonnaie. Die Leiche war ein blinder Passagier.»

Nach Wien zurückgekehrt, fährt der Bezirksinspektor den Computer hoch, um mit dem polizeiinternen Datennetz nach Albert Jeschkos Leben vor dem Tod zu fischen. Geboren 1973 in Floridsdorf, hat Jeschko daselbst die Pflichtschule und eine Ausbildung zum Tischler absolviert. Nach mehreren Jahren als Angestellter einer Baufirma ist er im Jahr 1999 erstmals als Geschäftsmann auf den Plan getreten: Mit Hilfe von Krediten hat er ein desolates Zinshaus erstanden, sich der eingesessenen Mieter entledigt, die Wohnungen renoviert und weiterverkauft. Den stattlichen Gewinn hat Jeschko sofort in ein altes Vorstadtcafé investiert, es umgebaut und sein erstes Lokal namens *Bistro La Tomate* eröffnet. In Hietzing folgte bald das zweite: Am Standort des Wirtshauses *Zum Lampenputzer* hat Jeschko das *Bistro L'Aubergine* errichtet. Weitere Niederlassungen gründete er später in Rodaun und Mariahilf: So mussten das Weinlokal *Lustige Lilli* und die Gastwirtschaft *Sittich* in den vergangenen Jahren dem *Bistro Le Chou-fleur* und dem *Bistro La Laitue* weichen.

«Paradeis, Melanzani, Karfiol und Häuptelsalat», resümiert Polivka, der sich des Französischen aus seiner Schulzeit noch leidlich entsinnt.

Jeschko ist in der Josefstadt als wohnhaft gemeldet; er war kinderlos und ledig, ledig auch jeglicher Vorstrafe. Ein Auto hat er allerdings gehabt: Auf seinen Namen ist ein Audi Q5 eingetragen, also einer jener sogenannten SUVs, die nicht nur aussehen wie die Kreuzung zwischen einem deutschen Wehrmachtshelm und einem Kühlschrank, sondern auch deren Funktionen vereinen.

«Und dann steigt er ohne Fahrschein in den Zug», brummt Polivka.

Es klopft. Kollege Hammel tritt in Polivkas Büro.

«Wir haben den Wagen gefunden», ächzt der wohlbeleibte Hammel (auch ihm rinnt der Schweiß von der Stirn). «Und jetzt raten S' einmal, wo.»

«Raten werd ich schon was», Polivka zieht seine Augen zu drohenden Schlitzen zusammen, «aber Ihnen, Hammel. Nämlich, dass Sie mich nicht auf die Folter spannen. Also sagen Sie schon!»

«Gleich neben dem Franz-Josefs-Bahnhof.» Hammel schüttelt den Kopf. «Warum ist der dann in den Zug gestiegen? Ohne Fahrschein?»

In der Nordbergstraße gleich beim Spittelauer Platz steht er also, Jeschkos dunkelblauer Panzerwagen. Polivka umkreist das Auto, späht durch die Scheiben ins Innere. Er kann nichts Ungewöhnliches entdecken. Auf der anderen Straßenseite führen mehrere Pforten zu den Fracht- und Betriebsräumen des Bahnhofs; der Wagen selbst aber ist vor dem Gasthaus Orlik geparkt, das zu den wenigen in ihrer schlampigen Würde erhaltenen Beiseln der Wienerstadt zählt.

Beim Anblick des Lokals wird Polivka von einem ganz immensen Drang nach einem weißen Spritzwein übermannt. Schon steuert er auf den Schanigarten des Orlik zu, als sich sein Handy in der Hosentasche meldet. *Lass mich dein Badewasser schlürfen*, jene Melodie also, die er der Telefonnummer des Pathologen zugewiesen hat.

Das kurze, aber freundliche Gespräch mit Doktor Singh bringt Polivka weitere Aufschlüsse. Der indische Guru der Leichenbeschau bestätigt die Todesursache: Verschluss der Atemwege durch deren gewaltsame Penetration mit einer etwa vierzig Zentimeter langen *Cucumis sativus*, also einer domestizierten Gurke (deren ursprüngliche Wildform *Cucumis hardwickii*, wie Doktor Singh nicht ohne Stolz bemerkt, in Indien beheimatet ist). Die Handgelenke des Toten weisen unregelmäßige Druckspuren auf, die darauf schließen lassen, dass die zu erwartende Gegenwehr Jeschkos nicht vermittels mechanischer, sondern – wahrscheinlich dorsal erfolgter – manueller Blockierung seiner oberen Extremitäten unterbunden wurde. Anders gesagt: Jeschkos Arme wurden nicht gefesselt, sondern meuchlings festgehalten, um das solcherart bewegungsunfähige Opfer problemlos zu Tode bringen zu können. Der Exitus ist Doktor Singh zufolge zwischen vierzehn und vierzehn Uhr dreißig eingetreten.

«Danke, Herr Doktor», sagt Polivka. «Das hilft mir weiter, sogar in zweifacher Hinsicht.»

Wenn nämlich

1. der Zug nach České Velenice, wie der Schaffner Mikulitsch behauptet hat, erst kurz nach halb drei hier losgefah-

ren ist, hat Albert Jeschko seine Reise schon als Leiche angetreten.

2. Albert Jeschko gleichzeitig von hinten umklammert und von vorne erstickt wurde, dann hat es Polivka

a) mit einem überaus großen und kräftigen oder

b) mit mehreren Mördern zu tun.

Kurze Zeit später hält Polivka ein frostig beschlagenes Viertelglas mit aufgespritztem Brünnerstrassler in der Hand. Die lächerliche Hoffnung auf eine Klimaanlage hat ihn quer durch den Schanigarten in die Gaststube des Orlik geführt, wo sich nun aber die Gewitterluft von draußen mit diversen warmen Küchendämpfen mischt. Bezirksinspektor Polivka bleibt trotzdem sitzen. Steckt sich eine Zigarette an und leert in einem Zug sein Glas.

«Darf's noch eines ein?» Der Kellner, eben auf dem Weg in Richtung Garten, legt einen Zwischenstopp ein, um Polivka einen fragenden Blick durch seine Goldrandbrille zu schenken. Der Mann ist eine stattliche Erscheinung, wie Polivka findet: hoch gewachsen und athletisch, aber alles andere als ein Muskelprotz, gepflegt, doch keineswegs geschniegelt, flink und höflich ohne jede Hektik oder Unterwürfigkeit. Der Mann ist kein Kellner, sondern ein Ober. Der Mann ist kein Ober, sondern ein Sir.

«Ja, bitte», gibt Polivka zurück. «Und eines für Sie.»

«Sehr freundlich, der Herr, aber ich bin im Dienst.»

«Dann einen Kaffee?»

«Ein kleines Bier, wenn's recht ist.»

Nach zwei Minuten kehrt der Kellner, der sich dem Inspektor als Herr Hannes vorgestellt hat, mit den Getränken zurück. «Prost», sagt er, und: «Danke.» Im Stehen hebt er sein Seidel an den Mund.

«Ich tät Sie gern was fragen.» Polivka zückt ein Polaroidfoto der Leiche, das er von der Spurensicherung bekommen hat.

«Wenn's nicht zu lange dauert», antwortet Sir Hannes. «Unsere Abendgäste kommen gleich.»

«Haben Sie diesen Mann schon einmal hier gesehen?»

«Warum?»

«Weil draußen vor der Tür sein Wagen steht. Und weil er tot ist.»

«Wär mir gar nicht aufgefallen», sagt Sir Hannes und betrachtet Jeschkos Konterfei. «Was hat er da im Mund?»

«Eine Gurke.»

«Und da heißt es immer, dass Salat gesund sein soll.» Sir Hannes legt das Foto auf den Tisch zurück. «Sie kommen von der Presse?»

«Krimineser», antwortet Polivka.

«Dann danke ich doppelt für das Seidel. Feiner Zug; Sie hätten's ja nicht nötig, mich auf diese Art zu motivieren. Also … Ja, der Herr war in der letzten Zeit ein paar Mal da. Auch heute Mittag. Ein gewisser Jeschko.»

«Und was wollte er?»

Sir Hannes schmunzelt. «Schauen S', jetzt könnt ich einfach sagen: Was man halt so will, wenn man ins Beisel geht. Ein Gulasch und ein Seidel. Aber der Herr Jeschko ist aus einem anderen Grund gekommen. Er hat überlegt, uns zu kaufen.»

«Wie? Das Orlik?»

«Ja. Er hat schon mit dem Chef verhandelt und allerhand Pläne gemacht für ein neues Lokal.»

«Mein Gott, natürlich …», fällt es Polivka wie Schuppen von den Augen, «eines seiner komischen Bistros!»

«*Bistro Le Concombre*», nickt Sir Hannes. «Ja, so wollte er es nennen.»

«Bistro … was?»

16

«Le Concombre», wiederholt Sir Hannes.

«Und wissen Sie auch, was das heißt?»

«Leider nein, Herr Inspektor. Sonst wär ich ja nicht Kellner, sondern Polizist.»

«Concombre», knurrt Polivka, «bedeutet nichts anderes als Gurke.»

«Lustiger Zufall.» Sir Hannes hebt sein Glas zum Mund und trinkt es aus.

«Im Gegensatz zu Kellnern glauben Polizisten nicht an Zufälle. Also sagen S' einmal, Herr Hannes, wie sind Sie eigentlich persönlich zu den Plänen vom Jeschko gestanden?»

«Gar nicht. Die Dinge verändern sich halt, das ist der Lauf der Welt, und wenn ich meine Arbeit da verlier, werd ich woanders eine neue finden. Im Übrigen», fügt Sir Hannes hinzu, «war ich den ganzen Tag hier im Lokal, falls Ihnen damit geholfen ist.»

«Und wer kann das bestätigen?»

«Der Stammtisch. Jedenfalls von zwölf bis vier, da waren die meisten Herren von der Runde da.»

«Und der Jeschko?»

«Ist so gegen eins gekommen und hat sich dazugesetzt.»

«Zum Stammtisch?»

«Sicher. Unser Schankraum ist ja nicht so groß, da muss ein jeder schauen, wo er sein Platzerl findet.»

«Sagen S', kommen die Herren heute Abend vielleicht wieder?»

«Mit den Herren ist es wie mit dem Teufel. Wenn man von ihm spricht ...» Sir Hannes deutet zur Tür, durch die gerade vier Männer in blauer Arbeitskleidung den Raum betreten. «So, jetzt bitt ich Sie, mich zu entschuldigen, und noch einmal danke für das Bier.»

Während sich Sir Hannes zur Budel begibt, setzen sich die

vier Männer an Polivkas Nebentisch. «Hannes, vier Seideln!», ruft einer.

«Und noch ein fünftes für unseren Freund von der Mordkommission!», fügt ein anderer hinzu.

Polivka stutzt. Er starrt in die Augen des hageren Mannes, der seinen Blick durchaus freundlich, ja fröhlich erwidert.

«Gell, da schauen Sie, Herr Inspektor. Den Dorfklatsch gibt's halt auch bei uns in Wien; die Stadt ist eine einzige Bassena. Übrigens: Franz Meier mein Name.»

«Polivka», sagt der noch immer konsternierte Polivka. «Und woher wissen Sie ...»

Franz Meier grinst. «Wir sind vom Bahnhof drüben. Wartung und Verschub. Da weiß man's bald, wenn irgendwo in einem Zug ein Mord passiert. Und dass dann in den Bahnhofsbeiseln ein paar Herren in Zivil auftauchen, ist kein Wunder, also haben wir vorher schon gewettet, ob das Orlik heut am Abend einen dezenten Zuwachs kriegt.»

«Umso mehr, als der Tote heut Mittag mit Ihnen am Tisch gesessen ist.» In Polivka regt sich ein Anflug von Unmut. Es ärgert ihn, wenn andere sich für klüger halten, als er selbst es tut.

Ein spöttisches Schmunzeln umspielt jetzt die Mienen der Männer. Franz Meier zündet sich gemächlich eine Zigarette an. «Das stimmt», nickt er dann. «Und wissen S' was? Es ist nicht so wahnsinnig schad um den Jeschko. Stimmt's, Hannes?»

Sir Hannes, der gerade die Getränke ablädt, zuckt die Achseln. «Der eine frisst die Krot», meint er ruhig, «der andere kriegt die Gurken.»

«Gurken ist gut», lacht der stämmige Glatzkopf auf, der neben Franz Meier sitzt. «Wirklich gut. Ist Ihnen eigentlich klar», wendet er sich an Polivka, «was der Jeschko aus dem Orlik machen wollte?»

Polivka schweigt.

«Eine keimfreie Bedürfnisanstalt, Herr Inspektor. Eine Intensivstation für Gesundheitsfaschisten. Ich weiß das, ich war nämlich letzthin in Mariahilf und hab mir eines von seinen sogenannten Bistros angeschaut. Beton und Fliesen, Glas und Edelstahl, man glaubt, man ist in einem chemischen Versuchslabor. Natürlich absolutes Rauchverbot, kein Alkohol, nur selbst gepresste Safterln, und ein Schnitzel oder Gulasch sucht man dort vergeblich: alles vegetarisch, Hirselaibchen mit Tofu und Sojasprossen, das ist schon das höchste der Gefühle. Also der perfekte Ort, um sich nach einem harten Arbeitstag mit seinen Freunden zu entspannen. Übrigens», kommt der Glatzkopf zum Ende, «Franz Meier mein Name.»

«Franz Meier. Verstehe», knurrt Polivka. «Sie heißen dann wahrscheinlich auch Franz Meier?», fragt er die zwei Männer, die Franz Meier und Franz Meier gegenübersitzen.

«Ja, woher wissen Sie das?» Der jüngere der beiden heuchelt Überraschung. «Also wirklich, unserer Polizei ist nicht so leicht was vorzumachen.»

Der Ältere, ein grau melierter Schnurrbartträger, hebt sein Glas und prostet Polivka zu. «Nicht ärgern, Herr Inspektor, wir meinen's nicht böse. Aber dass uns um den Mörder Jeschko leid ist, können Sie auch nicht verlangen.»

«Mörder? Wieso Mörder?» Polivka greift langsam zu den Zigaretten, ohne den Mann aus den Augen zu lassen: alter Polizeitrick.

«Weil der Jeschko davon gelebt hat, das Lebendige zu Tode zu bringen.»

«Und was meinen S' da genau?»

Der Graumelierte beugt sich vor. «Den Schmutz, Herr Inspektor, den unkontrollierbaren Schmutz. Die Biotope des unhygienischen Denkens, die abgründigen Ecken dieser Stadt, in denen früher Leute wie der Kraus, der Kuh, der Zweig, der

Polgar und der Altenberg gesessen sind, um da zu rauchen und zu streiten und zu trinken und zu lachen. Wir sind keine Künstler, Herr Inspektor, aber das heißt nicht, dass wir kulturlos sind. Und Leute wie der Jeschko richten unsere Kultur zugrunde, selbstverständlich mit der tatkräftigen Unterstützung von Politikern und Presseleuten.»

Zustimmendes Nicken der drei anderen Franz Meiers. Einzig Polivka bleibt ungerührt. Er leert sein Seidel, setzt es dann bedächtig auf dem Resopaltisch ab. «Und deshalb», sagt er mit heiserer Stimme, «habt ihr ihn gemeinsam abserviert. Wahrscheinlich hier, im Orlik. Habt ihn dann hinüber zu den Gleisen transportiert und in den leeren Zugwaggon gesetzt. Ein kleiner Mord, die Leiche auf dem Weg nach Tschechien, und jeder hat ein Alibi.»

Normalerweise müsste seinen Worten jetzt ein fassungsloses, ein empörtes oder schuldbewusstes Schweigen folgen, aber nein: Die unverblümte Anklage ruft nichts als allgemeine Heiterkeit hervor. «Und wenn's so wäre», lacht der Hagere, «was täten S' denn dann machen, Herr Inspektor?»

Diese Frage stellt sich Polivka freilich auch gerade. Wenn die vier vorgeblichen Meiers schuldig sind und er

1. sie arretieren wollte, müsste er

a) sich vorher um Verstärkung oder wenigstens um eine ausreichende Zahl an Handschellen bemühen.

b) in Zukunft damit leben, seine persönliche Meinung der amtlichen Dienstpflicht geopfert zu haben. Er kann sie nämlich irgendwie verstehen, diese Männer, mehr noch: Er kann ihrer Affinität zum unkontrollierbaren Schmutz, zum unhygienischen Denken nur beipflichten.

2. sie laufen ließe, würde das seine ohnehin schon inferiore Aufklärungsrate noch weiter verschlechtern. Die Folge wäre eine Flut an Vorwürfen und Rügen:

a) vom Obersten an den Bezirksinspektor Polivka,
b) vom Polizeipräsidenten an den Obersten,
c) vom Innenminister an den Polizeipräsidenten,
d) vom Bundeskanzler an den Innenminister,
e) von den Zeitungsredakteuren an den Bundeskanzler.

«Ich weiß es nicht», sagt Polivka nun also wahrheitsgemäß. «Ich weiß nicht, was ich machen tät.»

«Na gut», ertönt mit einem Mal die Stimme von Sir Hannes, der sich unbemerkt genähert hat und hinter ihn getreten ist, «dann werden wir Ihnen halt helfen.» Noch ehe sich Polivka umwenden kann, durchzuckt seine Arme ein stechender Schmerz: Sir Hannes hat sie umklammert und biegt sie jetzt schmerzhaft nach hinten.

Franz Meier, Franz Meier, Franz Meier und Franz Meier sehen Polivka mitfühlend an. Wie auf ein Zeichen stehen sie von ihren Stühlen auf und greifen in die Innentaschen ihrer blauen Arbeitsjacken.

«Um Himmels willen», stöhnt Polivka, die Augen schreckgeweitet. «Gurken!» Nie zuvor hat er so lange, dicke Exemplare der *Cucumis sativus* gesehen. Waffen sind das, ekelhafte Mordwerkzeuge, angeblich gesund und umweltfreundlich, aber zugleich die entsetzlichsten Inkarnationen moderner biologischer Kriegsführung.

Schon dringen die vier Meiers auf ihn ein, schon steigt ihm der penetrante Geruch des Gemüses in die Nase, schon spürt er, wie sich glatte, kalte Gurkenhaut in seinen Rachen zwängt. Sir Hannes hebt nun an, ein Lied zu trällern, und die Meiers fallen frohgemut mit ein. «Ohne Krimi geht die Mimi nie ins Bett», singen die Mörder, während Polivka langsam erstickt. *Ohne Krimi geht die Mimi nie ins Bett …*

Seit drei Nächten geht das nun schon so. Der arme Polivka ist schweißgebadet, sein Pyjama vollkommen durchnässt. «Scheiß Grünzeug», murmelt er, «Scheiß schlanke Linie» und «Scheiß Blutfettwerte.»

Eine Woche Rohkost und Gemüsesäfte haben, wie von der Diätberaterin versprochen, einen neuen Menschen aus ihm gemacht. Einen schlaflosen, nervösen und gereizten nämlich. Heute Mittag, so sinniert er, könnte er eine Auszeit nehmen. Könnte sich beim Orlik einen Schweinsbraten bestellen und ein Krügel Bier, um seine Batterien wieder aufzutanken. Die unerlaubte Phantasie hebt augenblicklich seine Stimmung, sie vertreibt die Todesangst aus seinen Gliedern.

«Vier Gurkenmörder namens Meier», schmunzelt Polivka, «so etwas muss einem einfallen.» Nach und nach verblassen die Erinnerungen an die Einzelheiten seines Albtraums – alle bis auf eine: *Ohne Krimi geht die Mimi nie ins Bett*, tönt es nach wie vor in Polivkas Ohren.

Das also hat ihn aufgeweckt. Das Handy auf dem Nachtkästchen, der Klingelton des Kommissariats. Polivka seufzt und setzt sich auf, um den Anruf entgegenzunehmen.

«Polivka», meldet er sich mit unwirscher Stimme.

«Sagen Sie jetzt bitte nichts, Chef, ja, ich weiß, es ist noch nicht einmal halb sechs. Wir haben aber einen Toten. Drüben in der Franz-Josefs-Bahn, in einem Zugwaggon.»

2

Die Wiener Endstation der einstigen «k. k. privilegierten Kaiser Franz-Josephs-Bahn» hat schon in Polivkas Jugendzeit ihren Bahnhofscharakter verloren. 1978, hundert Jahre nach seiner Eröffnung, wurde das kaisergelbe Prunkstück des monarchischen Verkehrsverbunds durch einen unförmigen Glaspalast ersetzt, dessen Außenhaut weniger seine Funktion als vielmehr die Geschmacklosigkeit seiner Bauherren widerspiegelte. Die späten Siebziger des 20. Jahrhunderts waren nun einmal die Götterdämmerung des kommunalen Schönheitssinns, ein Zeitalter, in dem man alles für ästhetisch zu halten begann, was im Entfernten einer Discokugel ähnelte.

Die folgenden Jahrzehnte über füllte sich die nichtssagende Form mit dem ihr adäquaten Inhalt: erst die Filiale einer Kaufhauskette und die Büros einer Großbank, dann ein Fitnesscenter, ein Fastfood-Lokal und ein Supermarkt. Der Bahnhof selbst war unter Abertonnen Stahlbeton und Glas versteckt worden – geduckt wie ein ins Unterholz gejagtes Tier. Dass nun, gut dreißig Jahre später, auch das neue Bauwerk abgerissen werden soll, bedeutet nicht, dass Banken, Hamburger und Fitnesscenter aus der Mode sind. Im Gegenteil: Es gilt, mehr Platz für sie zu schaffen. Eines nur soll nach den Absichten der Stadtplaner beseitigt werden, und das ist – die Bahnstation.

Bezirksinspektor Polivka krault sich das Kinn. Er hat seinen Kollegen Hammel schon zweimal gefragt, ob man hier wirklich richtig sei. Ob dieser Tote wirklich hier in Wien und nicht etwa in Langenlebarn aufgefunden worden sei.

«Wie kommen Sie auf Langenlebarn? Dort wären wir ja nicht einmal ermittlungsbefugt.»

«Ermittlungs*verpflichtet*», hat ihn Polivka verbessert. «Und das hieße, dass die niederösterreichischen Kollegen eine Leiche und wir zwei ein akkurates Frühstück hätten.»

«Stimmt schon … Schauen Sie, da ist eh gleich ein McDonald's. Wollen wir nicht noch rasch …»

«Ich bitt Sie, Hammel! *Akkurat* hab ich gesagt.»

Sie queren die niedrige Ankunftshalle und zwängen sich durch eine Schwingtür zu den Bahnsteigen, als ihnen ein uniformierter Polizist entgegentritt. «Wenn ich die Herren ersuchen darf, wir müssen hier entlang ...» Mit einer devoten Verbeugung deutet er nach links und eilt voraus.

«Mir scheint, im Polizeidepot werden jetzt auch schon Livreen verteilt», brummt Polivka und trottet dem Beamten hinterher.

Auf Bahnsteig Nummer 1, dem sogenannten Betriebsgleis, ist der Frühzug aus Tulln abgestellt. Es handelt sich um eine jener älteren Garnituren, die noch nicht wie riesige Massagestäbe wirken, ein Zug wie eine Eisenbahn, bei dem die Fenster wenigstens von außen suggerieren, dass man sie von innen öffnen kann. Vor dem zweiten der beiden Waggons blickt den Männern ein schweigendes Grüppchen entgegen: zwei weitere Polizisten und drei Bahnbeamte, wie Polivka anhand der Uniformen konstatiert.

«Guten Morgen allerseits.»

Die beiden Polizisten salutieren. Der kleinste der drei Eisenbahner tut es ihnen gleich, um nach erfolgter Huldigung auf Polivka und Hammel zuzutreten und ihnen die Hand zu reichen. «Die Herren sind vom Kommissariat?»

Ein Wichtigmacher – höchstwahrscheinlich Innendienst, denkt Polivka. Er nickt.

«Franz Josef Parnow. Fahrdienstleiter der Betriebsstelle Franz-Josefs-Bahnhof.»

Kurz stockt Polivka der Atem. Gerade noch befriedigt, mit der Einschätzung des Mannes recht gehabt zu haben, fühlt er nun, wie ihm die Zornesader schwillt. Ein Wichtigmacher *und* ein Scherzbold also. Nicht, dass Polivka grundsätzlich etwas gegen Scherze einzuwenden hätte, aber

1. *nicht* bei einer Mordermittlung um sechs Uhr morgens

2. und schon *gar nicht*, wenn der Scherz auf seine Kosten geht.

«Ist das Ihr Ernst?», fragt er mit steinerner Miene.

«Es hat sich so ergeben, meine Eltern haben mich so getauft. Sie können gerne meinen Ausweis sehen.»

So rasch kann sich Verdrossenheit in Zorn und Zorn in Heiterkeit verwandeln. Polivkas Mundwinkel zucken. «Ich nehme an, Ihr Herr Papa war auch schon bei der Eisenbahn?»

«Das nicht. Nur Monarchist», erwidert Parnow.

Ein kurzes, verhaltenes Quietschen ist hinter Polivkas Rücken zu hören: Hammel, hochrot im Gesicht, versucht, seine Lachmuskeln unter Kontrolle zu bringen.

«Gut, Herr Parnow. Oder besser: Nichts für ungut.»

«Keine Ursache, ich bin es ja gewohnt», seufzt Parnow und streift seine beiden Kollegen mit einem resignierten Seitenblick. Die zwei stehen da und grinsen ihre Schuhe an, als hätten die gerade einen Witz erzählt.

«Wie auch immer, lassen S' uns zur Sache kommen. Was ist heute früh geschehen?»

«Jemand hat die Notbremse betätigt. Kurz vor fünf hat mich der Zugführer angefunkt, dass der Regio aus Tulln zwischen dem Bahnhof Spittelau und hier auf offener Strecke zum Stillstand gekommen ist und dass es – offenbar aufgrund des Notstopps – einen Toten gibt.»

«Ja, das war ich», wirft der kleinere der beiden hinter Parnow stehenden Eisenbahner ein. «Ich meine, der Zugführer ... Winter mein Name.»

«Woher wussten Sie von dem Toten, Herr Winter?»

«Nach der Notbremsung hat unser Zugbegleiter nachgeschaut, was los ist. Er hat mich dann gleich informiert, dass einer im hinteren Wagen zu Tode gestürzt ist. Worauf ich – natürlich im Einvernehmen mit der Fahrdienstleitung – zum

Franz-Josefs-Bahnhof weitergefahren bin. Es waren ja nur noch ein paar hundert Meter.»

«Irgendetwas Ungewöhnliches vor Ihnen auf der Strecke?»

«Nichts Besonderes. Alles ganz normal.»

Polivka runzelt die Stirn und wendet sich dem letzten der drei Bahnbeamten zu, einem hageren Mann mit glattem, haarlosem Schädel. «Sie sind dann also der Schaffner, der Herr … Mikulitsch?»

«Wie kommen Sie auf Mikulitsch?», raunt Hammel Polivka ins Ohr.

«Wie kommen Sie auf Mikulitsch, Herr Kommissar?», fragt auch der Glatzkopf.

«Eine … Dings, eine Verwechslung. Ich kannte einmal einen … Na, egal. Wie heißen Sie?»

«Benkö. Hans Benkö.»

«Auch gut. Notieren Sie das, Hammel. Also, was ist Ihnen aufgefallen, Herr Benkö?»

«Zuerst einmal, dass wir heut pünktlich waren. Um siebzehn nach vier sind wir aus Tulln abgefahren; um vier Uhr sechsundfünfzig waren wir in der Spittelau.»

«Waren viele Fahrgäste?»

«Hat sich in Grenzen gehalten. Gestern Fronleichnam, morgen Samstag, da muss ja fast niemand zur Arbeit. Nur die Eisenbahner.»

«Und die Polizisten», wirft Polivka ein. «Also weiter.»

«Wir sind gerade aus der Spittelau heraus und nehmen Fahrt auf, da gibt's einen Ruck, dass mir mein Dienstkaffee überschwappt, direkt auf meine Montur. Schauen Sie, da …» Benkö deutet auf einen der Flecken, die seine Uniformhose zieren. «Ich also grantig nach vorne ins Führerhaus, aber der Zugführer Winter sagt, er war's nicht, er hat nicht gebremst. Also geh ich nach hinten, den Schuldigen finden. Im ersten

Wagen drei verschreckte Leute, brav auf ihren Sitzen, keiner weiß von irgendwas.»

«Wo sind die jetzt?»

«Im Warteraum», antwortet einer der Polizisten. «Der Kollege Zach passt auf sie auf.»

«Um die werden wir uns später kümmern. Also war im ersten Wagen alles ganz normal. Und dann?»

«Im zweiten liegt der Woditschka am Boden ...»

«Woditschka?», ruft Polivka verwundert aus. «Heißt das, Sie kennen den Toten?»

«Sicher. Karl Woditschka aus Kritzendorf. Der Woditschka fährt jeden Morgen nach Wien. Er hat im zwanzigsten Bezirk ein kleines G'schäft, so was wie Wolle, glaub ich, oder Knöpfe ...»

«Werden wir schon herausbekommen. Woran haben Sie denn so rasch gesehen, dass er tot ist? Und warum aufgrund des Notstopps?»

«Schauen Sie selbst, Herr Kommissar. Ein Simulant scheint mir die Leiche nicht zu sein.» Hans Benkö deutet auf die Wagentür.

«Moment noch. War der Woditschka allein im hinteren Waggon?»

Der Schaffner zögert. «Wie ich ihn gefunden habe, schon.»

«Was heißt: *da schon!* Und vorher? Oder wissen Sie das nicht, weil Sie die ganze Zeit mit Ihrem heiligen Dienstkaffee herumgesessen sind?»

«Was soll ich machen, wenn ich schon in Wördern mit meinem ersten Kontrollgang fertig war?»

«Verstehe. Und ein zweiter hätte sich natürlich nicht mehr ausgezahlt bei circa zehn verbleibenden Stationen. Aber gut, wir sind ja nicht die Dienstaufsicht. Die Frage ist: Wer hat die Notbremse gezogen?»

«Wieso nicht der Woditschka selber?», meldet sich Hammel zu Wort. «Vielleicht war ihm nicht gut, er wollte raus, und dann ...»

«Das glaub ich nicht», wehrt Benkö ab.

«Warum denn nicht?»

«Weil die Waggontür offen war», sagt der Schaffner mit selbstzufriedenem Grinsen.

Vom Zugang zum Bahnsteig her ist jetzt ein dumpfes Poltern zu hören. Zwei mausgrau gekleidete Männer mühen sich mit einem Blechsarg ab, der sich in einer der Schwingtüren verkeilt hat. Sie fluchen.

«Also gehen Sie davon aus», meint Polivka zu Benkö, «dass noch jemand anderer im Waggon war. Jemand, der die Notbremse betätigt und dann rasch den Zug verlassen hat. Das klingt plausibel.»

«Vielleicht war's ja nur ein Bubenstreich», mischt Hammel sich schon wieder ein. «Und wie der kleine Racker dann die Leiche gesehen hat, ist er vor lauter Schreck weggelaufen.»

Polivka seufzt auf. Wie immer strapazieren Hammels Phantasien seine Nerven. Umso willkommener sind ihm die mausgrauen Männer: Sie haben die Hürde der Schwingtür nun endlich bewältigt und tragen den leicht deformierten Sarg den Bahnsteig entlang.

«Zu früh, meine Herren!», ruft Polivka ihnen entgegen. «Ihr wisst ja: zuerst der Arzt, dann die Ermittler und die Spurensicherung, dann lange nichts, und irgendwann so gegen Abend ihr.»

«Entschuldigung, Herr Kommissar ...» Der Fahrdienstleiter Parnow hebt die Hand, als wolle er vom Lehrer aufgerufen werden.

«Bitte, Parnow», schmunzelt Polivka.

28

«Der Doktor ist schon drin, Herr Kommissar, der war nämlich vor Ihnen da.»

«Vor uns? Unglaublich.» Polivka schickt sich an, den Wagen zu erklimmen, als er merkt, dass Hammel ihm zu folgen droht. «Momenterl, Hammel … Bitte gehen S' derweil hinüber in den Warteraum und nehmen Sie sich die drei Passagiere vor.»

Problem gelöst, Kollege Hammel abgeschoben. Unzufrieden wuchtet Hammel seine hundert Kilo an den Sargträgern vorbei in Richtung Eingangshalle.

«Entschuldigung, Herr Kommissar …» Schon wieder Parnow.

«Ja, was ist denn noch?»

«Ich wollte Herrn Kommissar nur fragen, ob Sie uns hier noch benötigen.»

«Nicht im Moment. Wo kann ich Sie erreichen, falls noch Fragen sind?»

«Gleich hier.» Franz Josef Parnow deutet auf den Seitentrakt, der Bahnsteig Nummer 1 flankiert – ein Trakt wie die Berliner Mauer, allerdings von Osten her betrachtet.

«Und Sie?», fragt Polivka die beiden anderen Eisenbahner.

Winter und Benkö wechseln einen kurzen, einmütigen Blick. «Beim Orlik drüben», sagen sie dann unisono.

Die Tür zum Fahrgastraum ist innen blutverschmiert: ein sternförmiger Fleck in Bauchhöhe, von dem sich eine rote Schleifspur abwärts zieht. Sie endet knapp über dem Boden, wo die aufgeplatzte Nase Karl Woditschkas am Türrahmen klebt. Obwohl Woditschka am Bauch liegt, ist sein Kopf so weit zurückgeknickt, dass man die Augen sehen kann: zwei zartgelbe Schlitze, die auf das Metall starren, als befände sich dahinter eine bessere Welt. Und vielleicht tut sie das ja auch.

«Eine Zugfahrt, die ist lustig, eine Zugfahrt, die ist schön.» Doktor Rakesh Singh streift sich die Schutzhandschuhe ab und blendet Polivka mit seinen strahlend weißen Zähnen. «Jedenfalls bei uns in Indien, da können solche Dinge nämlich nicht passieren. Bei uns sind die Waggons zwar nicht gepolstert wie die Wände einer Gummizelle, aber dafür chronisch überfüllt. Wer nicht mehr in den Zug passt, klammert sich von außen daran fest, und wenn da auch kein Platz mehr ist, dann klettert man eben aufs Dach.»

«Ein raffiniertes Sicherheitskonzept», brummt Polivka.

«Man kann vielleicht hinunterfallen und gerädert werden, aber dass sich einer im Waggon den Hals bricht, habe ich noch nie erlebt.» Doktor Singh reicht Polivka die Hand. «Sie sehen müde aus, Herr Bezirksinspektor. Müde und hungrig.»

Wie viel Abscheu vier Buchstaben ausdrücken können: «Diät», sagt Polivka. «Seit einer Woche schon.»

«Wahrscheinlich nicht die richtige. Sie sind ein Vata-Typ …»

«Ich habe keine Kinder.»

Doktor Singh lacht auf. «Nein, nein, das Wörtchen *Vata* stammt aus dem Sanskrit. Im Ayurveda, der indischen Weisheit des Lebens, haben Vata-Typen einen wachen Geist, aber ein schläfriges Verdauungsfeuer. Essen Sie nach Möglichkeit gekochte Speisen, warm und leicht verdaulich, und Sie werden sehen, Sie sind schon bald ein neuer Mensch.»

«Ich wusste nicht, dass Sie auch Lebende behandeln, Doktor Singh.»

«Nur, wer die Melodie beherrscht, kann auch die Pausen spielen.» Und wieder dieses Lächeln: eine Kavalkade blank geputzter Lipizzanerzähne.

«Schön gesagt. Und *diese* Pause?» Polivka zeigt auf den Toten. «Kann man da schon etwas hören?»

«Des Pathologen Weisheitsquell erschließt sich erst mit dem Skalpell. Solange ich den Patienten nicht geöffnet habe, müssen Sie mit Improvisationen vorliebnehmen. Also, im Moment sind folgende Läsionen festzustellen: zunächst eine Fraktur des zweiten Halswirbels, die auch den Tod verursacht haben dürfte. Ferner eine weitere Fraktur des Nasenbeins und eine Riss-Quetschwunde an der Nase, beides höchstwahrscheinlich Folgen eines Anpralltraumas.»

«Hier am Rahmen ...» Polivka geht in die Knie und inspiziert die Blutspur.

«Dieser Schluss ist naheliegend.»

«Welcher noch?»

«Das wissen Sie doch, Herr Bezirksinspektor.»

«Trotzdem möchte ich es auch von Ihnen hören – als Bestätigung.»

«Der Mann ist auf dem Weg zur Tür gestolpert und gestürzt. Im Fallen hat er den Kopf gehoben und ist mit dem Gesicht frontal gegen den Türrahmen geprallt. Der Stoß war stark genug, ihm das Genick zu brechen. Exitus.»

«Ein Unfall also?»

Doktor Singh macht eine abwehrende Geste. «Mein Berufsprofil sieht keine kriminologischen Folgerungen vor. Nur anatomische.»

«Dann sagen Sie mir bitte, wie man anatomisch reagiert, wenn man das Gleichgewicht verliert.»

«Worauf wollen Sie hinaus?»

«Man streckt die Arme vor», sagt Polivka, «und fängt sich mit den Händen ab.»

«Das scheint er ja wohl nicht getan zu haben», stimmt der Doktor zu.

«Ich frage mich, warum.»

«Der Zweifel, Herr Bezirksinspektor, ist das Wartezimmer

der Erkenntnis. Altes indisches Zitat. Sie können also warten, bis Sie aufgerufen werden, oder ...»

«Oder?»

«Oder Sie behaupten, dass das hier ein Unfall war, und gehen nach Hause.»

Polivka verfällt in Schweigen. Etwas irritiert ihn, aber nicht in seinem Kopf, sondern in seiner Hose: das Verdauungsfeuer.

«Bin gleich wieder da, Herr Doktor.»

Eilig durch die Schiebetür und in den Vorraum, dann ein kurzer Blick hinaus zum Bahnsteig, wo die Streifenpolizisten stehen. Sie haben Polivka bereits bemerkt und nehmen Haltung an. Der Magen drückt. Schon wieder einer dieser Winde, die sich seit Beginn seiner Diät zu regelrechten peristaltischen Orkanen auswachsen. *Wenn man erst fünfzig ist*, so hat der Vorgänger von Doktor Singh, der legendäre Professor Bernatzky ihm einmal geraten, *soll man aufhören, seinen Fürzen zu vertrauen.* Also ab in die Toilette, nur zur Sicherheit.

Doch die Toilettentür ist zugesperrt.

Wahrscheinlich Sparmaßnahmen, mutmaßt Polivka. Seit sich die Bundesbahnen auf dem – von der Europäischen Union geforderten und von den neoliberalen Kräften in der österreichischen Regierung durchgesetzten – Weg in die Privatisierung befinden, investieren sie eben lieber in milliardenschwere Bauprojekte als in Putztrupps oder Wartungspersonal. Mit jeder stillgelegten Spülung werden also ein paar Euro in die Geldspeicher der Bauwirtschaft gespült: ein weiterer Beweis dafür, dass es uns allen gut geht, wenn es nur der Wirtschaft gut geht.

Außer, wir müssen aufs Klo.

Polivka klopft und lauscht, er rüttelt an der Klinke. Kurzerhand greift er zu seinem Schlüsselbund, an dem nebst einem Taschenmesser und verschiedenen anderen Gerätschaften ein

Vierkantschlüssel hängt. Ein kleiner Ruck, ein leiser Klick, und Polivka tritt ein.

«Oh, Verzeihung!»

Noch bevor ihm die Details des Bildes ins Bewusstsein dringen, weicht er auf den Gang zurück: Kaum etwas löst so heftige Reflexe im modernen Menschen aus wie eine unvermutete Begegnung auf der Toilette. Nach Sekunden erst beginnt er, das Gesehene zu reflektieren – und stürmt erneut in die Kabine.

Auf der Klobrille sitzt eine Frau mit rötlich braunem Pagenkopf und starrt ihn an. Sie ist rund vierzig Jahre alt und trägt einen dezenten grauen Hosenanzug, gegen den die Turnschuhe an ihren Füßen seltsam stillos wirken. Doch der Grund für Polivkas rasante Rückkehr sind nicht ihre Schuhe, sondern das silberfarbene Klebeband, mit dem die Frau geknebelt und an den Toilettensitz gefesselt ist.

«Wie heißen Sie?», fragt Polivka zum zweiten Mal.

Mit Hilfe Doktor Singhs hat er die Frau aus dem Klosett befreit und in den vorderen Zugwaggon geführt. Erst dabei stellte sich heraus, wie groß sie war: ein Meter neunzig, schätzte Polivka; sie überragte ihn bei weitem. Die zwei Männer mussten sie so lange stützen, bis das Blut wieder in ihren Beinen zirkulierte. Dann, nachdem der Doktor eine kurze Untersuchung an ihr vorgenommen und sie – abgesehen von leichten Blutergüssen an den Handgelenken – für gesund befunden hatte, stellte Polivka zum ersten Mal die Frage. Antwort gab es keine.

«Vielleicht ist sie durstig.» Doktor Singh nimmt eine Flasche Mineralwasser aus seinem schwarzen Arztkoffer, um sie der Frau zu reichen. Dankbar greift sie zu und trinkt mit einem Zug die halbe Flasche leer.

«Wie heißen Sie? Ihr Name?»

Endlich eine Reaktion. Die Frau sieht Polivka bedauernd an und zuckt die Achseln. «Je ne parle pas allemand.»

Das ist es also.

Hätte er sein Schulfranzösisch doch von Zeit zu Zeit ein wenig aufgefrischt. Dass *Gurke* mit *concombre* übersetzt wird, fällt ihm allenfalls in seinen Träumen ein, im Wachzustand dagegen wird die einstige Gelehrtheit zur Geleertheit; die Vokabeln kleben ihm am Gaumen wie ein Stück vertrocknetes Baguette.

«Je ... je ... police. Bureau des assassins ... Verflucht! Do you speak English?»

«No English», antwortet die Frau.

«Herr Doktor, können Sie mir vielleicht helfen?», wendet Polivka sich an den Pathologen.

«Leider nein. Mein einschlägiger Wortschatz beschränkt sich auf *chapeau* und *trottoir*. Wir Inder sind ja von den Briten kultiviert worden, bei uns haben die Franzosen nichts zu sagen.»

«Gut», brummt Polivka, «dann muss sie eben mit aufs Kommissariat, dort gibt es einen Dolmetscher.» Tarzan, überlegt er jetzt, ist ohne Übersetzer ausgekommen, als er Jane ihren Namen entlockte. Die Erinnerung an die berühmte Leinwandszene stachelt seinen Ehrgeiz an. Er dreht sich also wieder zu der Frau, schiebt seinen Unterkiefer vor, schlägt sich ein paar Mal auf die Brust und grunzt mit tiefer Stimme: «Je – Polivka.» Herausfordernd nickt er ihr zu.

Die Frau scheint zu verstehen. Sie lächelt. Bernsteinaugen, denkt Bezirksinspektor Polivka.

«Amélie.» Sie legt sich nun ihrerseits die Hand auf die Brust. «Je m'appelle Amélie.»

«Aha, Amélie ! Alors, Madame Amélie, tu et je ... aller commissariat ... aller bureau translateur.»

«Translateur?»

«Translator, I mean Dolmetscher.»

«Vous voulez dire, un traducteur! Ah oui, c'est bien. Comme ça, nous pourrons parler.»

Als sie entlang des Bahnsteigs Richtung Ausgang gehen, spürt Polivka mit einem Mal die Hand von Doktor Singh auf seiner Schulter.

«Ja, Herr Doktor?»

«Chapeau, Monsieur Weißmüller», schmunzelt Singh.

3

Er kann es einfach nicht verstehen. Seit Stunden überlegt er, was er anders hätte machen, wie er das Geschehene verhindern hätte können. Unaufhörlich kehrt er in Gedanken zu der kurzen Szene vor dem Bahnhofsgebäude zurück.

Kaum ist er mit Madame Amélie und Doktor Singh ins morgendliche Sonnenlicht hinausgetreten, ist ihm Hammel eingefallen, der arme, dumme Hammel, der noch immer mit den Passagieren des Todeszugs im Warteraum verweilt. Sich von Hammel hie und da erholen zu wollen, war eine Sache, ihn mit einem Mindestmaß an Anstand zu behandeln, eine andere. Er musste also wenigstens vom Aufbruch Polivkas verständigt werden. Um nun aber die Vernehmung Madame Amélies nicht weiter zu verzögern, hat sich Polivka an Doktor Singh gewandt und ihn darum ersucht, noch einmal umzukehren und Hammel über die Ereignisse im Zugwaggon zu informieren.

Der Doktor hat mit einem jovialen Zwinkern eingewilligt, und Polivka ist mit Madame Amélie zum Taxistand gegangen.

«Avez-vous une cigarette pour moi?» Sie hat sich mit zwei ausgestreckten Fingern an den Mund getippt.

Sofort hat er sein Zigarettenpäckchen aus der Seitentasche des Sakkos gezogen, um ihr eine anzubieten. «Gauloises.» Ein bisschen Stolz schwang mit in diesem Wort, denn es bewies, dass er, wenn er schon nicht französisch sprach, so doch französisch rauchte.

«Merci.» Ein tiefer Zug, ein Lächeln. Bernsteinaugen. «Merci bien, Monsieur Polivka. Vous êtes très gentil.»

Er kann es einfach nicht verstehen: Ganz plötzlich, völlig ansatzlos, hat sie sich umgedreht und ist in Richtung Markthalle davongelaufen.

«Haben S' die Frau denn nicht verfolgt?»

«Sie war sehr schnell, Herr Oberst, und sie hat mich überrumpelt. Wenn, dann sind es ja die Täter, die die Flucht ergreifen, nicht die Opfer.»

«Dass bei Ihnen immer alles so entsetzlich kompliziert sein muss.»

«Herr Oberst, mit Verlaub, *ich* hab die Frau ja nicht ans Klo gefesselt.»

«Trotzdem, Polivka. Sie sollten wieder heiraten.»

Den eigenwilligen Gedankenspuren Oberst Schröcks zu folgen, zählt für Polivka seit jeher zu den diffizilsten dienstlichen Ermittlungen. Wahrscheinlich, überlegt er, hat der magere, vergilbte Schröck schon wieder in verschiedenen Statistiken geblättert und dabei herausgefunden, dass das Risiko, französische Walküren aus Zugklosetts befreien zu müssen, bei geschiedenen Beamten über fünfzig ungleich höher ist als bei verehelichten.

«Zu Befehl, Herr Oberst. Werd's mir überlegen.»

«Machen S' das. Jetzt haben S' ja Zeit: Die Sache mit der

Frau hat sich von selbst erledigt, und der Tote im Waggon war sowieso ein Unfall.»

«Warum sind Sie da so sicher?»

«Weil die Leute von der Spurensicherung nichts Gegenteiliges gefunden haben.»

«Da gibt es schon Ergebnisse?», ruft Polivka erstaunt. «Und warum, bitte, weiß ich das noch nicht?»

«Weil Ihre Litzen silbern sind und meine golden.» Mit gedehnter Stimme hat der Oberst das gesagt, als spräche er mit einem Kind, dem man die Welt erklären muss. Er hängt in seinem Sessel, krumm wie eine welke Sonnenblume.

«Verzeihen Sie, wenn ich nachhake, Herr Oberst, aber es liegt doch auf der Hand, dass die Geschehnisse im Zug zusammenhängen.»

«Sicher hängen sie zusammen, Polivka, weil alles irgendwie zusammenhängt. Und trotzdem: Wenn Sie morgen das Spiegelei anbrennen lassen, ist nicht das Hendl von gestern schuld. Was ist denn groß passiert? Da hat einer – aus welchen Gründen immer – eine Frau ins Klo gesperrt und dann die Notbremse gezogen. Laut Gesetz ist das Erstere Freiheitsberaubung, das Letztere Missbrauch von Notzeichen. Das war's dann aber auch. Weil, dass sich irgendwer dabei den Hals gebrochen hat, fällt unter Pech, nicht unter Mord.»

«Man sollte wenigstens versuchen, diese Frau zu finden.»

«Polivka, ich bitt Sie, tun S' mich jetzt nicht langweilen. Wollen Sie vielleicht eine Fahndung rausgeben? Nach einer Unbekannten, die nichts anderes gemacht hat, als sich überfallen zu lassen, und die offenbar nichts anderes will als ihre Ruhe?»

«Nein, Herr Oberst.»

«Gut. Die Anzeigen sind bei den Akten, und der Rest erledigt sich von selbst. Ein schönes Wochenende, Polivka.»

Der Oberst senkt den Kopf und schließt die Augen. Seine gelben Tränensäcke zittern. Was auch immer jetzt in seinem Schädel vorgehen mag, denkt Polivka, mit den Ereignissen am Bahnhof hat es nichts zu tun.

«Herr Oberst?»

«Mein Gott, Polivka, was ist denn noch?»

«Der Tote, dieser Woditschka, hat seine Hände nicht gehoben.»

«Sagen S' bloß, Sie haben ihn dazu aufgefordert.»

«Während er gestürzt ist, meine ich.»

«Das ist mit Sicherheit statistisch zu erklären. Der eine hebt, der andere nicht. Genauere Prozentzahlen hab ich nicht im Kopf, die lassen sich aber beschaffen, wenn Sie wollen.»

«Danke ... Wird nicht nötig sein, Herr Oberst. Und verzeihen Sie die nochmalige Störung.»

Hammel sitzt und schwitzt vor dem Computer, seine dicken roten Finger tanzen auf der Tastatur. Seit seiner Rückkehr ins Büro versucht er, aus diversen digitalen Puzzleteilchen Woditschkas Biographie zu rekonstruieren. Die kümmerlichen Resultate liefern keinerlei Indiz für einen vorsätzlichen Mord: kein nennenswertes Barvermögen, keine kriminellen Verstrickungen und keine Frauen. Karl Woditschka aus Kritzendorf, geboren 1950, Einzelhandelskaufmann, kinderlos, ist zwar verheiratet gewesen, seine Gattin Waltraud aber ist vor sieben Jahren gestorben. Seither hat er das gemeinsame Brigittenauer Kurzwarengeschäft allein betrieben. Weder lassen sich Kontakte mit der Neonaziszene noch mit Schlepperbanden oder Kinderpornoringen feststellen. Woditschka war offensichtlich einer jener unscheinbaren Durchschnittsbürger, die als so genannter *Mittelstand* das demoskopische Herz, die budgetäre Nabelschnur und den evolutionären Blinddarm der heutigen westlichen Staatswesen bilden. Hammel tippt und schnauft, er wirkt verzweifelt.

«Lassen Sie's», sagt Polivka, der eben das Büro betritt, «drehen S' den Computer ab, die Sache ist erledigt, Hammel.»

«Wie ... erledigt?»

«Unser hochgeschätzter Schröck hat uns zurückgepfiffen. Seiner Ansicht nach war alles nur ein Unfall. Er muss es ja wissen, er hat ja die goldenen Litzen am Kragen.»

«Also doch ein Unfall. Hab ich gleich vermutet», gibt Kollege Hammel dreist zurück. «Die anderen Passagiere haben ja auch nichts Ungewöhnliches bemerkt.»

«Weil sie geschlafen haben um drei viertel fünf in der Früh.»

«Nur zwei von ihnen. Der dritte hat laut eigener Aussage mit seinen Kopfhörern Musik gehört.»

Im Geist hebt Polivka zu zählen an. Zwanzig, neunzehn, achtzehn ... Jede Zahl bedeutet einen Schritt, den er aus seinem Körper macht. Bei null hat er sich so weit von sich selbst entfernt, dass er gewissermaßen an der Zimmerdecke hängt und sich von oben auf die angegrauten Haare schaut. *Sie könnten in der ersten Zeit der Umstellung zu Wutausbrüchen neigen*, hat ihm die Diätberaterin erklärt und ihm zu diesem Trick geraten. Polivka muss widerwillig eingestehen, dass die Methode funktioniert: Die aufkeimende Wut verfliegt und lässt den Groll zurück – ein Groll, der sich nun eher gegen die Diätberaterin als gegen Hammel richtet.

«Wenn ich Sie nicht hätte, Hammel», seufzt Bezirksinspektor Polivka. Er nickt dem freudestrahlenden Hammel zu und flüchtet aus dem Zimmer.

ᛏ

«Gott sei Dank, du lebst noch! Was hab ich mir Sorgen gemacht!»

Polivka schließt die Tür und blinzelt in die Dunkelheit, bis er den schmächtigen Schatten am anderen Ende des Vorraums erkennt. «Warum denn Sorgen?», fragt er müde.

«Ohne ein Wort zu verschwinden, mitten in der Nacht, und noch dazu, wo's heute sechsundzwanzig Jahre her ist, dass dein Vater ...»

«Ich war arbeiten. Das weißt du doch.»

«Aber mitten in der Nacht?»

«Es war nicht mitten in der Nacht, und auch, wenn's mitten in der Nacht gewesen wäre ...»

«Sechsundzwanzig Jahre, so lang ist er unter der Erde. Aber das ist *mein* Problem, ich weiß schon. Du hast ja dein eigenes Leben.»

«Entschuldige, dass man mich um halb sechs in der Früh geweckt und zu einem Tatort gerufen hat. Du hast natürlich recht: Das Opfer hätte ruhig ein bissel rücksichtsvoller sein und erst um sieben sterben können.» Polivka tastet nach dem Lichtschalter und hebt im Geist zu zählen an. Zwanzig, neunzehn, achtzehn ... Weiter kommt er nicht, die Silhouette stoppt seinen Countdown.

«Es kümmert sich halt jeder um die Toten, die ihm wichtig sind», sagt sie mit leidvoller Stimme.

Polivka drückt auf den Schalter, Licht flammt auf. Da steht sie nun, die Frau, aus der er einst herausgekrochen ist.

«Was willst du eigentlich von mir?» Ganz ruhig stellt er die Frage.

«Gar nichts will ich von dir, was soll ich von dir wollen? Ich sage nur, was ich mir denke, du weißt, ich bin *immer* ehrlich.»

«Gut, dann hätten wir das auch besprochen.» Er wendet sich nach rechts, zu seiner Zimmertür.

«Ich bin halt furchtbar traurig, und ich habe ja sonst keinen Menschen, du bist ja der Einzige, mit dem ich reden kann.»

Polivka hält inne. Nach bald einundfünfzig Jahren wirkt die alte Strategie noch immer. Er fühlt sich wie ein Spielzeugapparat, bei dem man nur die richtigen Knöpfe drücken muss, damit er schnurrt und klingelt oder sich im Kreis dreht. Und wenn jemand diese Tastatur beherrscht, dann dieses faltige, verhärmte Kind, das seine Mutter ist.

«Ich weiß schon», sagt er, und: «Es ist nicht leicht für dich.»

«Leicht? Was ist schon leicht? Aber dass du deinen Vater nie auf dem Friedhof besuchst, das belastet mich schon.»

Zwanzig, neunzehn, achtzehn …, zählt Polivka.

Wenn er seinen Vater nicht so abgöttisch geliebt hätte. Dass er nach sechsundzwanzig Jahren noch immer regelmäßig von ihm träumt und jedes Mal schluchzend erwacht (ganz einfach, weil er keinen Abschied nehmen, nicht erwachen *will*), das ist nun einmal seine Art des Grabgesangs. Solang sein Vater *ihn* besucht, braucht er beileibe nicht hinaus auf den Zentralfriedhof zu tingeln, um einen Granitblock anzuglotzen.

Siebzehn, sechzehn, fünfzehn …

«Du, ich habe heute einen schweren Tag gehabt», sagt Polivka. «Wenn ich dir irgendwas getan hab …»

«Gar nichts hast du mir getan, was sollst du mir getan haben? Du weißt, es geht mir nie um mich, das Wichtigste für mich ist immer, dass *du* glücklich bist.»

«Das bin ich aber nicht. Ich bin total erschöpft und will nur meine Ruhe.»

«Mein Gott, du Armer. Wenn du wüsstest, was ich mir von

früh bis spät für Sorgen um dich mache. Glaubst du nicht, du kannst mit deinem Obersten darüber reden, dass er dich zum Innendienst versetzt?»

«Ich hab's dir schon so oft gesagt: Ich will nicht in den Innendienst.»

«Ich könnte aber ruhiger schlafen, wenn du dich nicht ständig in Gefahr begibst.»

«Wieso bitte Gefahr? Wie kommst du darauf, dass ich mich *ständig* in Gefahr begebe?»

«Man macht sich halt seine Gedanken, wenn man immer mutterseelenallein herumsitzt. Du bist doch das Liebste, was ich habe, und du weißt, ich würde *alles* tun, um dir zu helfen.»

«Danke, aber ...»

«Manchmal frage ich mich schon, womit ich das verdient hab, dass du immer so viel Arbeit hast. Ich bin ja nicht die Einzige, die Gerda hat das heute auch gesagt ...»

«*Wer* bitte?»

Hundertachtzig, hundertneunundsiebzig ...

Gerda.

Fünfundvierzig Jahre, schwarz gefärbter Bubikopf. Mehr sollte es über Gerda nicht zu sagen geben. Gibt es aber leider.

Gerda Nolte, geschiedene Polivka, betreibt eine Kunstgalerie in der Innenstadt, benimmt sich (je nach Opportunität) snobistisch bis exzentrisch und lässt sich seit jeher nur von Künstlern vögeln, die ihr an Snobismus und Exzentrik ebenbürtig sind. Dafür aber von allen.

Bei Polivka hat sie vor sechs Jahren eine Ausnahme gemacht; da war es eher sein exotisches Berufsbild, das sie sich an eine ihrer Wände nageln wollte. So ein Pantscherl mit einem Kriminalinspektor sorgt natürlich für Gesprächsstoff, und Gesprächsstoff war für Gerda immer schon der Stoff, aus dem die Träume sind. Es musste neuer her, sobald man sich an Polivka gewöhnt hatte und Klatsch und Tratsch verebbten. Beispielsweise eine Hochzeit.

Polivkas und Gerdas Gang zum Standesamt geriet – wie hätte es auch anders sein können – zur Kunstaktion: Die Gratulanten waren angehalten, sich im Stil der amerikanischen zwanziger Jahre zu kleiden, sodass der Platz vor dem Amtsgebäude in der Josefstadt nur so von Al Capones und Josephine Bakers wimmelte. Polivka – als Eliot Ness – ließ das Kostümfest lächelnd über sich ergehen (er war zu glücklich, um es zu bekritteln), seine Mutter aber, die in einem stinknormalen fliederfarbenen Kostüm erschienen war, verfolgte das Spektakel mit zutiefst gekränkter Miene. Schließlich habe sie nicht wissen können, klagte sie, dass diese Schnapsidee tatsächlich ernst gemeint gewesen sei, sie fühle sich gedemütigt und deplaciert und sei nur froh darüber, dass der Vater dieses schamlose Theater nicht mehr miterleben müsse.

Kaum dass Polivka nun also einen festen Platz in Gerdas Lebensgalerie gefunden hatte, fingen seine Farben zu verblassen an, und seine Frau beschloss, ihm einen neuen Anstrich zu verpassen. Lederstiefel, Sonnenbrille und ein pinkfarbenes Stecktuch waren das Mindeste, was sie von ihm erwartete, wenn er sie bei diversen Vernissagen oder Partys nicht blamieren wollte.

Polivka ließ sich mit halbem Herzen darauf ein: Tagtäglich hetzte er auf schnellstem Weg von seinem Dienst nach Hause, zog sich um, so rasch er konnte, und verbrachte dann die Abende in unbequemen Kleidern mit blasierten Menschen und ungenießbarem Wein. Die andere Hälfte seines Herzens hatte sich zu dieser Zeit schon isoliert; sie kam nur noch aus ihrem dunklen Winkel, um sich am Buffet das Weinglas nachzufüllen.

Es hätte also dieses (wie ihn Gerda nannte: *aufstrebenden*)

Malers gar nicht mehr bedurft. In einer Mittagspause schaute Polivka bei seiner Frau vorbei, um ihr hallo zu sagen und einen Kaffee mit ihr zu trinken. Als er ins Büro der Galerie trat, beugte sich der aufstrebende Maler gerade übers Kanapee und tauchte seinen aufstrebenden Pinsel tief in Gerdas frischen Firnis. Gerda selbst lag halb entkleidet auf dem Sofa und gerierte sich als Raubkatze, sie fauchte, biss und schnurrte; auf dem nackten Rücken ihres Pinseldesperados hatten ihre Fingernägel eine Kaltnadelradierung hinterlassen. Diese Szene machte Polivka bewusst, dass sie ihm schon seit Monaten zuwider war. Der bloße Umstand ihrer Untreue fiel dabei weniger ins Gewicht als diese ekelhafte Affektiertheit, die sie nicht einmal im Bett ablegen konnte.

Noch am selben Abend packte Polivka die Koffer, um aus Gerdas Wohnung zu verschwinden. Seine eigene hatte er kurz vor der Hochzeit gekündigt, also zog er nun (vorübergehend!) wieder in sein Elternhaus.

«Ich hab es gleich gewusst», sagte die Mutter, als er mit den Koffern auf der Schwelle stand.

Sie hatte Gerda vom ersten Moment an gehasst, doch dieser heiße, inbrünstige Hass verflog von einem Tag zum anderen, als Gerda plötzlich anfing, sie zu ihren Vernissagen einzuladen. Seit der Scheidung war ein halbes Jahr vergangen, Polivka trug wieder Schnürlsamt, trank wieder guten Wein und hatte diese unwürdige Episode seines Lebens fast vergessen, da stand eines Abends seine Mutter in der Zimmertür. «Jetzt stell dir vor», begann sie, «heute war ich bei der Gerda in der Galerie, *so* toll, ich sag dir, *solche* interessanten Leute, alle haben sich um mich gerissen, überhaupt die Gerda, *so* entzückend und zuvorkommend, das hättest du erleben sollen. Vielleicht willst du ja mitgehen, wenn ich wieder ...»

«Nein», gab Polivka zurück. «Du kannst natürlich tun

und lassen, was du willst, nur mich lass bitte ein für alle Mal mit dieser Frau in Ruhe.»

«Weißt du, wie dein Vater noch gelebt hat, waren wir oft auf Vernissagen. Aber jetzt, so ganz allein mit lauter Fremden … Vielleicht willst du dir's noch einmal überlegen.»

«Nein, das will ich nicht!»

«Die Gerda hat gesagt, sie würde sich *so* freuen.»

Es war das erste Mal, dass Polivka in Sachen Gerda seine Contenance verlor. Er brüllte fünf Minuten und betrank sich dann fünf Stunden in der nächsten Gastwirtschaft.

Natürlich schmeichelte es seiner Mutter, bei der selbst ernannten Wiener Kunstelite Zaungast sein zu dürfen; trotzdem spürte sie den Makel des Verräterischen auf sich lasten. Ein Verzicht auf ihren neu gewonnenen gesellschaftlichen Status kam ebenso wenig in Frage wie ein schlechter Leumund, also dachte sie sich eine Lösung aus, wie sie vollkommener nicht sein konnte: Ihr Sohn und Gerda mussten sich auf ihr Betreiben hin versöhnen. Nicht nur, dass auf diese Art ihr Dauerabonnement in Gerdas Galerie gesichert wäre, nein, man würde sie als Heldin feiern, als Patronin einer wiederhergestellten Liebe.

Nach Polivkas Wutausbruch verstrichen ein paar Wochen, ehe sie das Thema wieder aufgriff. Seinem dadurch ausgelösten neuerlichen Tobsuchtsanfall folgten zwei Monate Pause bis zur nächsten Offensive. Mit der Zeit schien sich der Zweck der mütterlichen Übergriffe zu verändern: Offensichtlich ging es nicht mehr darum, Polivka zum Einlenken zu überreden, sondern ihn für seinen Starrsinn zu bestrafen. Seine Wunden lagen offen, man brauchte nur den Finger hineinzulegen.

Der (vorübergehende!) Aufenthalt in seinem alten Kinderzimmer währt nun bald fünf Jahre, und in diesem Zeitraum ist er gute fünfzig Nächte – außer sich vor Wut – beim nahegelegenen Wirten gesessen, um sich zu betrinken.

«Die Gerda», sagt die Mutter jetzt. «Weißt du, wir haben heute zufällig telefoniert. Sie würde sich *so* freuen, wenn du dich einmal bei ihr meldest.»

Es ist also wieder so weit. Und Polivka kann nichts dagegen tun: Schon schnalzt die Nadel seines Jähzorntachometers bis zum Anschlag. Sein erschöpftes, überreiztes Hirn setzt aus, auf seiner Netzhaut flackert nur noch ein einziges, erschreckend klares Bild: wie sich die Mütter, Galeriebesitzerinnen und Diätberaterinnen dieser Welt zu einer Heerschar geifernder Megären vereinen, um ihn zu vernichten.

«Leckts mich alle!», brüllt er los. «Verdammte Scheiße, leckts mich doch!» Sein Schädel glüht. Er ringt nach Worten. In den Ohren rauscht es wie ein Wasserfall, durch den von weit her ein leises, beleidigtes Stimmchen dringt.

«Wie dein Vater noch gelebt hat, hättest du mich nie so angeschrien. Ich weiß ja, dass ich nur eine Belastung für dich bin, wahrscheinlich wär es dir am liebsten, ich wär auch schon tot.»

Drei Schritte Richtung Eingang.

Türklinke.

«Wo willst du denn noch hin, jetzt, mitten in der Nacht?»

Die Luft ist warm.

Ein Motorrad gleitet vorbei.

«Ich weiß wirklich nicht, was ich schon wieder verbrochen hab ...»

Zügig nach rechts.

«Ich hab doch nur gesagt ...»

Zwei Häuserblocks geradeaus.

Dann über die Straße.

Links um die Ecke.

Wirtshaus.

5

Was Polivka in den folgenden Stunden zu sich nimmt, ist zwar nicht gekocht, wie Doktor Singh ihm heute früh geraten hat, aber nahrhaft und vor allem leicht verdaulich. Nach drei Krügeln Bier hat sich sein Puls so weit beruhigt, dass sich die ersten nüchternen Gedanken einstellen. Anfänglich darüber, ob man die Spezies der flüssigen Kohlenhydrate mit ein wenig gutem Willen zur Gattung der Rohkost zählen kann. Später dann über das Thema der Immobilienpreise. Wenn er (in einigermaßen erträglicher Nähe zum Präsidium) auch nur eine Siebzig-Quadratmeter-Wohnung bezöge, dann müsste er monatlich (Polivka rechnet) rund elfhundert Euro Miete zahlen, dazu noch rund zweihundert Euro für laufende Kosten wie Heizung und Strom. In Burenwürste umgerechnet, die am Würstelstand – mit Senf und Brot – schon für zwei Euro fünfzig zu haben sind, hieße das fünfhundertzwanzig zwar einfache, aber doch immerhin warme Mahlzeiten. Das, grübelt Polivka, muss auch der Grund sein, dass an Wiener Würstelständen in der Regel viel mehr Mieter als Vermieter anzutreffen sind: Mit den elfhundert Euro, die sie den Ersteren abgeluchst haben, würden sich Letztere schnurstracks den Magen verderben.

«Ein Krügel noch, bitte!»

Trotzdem ist es an der Zeit, sich etwas Eigenes zu suchen. *Tadle nicht den Fluss, wenn du ins Wasser fällst*, hat Doktor Singh einmal zu ihm gesagt. Die Frage ist, wie er den Fluss zwischen sich und die Mutter bringen, das andere Ufer erreichen und Land gewinnen kann, ohne bis auf die Knochen durchnässt zu werden. Die Frage ist, ob er des Schwimmens überhaupt noch mächtig ist.

«Dank schön», sagt Polivka zum Wirten, der ihm den

frisch gefüllten Bierkrug auf den Tisch stellt. «Sagen S', war der Zeitungsmann schon da?»

Eine Minute später schlägt er ein druckfrisches Exemplar der Reinen Wahrheit auf, jenes handlichen Tageblatts also, das gelernten Austriaken nicht nur als Fahrtenschreiber des Geschehenen, sondern vor allem als Routenplaner für das Kommende dient. In den Kolumnen der Reinen steht seit jeher die Zukunft Österreichs und seiner Bürger festgeschrieben; hier entscheidet sich die Wahl des abendlichen Fernsehsenders ebenso wie die des nächsten Bundeskanzlers. Hier werden Stars geboren, Gesetze gemacht und Budgets verteilt, und letztlich kann man hier auch lesen, wo man demnächst wohnen wird.

Polivka beginnt, sich zu den Immobilieninseraten durchzublättern. Achtlos überfliegt er den innen- und außenpolitischen Teil und landet schon bald bei der Chronik, wo auf Seite sieben (offenbar unter dem redaktionell verankerten Thema Erotik) gleich neben dem täglichen Pin-up-Girl über die neuesten Fälle von Frauenhandel, Vergewaltigung und Kinderpornographie berichtet wird. Polivka blättert weiter – und erstarrt.

Die *REINE WAHRHEIT* vom 9. Juni 2012
SINNLOSE TRAGÖDIE AUF DER FRANZ-JOSEFS-BAHN

Aufgrund eines Bremsmanövers des Frühzugs aus Tulln kam am Freitagmorgen einer der Passagiere, der Wiener Geschäftsmann Karl W. (62), so unglücklich zu Sturz, dass die herbeigeeilten Sanitäter nur noch seinen Tod feststellen konnten.

W. ist damit schon das vierte Opfer, das der europäische Bahnverkehr heuer gefordert hat. Wie nämlich die REINE (exklusiv für ihre Leser) in Erfahrung bringen konnte, ereigneten sich in den letzten Wochen auch in englischen, spanischen und in französischen Zügen tödliche Zwischenfälle. So erlag erst vor zwei Wochen der 45-jährige Franzose Jacques G. den schweren Verletzungen, die er sich infolge eines Notstopps in der Nähe von Paris zugezogen hatte (im Bild die trauernde Witwe).

Dabei ließe sich das sinnlose Sterben auf den Schienen leicht vermeiden, wenn unsere fürstlich bezahlten Vertreter in Brüssel endlich ihre Arbeit täten: Nach einer kürzlich veröffentlichten Studie bräuchten wir lediglich Sicherheitsvorschriften, wie sie im privaten Straßenverkehr schon lange gang und gäbe sind. Dass der Einbau von Sicherheitsgurten und eine generelle Anschnallpflicht in Bahn und Bus auf wenig Gegenliebe der Verkehrsbetriebe stoßen wird, ist klar – einerseits wegen der nötigen Investitionen, andererseits, weil die verantwortlichen Manager ohnehin mit teuren Dienstwägen statt mit der Bahn zu fahren pflegen.

Die REINE aber fragt: Wie viel muss noch passieren, bis sich die hohen Herren in Brüssel endlich zur Gurtenpflicht in den europäischen Öffis durchringen? Für Karl W., Jacques G. und seine gebrochene Witwe (siehe Bild) kommt eine solche, längst fällige Maßnahme leider zu spät. Für unsere Kinder hoffentlich (!) nicht.

Polivka starrt auf die Zeitung.

«Einen doppelten Grappa», murmelt er dann, ohne aufzublicken.

«Bitte?», tönte es von der Budel her.

«Grappa!», brüllt Polivka. «Doppelt!»

Es ist nicht der Artikel, der ihn so aus der Fassung bringt. Es ist das Foto, das kleine, leicht unscharfe Foto der verwit-

weten Französin: eine etwa vierzig Jahre alte Frau mit rötlich
braunem Pagenkopf. Selbst auf dem schlecht gedruckten Bild
kann Polivka ihre Augenfarbe erkennen.

Bernsteinaugen.

Als er um halb zehn ins Wirtshaus tritt, ist Hammel sichtlich
darum bemüht, seine Verwunderung zu verbergen. Kurz vor
neun hat Polivka ihn angerufen, um ihn, wie er sagte, ganz
spontan auf ein privates Krügel einzuladen. Hammel hat auf
diese Weise zwar den Schluss des abendlichen Fernsehfilms
verpasst (der ihm, wie er sich eingestehen musste, ohnehin zu
kompliziert gewesen war), doch wenn einem sein Vorgesetzter
nach fünf Jahren der Zusammenarbeit erstmals einen abendlichen Drink spendieren will, hat man parat zu stehen, das
gebietet die gute alte Beamtenehre, die, wie man ja weiß, aus
je einem Drittel Opportunismus, Devotion und Neid besteht.

Vor einer halben Stunde schon, am Telefon, hat Polivkas
Stimme ein wenig befremdlich geklungen, die Konsonanten
verschliffen und weich, die Vokale euphorisch. In der Zwi-
schenzeit hat er zwei weitere Schnäpse konsumiert, sodass
auch seine Körpersprache ins Barocke abzugleiten droht.

«O Hammel, Licht und Stütze meines Alters!» Polivka
wuchtet sich von seinem Sessel hoch und breitet die Arme
aus. «Herbei, mein Freund, wir wollen zechen! Haben Sie
Ihren Zauberkasten mit?»

«Sie haben ja mindestens drei Mal betont, dass ich ihn
nicht vergessen soll.» Er wirkt jetzt fast ein wenig einge-
schnappt, der gute Hammel, so als hege er zusehends den
Verdacht, dass Polivka nicht ihn, sondern in erster Linie sein
Notebook auf ein Bier einladen will. Mit dem Pathos des ver-
kannten Samariters legt er seine schwarze Schultertasche auf
den Tisch, um ihr den Laptop zu entnehmen.

«Zwei Krügel, zwei Grappa!», ruft Polivka freudig, während Hammel den Computer hochfährt. Und dann, etwas leiser: «Sagen S', kann man mit dem Wunderding auch französische Zeitungen lesen?»

«Sicher», gibt Hammel zurück.

«Und übersetzen? Ich meine, vom Deutschen ins Französische und umgekehrt?»

Hammel lächelt milde. «Auch ins Finnische oder Bengalische. Ich schlage vor, dass Sie mir sagen, was Sie wissen möchten, dann kümmere ich mich um den Rest.»

«In Ordnung. Da, schauen S' her», sagt Polivka und schiebt ihm die aufgeschlagene *Reine* über den Tisch. «Dieser tote Franzose da. Ein Zugunglück so circa vor zwei Wochen, in der Nähe von Paris. Ich will den Namen und, falls möglich, auch die Wohnadresse. Also sollten wir vielleicht schauen, was *Notbremsung* und *Toter* auf Französisch heißt und das dann dings – wie heißt das?»

«Googeln.»

«Richtig, gurgeln.»

«Heißt das, Sie wollen in der Sache noch weiterermitteln?», fragt Hammel und tippt auf die Zeitung.

«Bin ich im Dienst?», gibt Polivka grinsend zurück.

«Schaut nicht so aus.»

«Da haben Sie's. Nicht einmal der Schröck kann etwas daran auszusetzen haben, wenn wir uns privat ein bisserl weiterbilden. Legen wir los?»

«Notbremsung und Toter?»

«Ja. Und *Unglück*. Und *train*. Das heißt nämlich *Zug* auf Französisch.»

Mit unbewegter Miene tippt Hammel die Wörter *Paris*, *accident ferroviaire*, *arrêt d'urgence* und *tué* in das Suchfeld auf dem Bildschirm.

Polivkas glasige Augen weiten sich. «Was bitte ... soll das jetzt? Woher können Sie ...?»

«Fünf Jahre lang Französisch im Gymnasium. Und seither jeden Sommer Ferien in der Provence.»

Vierhundertachtzigtausend Treffer erzielt Hammels erste Eingabe. Indem er ihr den Namen *Jacques* hinzufügt, reduziert er die Zahl der Ergebnisse auf dreihundertsiebzigtausend. Immer noch zu viele.

«Probieren wir's mit Genickbruch», lallt Polivka, einer plötzlichen Eingebung folgend. Er versucht, sich eine Zigarette anzuzünden.

«*Fracture des cervicales* ... Das ist gut, das ist sehr gut», murmelt Hammel, ohne den Blick vom Bildschirm zu wenden. «Dreißigtausend ... Wenn ich jetzt noch die News herausfiltere ... sind wir auf achtzehn!» Hammel triumphiert. Er klickt einen der Einträge an. «Da, schauen Sie, Chef: *Les Temps Nouveaux* ...»

«Wenn möglich, auf Deutsch», unterbricht ihn Polivka.

«In Ordnung ... *Die Neuen Zeiten* schreiben also Folgendes: *In den frühen Morgenstunden hat sich am vergangenen Samstag, dem 26. Mai, ein folgenschwerer Zwischenfall auf der Bahnstrecke Beauvais – Paris ereignet. Kurz nach der Station Chambly musste der Zug aus ungeklärter Ursache ein Notbremsmanöver vollführen, wobei sich einer der Passagiere, der 45 Jahre alte ... luthier ... Moment ...*» Hammel öffnet ein neues Fenster und tippt. «Natürlich, Geigenbauer! Also: *der 45 Jahre alte Geigenbauer Jacques G. aus Méru einen Genickbruch zuzog. Jacques G. starb noch am Unfallort; er hinterlässt seine Ehefrau Sophie (39, siehe Bild).*»

«Zeigen Sie!» Polivka streckt einen Arm nach dem Computer aus und kollidiert dabei mit Hammels halb geleertem Schnapsglas. Ehe Hammel reagieren kann, landen Schnaps und Glas in seinem Schoß.

«Verzeihung», murmelt Polivka. Auf dem Bildschirm kann er dasselbe Foto erkennen, das auch die *Reine Wahrheit* abgedruckt hat. «Sophie heißt du also, du Luder ...»

Ohne auf Polivkas Worte zu achten, rubbelt Hammel indigniert an seinem feuchten Schritt herum.

«Geh, Hammel, doch nicht in der Öffentlichkeit; der Fleck tritt sich schon ein. Jetzt kommen S', lesen S' weiter! Und noch einen Grappa!»

Hammel hebt den Kopf und schließt die Augen. Anscheinend ist er es jetzt, der in Gedanken rückwärts zählt. «Wo waren wir?», seufzt er schließlich.

«Bei *Sophie*.»

«Okay ... *In Anbetracht eines ähnlichen Vorfalls, der sich erst vor einer Woche auf einer spanischen Bahnstrecke ereignet hat, stellt sich die Frage, ob die Zeit für verbesserte Sicherheitsvorschriften im europäischen öffentlichen Verkehr gekommen ist. Unbestätigten Informationen zufolge steht die Einführung neuer Sicherheitsstandards bereits auf der Agenda der Brüsseler Kommission.* Das war's.» Hammel lehnt sich zurück. «Und jetzt?»

«Jetzt lassen wir uns eine Geige bauen, Watson.»

«Was?»

«Wie viele Geigenbauer gibt es in ... in diesem Ort?»

«Méru.»

«Genau. Das kann ja nicht so groß sein, ich hab nie davon gehört.»

«Méru ist eine Kleinstadt nördlich von Paris; sie hat circa zwölf- bis dreizehntausend Einwohner.»

«Ich fass es nicht. Sie sind mir manchmal ein Rätsel, Hammel.»

Über Hammels feiste Backen zieht sich ein Hauch von Rosarot. «Danke, Chef. Ich bin halt furchtbar frankophil. Die Zahl der Geigenbauer in Méru müsste ich aber trotzdem nachschauen – interessante Frage eigentlich.» Schon wendet er sich wieder seinem Laptop zu, schon schweben seine Finger adlergleich über der Tastatur, als er auf einmal innehält. «Was wollen Sie eigentlich von diesem Toten?»

«Seine Witwe trösten», antwortet Polivka grimmig.

Hammel stiert ihn an. Auf seiner Miene kann man förmlich mitverfolgen, wie sich ein bescheidener elektrischer Impuls durch Hirnsynapsen quält, um nach langer beschwerlicher Reise sein Ziel zu erreichen.

«Mein Gott», stößt Hammel hervor, «diese Sophie ist … die Französin von heut früh!» Er greift nach seinem frisch gefüllten Schnapsglas. «Noch ein Grappa!», krächzt er Richtung Budel, ehe er das Stamperl leert.

Dass Hammel sich die nächsten zehn Minuten in abstrusen Phantasien ergehen wird, wie die Todesfälle bei Paris und Wien zusammenhängen, lässt sich nicht vermeiden. Unterspült vom Alkohol, sind seine Luftschlösser so instabil wie nie zuvor. Als er beginnt, davon zu schwadronieren, dass die Französin sich wahrscheinlich selbst mit Klebeband gefesselt und ins Klo gesperrt hat, reicht es Polivka. Er geht auf die Toilette.

Als er wieder an den Tisch tritt, hat sich Hammel schon auf den französischen gelben Seiten eingeloggt. Unter dem Stichwort *luthier* sind für die Stadt Méru zwei Einträge verzeichnet: ein Jacques Gautard und ein Jacques-Yves Guillemain.

«Scheiß Pech», sagt Polivka.

Doch Hammel lässt sich nicht beirren. Er öffnet das Fenster der Suchmaschine und tippt die Begriffe *Sophie Gautard* und *Méru* in den Balken. Dann klickt er die Bildsuche an. Kein Treffer.

«Okay … Wir probieren's mit *Sophie Guillemain*.»

Acht Fotos bauen sich auf dem Bildschirm auf, acht Porträts, die alle das gleiche Frauengesicht zeigen.

«Das ist sie, wir haben sie!», ruft Polivka aufgeregt. «Hammel, Sie sind ein verfluchtes Genie!»

«Da, schauen Sie her», sagt Hammel, «die Madame hat sogar eine eigene Website.»

Vor Polivkas Augen leuchtet jetzt ein buntes, animiertes Bild auf dem Monitor auf. Im Hintergrund zwei wehende Fahnen: die Trikolore Frankreichs und die schwarz-rot-goldene Flagge Deutschlands. Vorne die Frau aus dem Zug. Sie lächelt. Unter ihrem Kopf die Schrift: *Sophie Guillemain, interprète et traductrice assermentée.*

«Was heißt das?» Polivkas Stimme klingt heiser.

«Dolmetscherin und vereidigte Übersetzerin», sagt Hammel.

6

Gerne wird behauptet, dass man heute komfortabler reisen kann als je zuvor. Tatsächlich aber stürzt sich der Reisende (sofern ihm kein Privatjet zur Verfügung steht) in den Schlund eines immensen schikanösen Häckselwerks, das ihn seiner Nerven und seiner Würde beraubt, um ihn als mürbe, abgeschlaffte Hülle am Zielort auszuspucken.

Wer nämlich

1. fliegt, der muss sich einer ganz besonders ausgeklügelten Prozedur der Erniedrigung unterziehen, die damit beginnt, dass er sich spätestens zwei Stunden vor dem Start am Flughafen einzufinden hat, um sich

a) durchleuchten,

b) begrapschen,

c) seiner Zahnpasta und seines Flachmanns berauben zu lassen und

d) die verbleibenden eineinhalb Stunden Wartezeit mit zehn anderen Passagieren in einer knapp drei Quadratmeter großen, verglasten Rauchervitrine zu verbringen. («Mama, warum hat man die Menschen da eingesperrt?» – «Weil es böse, dumme Leute sind, mein Schatz.»)

2. mit dem eigenen Wagen fährt, der tut das nicht bei Vogelgezwitscher und Sonnenschein auf leeren, idyllischen Bergstraßen, wie ihm das die Fernsehwerbung vor dem Ankauf seines Autos suggeriert hat. Stattdessen

a) muss er sich den Vogel von anderen Fahrern zeigen lassen,

b) kann er die Sonne hinter Abgaswolken nur erahnen und

c) steht er zwischen Lärmschutzwänden im Stau.

Da der Schiffsverkehr zwischen Wien und Méru zu vernachlässigen ist, bleibt leider nur

3. die Bahn.

Es ist zwanzig vor vier, der Zug verlässt gerade Attnang-Puchheim, und der Grad von Polivkas Erschöpfung übertrifft inzwischen jenen seiner Übelkeit. An Schlaf ist trotzdem nicht zu denken. *Im Schlaf zu den Traumzielen Europas*, liest er am Deckblatt eines Werbeprospekts, das auf der handtellergroßen Ablage zwischen zwei schrumpligen Kiwis steckt. *Euro Sleep Line: Raffinierte Abteile für optimale Platznutzung.*

Polivka liest im Stehen: Die optimale Platznutzung der raffinierten Abteile hat keine Sitze vorgesehen, und aus der unteren Koje des Stockbetts quellen die Rundungen von Hammels eingekeiltem Wanst. Um in die obere zu gelangen, müsste Polivkas Gesamtzustand jener menschlichen Norm

56

entsprechen, der diese mobile Abstellkammer offensichtlich zugedacht ist: schlank gewachsen, durchtrainiert, nicht im Geringsten klaustrophob und vor allem stocknüchtern, kurz: moderner europäischer Standard.

Ein Glück nur, dass Hammel und Polivka ohne Gepäck unterwegs sind. Nicht einmal die Kleider kann man irgendwo verstauen, ganz abgesehen davon, dass es akrobatischer Entfesselungskünste bedürfte, sich ihrer hier zu entledigen.

Nach dem Besuch auf Sophie Guillemains Website hat Bezirksinspektor Polivka seinem Kollegen den außerdienstlichen Befehl erteilt, die Homepage der Österreichischen Bundesbahnen anzusteuern. Es war schon zehn nach elf, und um den letzten Zug Richtung Méru noch zu erreichen, musste man, wie Hammel eruierte, kurz vor Mitternacht am Bahnhof Meidling sein.

«In München steigen Sie dann um», hat er zu Polivka gesagt, «zu Mittag sind Sie in Paris und gegen vier am Nachmittag ...»

«Was soll das heißen, *ich*?», ist ihm sein Chef ins Wort gefallen. «Sie kommen selbstverständlich mit!»

«Und was, bitte, sollen wir dem Oberst Schröck erzählen?»

«Heut ist doch Freitag, Sie alter Pariser, und bis Montagmorgen sind wir wieder da. Herr Wirt! Ein Taxi, zwei Stamperln und die Rechnung!»

Polivka versucht, die Falttür des Abteils zu öffnen. Er rüttelt, drückt und zieht, bis die gewitzte Konstruktion mit einem Mal nach innen klappt und Polivka nach hinten taumeln lässt. Noch ehe ihm der Fruchtsaft durch die helle Leinenhose dringt, weiß er bereits: Die beiden Kiwis sind nicht mehr.

Er zwängt sich durch den geburtskanalartigen Korridor,

von dessen Ende ihm ein mattes Licht entgegenschimmert: Freiheit. Leben. Die Toilette. Wasser ist zwar keines vorhanden, wie Polivka feststellt, als er sich am Waschbecken die bräunlich grünen Flecken aus dem Hosenboden schrubben will, aber doch immerhin eine Sitzgelegenheit.

Jetzt eine Zigarette, denkt er, auf der Klobrille kauernd. Nur eine ... Und schon ist Polivka eingeschlafen.

Die Weiterreise nach Paris gestaltet sich ein bisschen komfortabler. Aufgrund der verspäteten Ankunft in München haben Polivka und Hammel ihren Anschlusszug im Laufschritt gerade noch erreicht; vollkommen außer Atem quetschen sie sich auf zwei freie Sitze am Ende des Großraumwaggons.

Natürlich gleicht auch der einem zu engen und hermetisch abgedichteten Kondom; natürlich lassen sich die Fenster auch in diesem Zug nicht öffnen, und natürlich ist auch hier das Rauchen strengstens untersagt. Elf Nichtraucherwaggons noch einen zwölften für Tabakliebhaber anzuhängen, wäre ein geradezu bestialischer Verstoß gegen die Dogmen der westlichen Volksgesundheitsideologie. Es zählt schon lange nicht mehr, wie der Mensch nun einmal ist, nur noch, wie er zu sein hat. Um im hehren Kampf für reines Blut und langlebige Arbeitskräfte weitere Fronten zu eröffnen, hat man in den Zugängen zu den Waggons Plakate affichiert, die (neben durchgestrichenen Zigaretten, durchgestrichenen Skateboards, durchgestrichenen Eistüten, durchgestrichenen Fußbällen, durchgestrichenen kackenden Hunden und durchgestrichenen Mobiltelefonen) eine durchgestrichene Flasche zeigen. Darunter werden die Fahrgäste – in minuziös gegendertem Deutsch und Französisch – darauf hingewiesen, dass das Trinken alkoholischer Getränke auf den Sitzplätzen verboten ist. *Aus Rücksicht auf die anderen PassagierInnen ersuchen wir Sie, Alkoholika nur noch in unserem komfortablen Speisewagen zu konsumieren.*

Nicht, dass sich Polivka nach einem weiteren Glas Grappa oder auch nur Bier gesehnt hätte. Im Gegenteil. Er hält es sogar erstmals für zwar unwahrscheinlich, aber möglich, dass es die Diätberaterin nur gut mit ihm gemeint haben könnte. Egal, denkt Polivka, verlorene Liebesmüh: Die Rohkost klebt jetzt ohnehin auf meinem Arsch.

Kurz nach halb ein Uhr mittags fährt der Zug im Pariser Ostbahnhof ein. Als Polivka und Hammel auf den Vorplatz treten, schüttet es in Strömen. Trotzdem setzen die zwei grauen, unrasierten Herren das erste Lächeln des Tages auf. Der eine, weil er französischen, also geheiligten Boden unter seinen Füßen weiß, der andere, weil er sich nun endlich eine Gauloise anstecken kann. Und beide, weil sie eine Dusche ohnehin schon dringend nötig hatten.

«Was jetzt?», fragt Polivka.

«Wir gehen zum Gare du Nord», erwidert Hammel.

«Zum was?»

«Zum Nordbahnhof.»

«Wie weit?»

«Nicht einmal eine Viertelstunde.»

Eineinviertel Stunden später stehen sie vor dem Nordbahnhof. Der Grund für die Verspätung ist Polivkas Vorschlag gewesen, unterwegs zwei Zahnbürsten zu kaufen. Nur zum Schein bedauernd, hat ihm Hammel daraufhin erklärt, gerade diese Gegend sei mit Drogerien schlecht bestückt; er wisse aber einen Laden in der Nähe, für dessen Besuch sie einen klitzekleinen Umweg in Kauf nehmen müssten. Hammel war in seinem Element, als er – bedachtsam jede Drogerie vermeidend – durch den Pariser Regen spazierte. Polivka trottete brav hinterdrein, ohne den Enthusiasmus seines Kollegen zu teilen. Mit Ausnahme Venedigs fand er alle neuzeitlichen Städte weitgehend identisch: Auf den gleichen grauen Straßen fuhren die gleichen Autos, in den Auslagen der gleichen Ladenketten konnte man die gleichen Waren betrachten. Nur die Sprache differierte. Und – zumindest in Paris – die Hautfarbe der Zuwanderer und Asylanten. Bei einem der zahlreichen afro-französischen Straßenhändler hat Polivka (sentimental, weil hinreichend verkatert) als Mitbringsel für seine Mutter einen handgeschnitzten Holzelefanten gekauft.

«Wo ist eigentlich der Eiffelturm?», fragt er Hammel, als die beiden – bis auf die Knochen durchnässt – den Bahnhof betreten.

«Fünf Kilometer weiter drüben im Südwesten, auf der anderen Seite der Seine. Mit der Métro wären wir in einer Viertelstunde dort. Wir könnten ...»

«Nein», unterbricht ihn Polivka energisch. «Nein.»

Méru. Viel mehr ist dazu nicht zu sagen. Es ist eines jener Städtchen, die gerade klein genug sind, dass die Einwohner einander kennen, und gerade groß genug, dass sie einander nicht grüßen müssen. Im Département Oise gelegen, hat Méru, wie Hammel Polivka erläutert, in der vor- und frühindustriellen Zeit die führenden Manufakturen auf dem Gebiet der Perlmuttverarbeitung und Bürstenmacherei beherbergt. Registrierkassen, Akkordeons und Schreibmaschinen waren mit Tasten aus Méru versehen, aber auch die Herstellung von Zahnbürsten, die erst ab etwa 1830 allgemein gebräuchlich wurden, brachte der Region einen enormen wirtschaftlichen Aufschwung.

«Ah, ja», sagt Polivka, «interessant.»

Sie überqueren den Platz vor der venezianerroten Bahnstation; es ist Punkt vier Uhr nachmittags. Der Regen hat inzwischen nachgelassen, nur ein leichtes Nieseln sorgt dafür, dass die klammen, zerknitterten Kleider nicht trocknen. Frisch geputzte Zähne mögen hilfreich sein, wenn einen jemand nah genug an sich heranlässt; doch die wenigen Passanten, die zu sehen sind, machen einen großen Bogen um die zwei vermeintlichen Clochards, die der Zug aus Paris – wie es scheint, versehentlich – hier ausgespuckt hat.

«Pardon, madame!», ruft Polivka. «Pardon, monsieur!»

Nach einer Weile wird es ihm zu bunt. Er stellt sich einer älteren Frau mit dicker Brille in den Weg und zückt seinen Ausweis. «Police, madame! Je … äh … Wie heißt jetzt diese Straße, Hammel?»

«Avenue Jean Sébastien Bach», erwidert Hammel, der an Polivkas Seite getreten ist. «Auriez-vous la gentillesse, chère madame, de nous indiquer où se trouve l'avenue Jean Sébastien Bach?»

Die Frau überlegt. «Ça doit être dans ce lotissement dans le nord-ouest», sagt sie dann. «Vous prenez cette direction là, c'est une petite promenade de pas plus de quinze minutes.»

«Merci beaucoup, madame.» Hammel verbeugt sich, während die Frau, so schnell sie kann, das Weite sucht.

«Was hat sie gesagt?», fragt Polivka.

«Wir müssen nach Nordwesten gehen.»

«Wie weit?»

«Nicht einmal eine Viertelstunde.»

«Wissen Sie was, Hammel? Lecken Sie mich.»

7

Grauer Himmel über Wohnsilos, die Autos zischen auf der regennassen Fahrbahn. Rechts ein langer Wall containerartiger Verschläge, darin eine Fahrschule, ein Supermarkt und eine

Apotheke, gegenüber das kleine Spital von Méru. *Ville sous vidéo-surveillance!*, liest Polivka auf einer emaillierten Hinweistafel. Dafür braucht er keine Übersetzung. Wenn der Mensch so werden soll, wie er zu sein hat, muss die Obrigkeit ein waches Auge auf ihn haben. Polivka schlägt seinen Jackenkragen hoch.

Knapp zehn Minuten später sind die zwei am Ziel. *Avenue Jean Sébastien Bach*, steht auf einer weiteren Tafel, und darunter *Lotissement bonheur de la forêt*, was laut Hammel so viel heißt wie: *Wohnsiedlung Waldesglück*. Vor ihnen erstreckt sich eine schier endlose Reihe ebener, spärlich bewachsener Gärten mit niedrigen, schmucklosen Einfamilienhäusern.

Neben dem Gartentor von Nummer 146 ist ein unscheinbares Messingschild befestigt: *Jaques Guillemain – luthier – fabrication et réparation*.

«Wir müssen durch viel Trübsal in das Reich Gottes eingehen», deklamiert Polivka.

«Wie bitte?»

«Die Adresse, Hammel, die Adresse: Johann Sebastian Bach Nummer 146. Im Bach-Werke-Verzeichnis ist das eine kirchliche Kantate mit dem Titel *Wir müssen durch viel Trübsal*. Haben Sie das nicht gewusst?» Polivka grinst. Es tut ihm sichtlich wohl, nun endlich auch ein bisschen renommieren zu können. «Und dann wohnt auch noch ein Instrumentenbauer hier», fügt er hinzu.

«*Hat* hier gewohnt», sagt Hammel ungerührt. «Und jetzt? Was sollen wir tun?»

«Wir schauen, ob Madame Guillemain bereits aus Wien zurückgekehrt ist.»

Polivka drückt auf die Klinke, doch das Gittertor ist zugesperrt. Er betätigt den Klingelknopf unter dem Messingschild und wartet eine Weile. Keine Antwort. Die Tür bleibt verschlossen, hinter den Gardinen regt sich nichts.

«Dann also Räuberleiter, Hammel.»

«Aber Chef! Sie wollen doch nicht ...»

«Natürlich will ich. Oder glauben Sie, ich fahr jetzt einfach so nach Wien zurück?»

«Wir könnten uns doch in Paris ein Zimmer nehmen und dann morgen ganz gemütlich ...»

«Räuberleiter», sagt Polivka drohend.

Hammel lehnt sich also rücklings an den Zaun und legt die Hände ineinander. Sekunden später landet Polivka auf allen vieren im feuchten Gras. Zu den zwei grünen Schmutzflecken auf seinem Hinterteil gesellen sich nun zwei weitere auf seinen Knien.

«Scheiße.» Polivka wischt sich die Hände an der Hose ab und entriegelt das Tor, um Hammel einzulassen.

«Leise jetzt ...»

Sie umrunden das Gebäude, um in den hinteren, von der Straße her nicht einsehbaren Teil des Gartens zu gelangen. Hier besitzt das Haus eine Veranda, von der man auf einige Ziersträucher und – jenseits des Zauns – auf einen undurchdringlichen Waldsaum blickt. Kein Windhauch und kein Vogel, nichts regt sich im Waldesglück.

Polivka steigt die Treppe zur Veranda hoch. Gebückt schleicht er unter den Fenstern entlang und späht durch die Glastür, die ins Innere des Hauses führt. Er sieht in einen menschenleeren Raum, in ein banales Wohnzimmer, wie man es auch aus Frauentausch- und Super-Nanny-Serien im Privatfernsehen kennt. Ein Esstisch, eine Couch, eine Kommode. An der Wand diverse Nachdrucke von Renoir, Monet, Toulouse-Lautrec. Man ist schließlich in Frankreich.

Hammel, der im Garten wartet, tritt nervös von einem Bein aufs andere. Seine Unruhe steigert sich, als von der Straße her das Geräusch eines Motorrads ertönt. Kurz vor dem

Haus wird die Maschine langsamer; ihr Dröhnen ebbt zu einem dumpfen Grollen ab und erstirbt.

Auch Polivka horcht jetzt auf. Ein Wink zu Hammel, sich so rasch es geht im Buschwerk zu verstecken, dann eilt auch er auf der Suche nach Deckung die Treppe hinab. Gerade noch rechtzeitig findet er Schutz hinter einem der Sträucher, als eine schlanke Gestalt um die Hausecke biegt. Schwarze Ledermontur, schwarze Stiefel. Die bleiernen Wolken spiegeln sich im Vollvisier des schwarzen Sturzhelms, der wie ein großer, augenloser Schädel auf dem hochgewachsenen Körper sitzt. Es ist ein gewaltiges schwarzes Insekt, das da zur Veranda hinaufschleicht, denkt Polivka, eine gefährliche, giftige Ameise.

Nur dass die Ameise ein Stahlrohr in den Händen hält.

Schon ist das Klirren zerberstenden Glases zu hören, das Knirschen der Stiefel auf den Splittern. Das Insekt kriecht durch den Türrahmen ins Haus.

«Herrgott, Chef, was tun Sie da!», zischt Hammel, als Polivka Anstalten macht, sein Gebüsch zu verlassen.

«Wir sind Polizisten», flüstert Polivka zurück, «und müssen etwas unternehmen!»

«Nein! Wir sind *Touristen*! Hier in Frankreich haben wir keinerlei Befugnis, und schon gar nicht dazu, einfach so in fremde Gärten einzusteigen!»

Überrascht von Hammels ungewohnter Vehemenz, hält Polivka inne. Er zögert lang genug, um – wenn auch widerstrebend – zu der Einsicht zu gelangen, dass Kollege Hammel recht hat.

«Schlappschwanz», murmelt Polivka.

Sogar wenn sie nichts anderes täten, als die Funkstreife zu holen, wäre ihnen eine Nacht im Kotter von Méru so gut wie sicher. Und dazu ein Anruf der französischen Behörde bei der Dienststelle in Wien, am besten gleich bei Oberst Schröck: Man habe hier zwei obdachlose Männer aufgegriffen, die sich im Besitz von – offenbar gestohlenen – Wiener Polizeiausweisen befänden. Da die beiden widerrechtlich ein Privatgrundstück betreten hätten und so weiter und so fort …

Den Rest will Polivka sich gar nicht ausmalen.

«Warmduscher», murmelt er. «Sitzbrunzer.»

Sie warten. Polivka kann spüren, wie sein Verdauungsfeuer aufflammt, wie sich sein Gekröse aufbläht. Helium statt Methan, das wäre jetzt die Lösung: Noch ein paar Minuten seinen Schließmuskel zusammenkneifen, und er würde sanft entschweben, hoch über Méru hinaus, bis alle Menschen unten auf der Erde aussähen wie Ameisen.

«Wir müssen hier irgendwie weg», raunt er zu Hammel hinüber. «Auf drei rennen wir los.»

«Und dann?»

«Wir suchen eine Telefonzelle und alarmieren die zuständige Polizeiwache.»

«Warum nicht mit dem Handy?»

«Rufnummernerfassung, Hammel. Anonym geht heutzutage gar nichts mehr.»

«In Ordnung … Sie zählen, Chef.»

Polivka macht sich startbereit. «Eins», beginnt er. «Zwei …» Die Drei bleibt ihm im Halse stecken.

Aus dem Haus tritt lauernd das Insekt, in einer Hand das Stahlrohr, in der anderen einen halb gefüllten Plastiksack. Es dreht den schwarzen Riesenschädel langsam hin und her, so als wolle es Witterung aufnehmen, huscht dann die Treppe hinab und verschwindet hinter der Hausecke. Kurz darauf lässt sich wieder das Brummen des Motors vernehmen, das rasch zu einem aggressiven Röhren anschwillt, um sich binnen weniger Sekunden in der Ferne zu verlieren.

Hammel steht auf und wischt sich den Schweiß von der Stirn. «Jetzt aber nichts wie weg hier», ächzt er heiser.

«Ganz im Gegenteil», gibt Polivka zurück und zeigt auf die zerbrochene Verandatür. «Das Sesam ist geöffnet, Hammel.» Mit dem Ausdruck seliger Erleichterung entlässt er eine veritable Blähung und spaziert zum Haus hinüber.

Ganze Arbeit hat die Ameise in dieser kurzen Zeit geleistet. Kastentüren und Laden stehen offen, auf dem Boden liegen Zeitungen und Bücher, Kleider, Briefe und CDs verstreut. Die Bilder der Impressionisten sind von den Wänden gerissen, die Rahmen zertrümmert und achtlos beiseite geworfen. Polivka bahnt sich den Weg durch diese Landschaft der Zerstörung, während Hammel unschlüssig auf der Veranda stehen geblieben ist.

«Was ist jetzt? Kommen S', helfen S' mit!»

«Wenn Sie mir sagen, was wir suchen …» Hammel zwängt sich durch die Tür und bleibt mit einem Ärmel an den Splittern hängen, die noch aus den Kanten ragen. «Mist, verdammter!» Er verdreht den Arm, um den entstandenen Schaden zu taxieren.

«Vergessen S' Ihre Garderobe, Hammel, eleganter werden wir auf dieser Reise ohnehin nicht mehr. Um Ihre Frage zu beantworten: Wir suchen das, was nicht mehr da ist. Irgendwas hat dieser … dieses schwarze Monstrum mitgehen lassen.»

«Sollte ich nicht besser draußen Schmiere stehen?»

«Natürlich sollten Sie. Nur dass wir doppelt so lang brauchen werden, wenn ich mich allein hier umschauen muss.»

Ob Dienstzeit oder nicht, man ist nun einmal Untergebener: Verdrossen trottet Hammel hinter seinem Vorgesetzten her. Sie treten in die Küche, steigen über Berge von zerbrochenem Geschirr («Ameisenhaufen», murmelt Polivka) und gehen weiter in den Vorraum. Gegenüber der straßenseitigen Eingangstür führen hier zwei Treppen in den ersten Stock und in den Keller.

«Sie hinunter, ich hinauf», sagt Polivka.

Im oberen Geschoss ein Bad, ein Gästezimmer und ein Schlafraum, alle so wie das Parterre verwüstet. Von dem Chaos abgesehen, kann Polivka hier nichts entdecken, das sein Interesse weckt. Gerade dieses Nichts macht ihn nun aber stutzig. Er sinniert und grübelt, bis er auf die Lösung stößt: Das Interieur des Guillemain'schen Hauses ist von keinerlei Indizien weiblichen Gestaltungswillens geprägt. Es ist spartanisch, nüchtern, karg. Ein Heim für einen Mann. Für einen anspruchslosen, biederen und alleinstehenden Mann.

Als Kriminalbeamter weiß man selbstverständlich, wo man Zahl, Geschlecht und Alter der in einer Wohnung oder einem Haus lebenden Menschen rasch und zuverlässig feststellen kann: im Badezimmer. Und tatsächlich findet Polivka hier keine Spur von Lippenstiften und Parfüms, von Hautcremes oder sonstigen Kosmetika. Nur einen Nassrasierer, Seife, Zahnpasta und (das bestätigt den Verdacht endgültig) eine vereinsamte Zahnbürste auf der verchromten Stellage neben dem Waschbecken.

Als Polivka ins Schlafzimmer zurückkehrt, fällt ihm doch noch etwas auf: Am Fußende des Betts liegt eine leere Reisetasche, deren Tragegurt die Banderole einer Fluggesellschaft ziert: ein rot-gelbes Papierband mit dem weißen Schriftzug der Iberia-Airlines.

Spanien, denkt Polivka. In einem spanischen Zug hat sich doch heuer auch schon jemand das Genick gebrochen …

«Brauchen Sie noch lange, Chef?», dringt ein verhaltener Ruf aus dem Parterre zu ihm.

«Entspannen Sie sich, Hammel. Hier hat nur der Mann gewohnt, und der wird nicht mehr hier vorbeischauen.» Polivka steigt die Treppe hinab. «Haben Sie im Keller nichts gefunden?»

Anfangs ärgert er sich noch, dass Hammels Antwort ausbleibt. Dann, in Anbetracht des Mienenspiels seines Kollegen, überkommt ihn ein spontaner Anflug von Belustigung: Hammels ohnehin leicht käsiges Gesicht ist leichenblass, die kleinen roten Lippen stehen offen wie bei einer dieser aufblasbaren Puppen. Hammels Wangen zittern.

Schließlich aber hört auch Polivka es selbst.

Das Knirschen eines Schlüssels in der Eingangstür.

Und ehe die zwei Herren Reißaus nehmen können, tritt sie auch schon in den Vorraum.

Sie.

Sophie Guillemain.

8

Die ersten drei Sekunden sind es, die entscheiden. Während dieser kurzen Spanne machen alle Sinne sozusagen Überstunden. Freund und Feind, Terrain und Möglichkeiten werden eingeschätzt, die Weichen Richtung Angriff oder Flucht, Verhandlungen oder Kapitulation gestellt.

Nicht mehr als drei Sekunden.

Der erste Blick der Frau trifft Hammel, und er löst beachtliches Erschrecken bei ihr aus. Beachtlich insofern, als Hammel (dem sie ja noch nie begegnet ist) zwar überraschend, aber alles andere als bedrohlich vor ihr steht. Er gibt vielmehr das sprichwörtliche Bild eines Kaninchens vor der Schlange ab, nur dass sich diese Schlange nun anscheinend selbst für ein Kaninchen vor der Schlange hält.

Im nächsten Augenblick bemerkt sie Polivka. Bevor sie seine ihr bereits vertrauten Züge mit dem richtigen Karteieintrag aus ihrer zerebralen Datenbank verknüpfen kann, blitzt eine Spur von Sympathie in ihren Bernsteinaugen auf – ein Körnchen Wohlwollen, unbewusst und daher umso ehrlicher, wie Polivka (ebenso unbewusst) registriert.

Bevor Sekunde Nummer eins zu Ende geht, haben die Beteiligten schon allerhand geleistet: Sie haben das Schlachtfeld vermessen, den Gegner taxiert und einfache chemische Chiffren gesendet.

In der zweiten wird die Kommunikation komplexer; das Gehirn beginnt sich einzumischen, um die bislang unverfälschten zwischenmenschlichen Signale zu verzerren. Gleich wird der Marktplatz öffnen, und so ordnen die Händler noch rasch ihre Waren, die repräsentativsten ganz nach vorn, die hässlichen nach hinten, in den Schatten. Denn verkauft wird heute ohnehin nicht en detail, es geht um alles oder nichts, es geht ums Ganze.

Viel hat Polivka nicht aufzubieten. Nur dass er, einem dubiosen Argwohn folgend, schwer betrunken eine sehr spontane Reise angetreten hat. Das weist ihn zwar als kapriziösen Trottel aus, aber doch wenigstens als *interessanten* kapriziösen Trottel. Wirklich schlecht steht ihm dagegen zu Gesicht, dass ihn Madame auf frischer Tat bei einem Einbruch in das Haus ihres verstorbenen Herrn Gemahls ertappt hat. Und entsprechend inferior ist seine äußere Erscheinung: ungewaschen, schmutzig, schäbig. Ein Verbrecher.

Andererseits, denkt Polivka, hält diese Amélie oder Sophie (oder wie immer sie sich nennt) auch nicht die besten Karten in der Hand. Mit ihren Lügen und mit ihrer Flucht hat sie ihn schließlich überhaupt erst nach Méru gelockt. Infam die Schwindelei mit ihrer Unkenntnis der deutschen Sprache. Eine Dolmetscherin! Man muss auf der Hut bei ihr sein; wer weiß, was sie sonst noch für Leichen im Keller verbirgt.

Polivkas Überlegungen zu Madame Guillemains evidentesten Schwächen läuten die dritte Sekunde ein. Es ist die Zeit der strategischen Planung, der Antizipation und Koordination von Ablenkungsmanövern und Attacken.

Die Frau dürfte auch schon hier angelangt sein. Kurz mustert sie Polivkas Hosen, dann kehrt ihr Blick – um einiges ruhiger – zu Hammel zurück.

An dessen entgeisterter Miene hat sich freilich nichts verändert: Hammel ist in der ersten Sekunde hängen geblieben.

So viel zur Vorbereitung des verbalen Schlagabtauschs, den Sophie Guillemain mit Anbruch von Sekunde Nummer vier eröffnet.

«Quelle surprise, messieurs, désolé de vous déranger.»

Aus den Augenwinkeln sieht Polivka, dass Hammel zu einer Entgegnung ansetzt; er gebietet ihm mit einem raschen Wink zu schweigen.

«Sie wissen ja bereits, Madame», sagt er nun selbst, «dass ich Sie nicht verstehen kann. Allzu sehr bedauere ich das aber nicht, denn Ihre Sprache klingt für mich wie eine Mischung aus Strangulation und Kehlkopfkrebs.» Polivka schenkt Sophie Guillemain ein bezauberndes Lächeln.

«Aber Chef!», bricht es aus dem entrüsteten Hammel hervor.

«Contenance, Hammel.» Polivkas Stimme ist honigsüß.

Sophie Guillemain zuckt nicht mit der Wimper. Stattdessen erwidert sie Polivkas Lächeln und meint ruhig: «Das Deutsche klingt selbst dann noch wie ein Presslufthammer, wenn man es beherrscht, Herr Kommissar.»

Eine Zeitlang herrscht Schweigen. Sie messen einander mit freundlicher Feindseligkeit.

«Wie sind Sie draufgekommen, dass ich mit dem Presslufthammer umgehen kann?», fragt Sophie nach einer Weile. «Wie sind Sie überhaupt auf meine Spur gekommen?»

«Zeitungen und Internet. Eine Reihe vermeintlicher Unfälle in europäischen Zügen. Ein toter Geigenbauer aus Méru und seine trauernde Witwe. Sophie Guillemain, vereidigte Übersetzerin.»

«Bravo, Herr Polivka. Lesen können Sie wenigstens.»

«Lesen muss ich gar nicht können. Dafür hat man Mitarbeiter. Darf ich vorstellen: Gruppeninspektor Hammel.»

«Enchanté, madame», flötet Hammel.

«Ah, on parle français.»

«Bien sûr, madame! La langue la plus belle du monde!»

«Charmeur …»

«Pardon», mischt Polivka sich ein. «Pardon! Vielleicht hätten die Herrschaften die Güte, mich einzubeziehen.»

«Ich dachte, Sie lassen lieber andere für sich arbeiten», versetzt Sophie Guillemain. Und, an Hammel gewandt: «Sie haben wohl auch das Haus für ihn aufgebrochen?»

«Aber nein, Madame! Das war keiner von uns.»

«Was soll das heißen, keiner?» Ernst und wachsam stellt sie diese Frage.

«Es war …»

«Eine Ameise», schneidet Polivka Hammel das Wort ab. «Schwer motorisiert und knapp zwei Meter groß.»

Ein Ruck geht durch Sophie Guillemain. Die Bernsteinaugen blitzen auf. «Wann war das?»

«Vor etwa einer Viertelstunde. Aber jetzt, Madame, ist es an uns, Ihnen einige Fragen zu stellen.»

«Lassen Sie sich nicht aufhalten, Herr Kommissar. Ich

habe im Moment nur leider keine Zeit, sie zu beantworten.»
Mit sanftem Griff schiebt sie Hammel zur Seite und öffnet
die Kellertür. «Es war mir ein Vergnügen, meine Herren. Bitte
grüßen Sie die schöne Wienerstadt von mir.» Schon wendet
sie sich um und steigt zügig die Treppe hinab.

Es dauert seine Zeit, bis Polivka die Sprache wiederfindet.
«So nicht», stößt er mit heiserer Stimme hervor. «Ganz sicher
nicht … Was ist im Keller unten, Hammel?»

«Hauptsächlich die Geigenwerkstatt.»

«Gut … Sie bleiben bis auf weiteres beim Fenster stehen.
Wenn sich da draußen irgendwer dem Garten nähert, schlagen
Sie sofort Alarm. Verstanden?»

«Ja.»

«Dann los», brummt Polivka mehr zu sich selbst und setzt
sich in Bewegung.

Am Fuß der Treppe stößt er auf einen verwinkelten, niedrigen Gang, flankiert von Stellagen und Borden. An der Decke
eine Reihe billiger, mit Draht geschützter Lampen, deren mat-
ter Schimmer ihm den Weg zur Werkstatt weist: ein großes,
quadratisches Zimmer, in dessen Zentrum ein Arbeitstisch
steht. Trotz einer bunten Vielzahl an diversen Werkzeugen
und Materialien wirkt alles wohlgeordnet – offensichtlich ist
die Ameise nicht bis zum Keller vorgedrungen. Warmes Licht
streicht über einen Himmel voller Geigen: Hölzerne Fragmen-
te demontierter oder unfertiger Instrumente baumeln vom
Plafond, und Polivka zieht automatisch den Kopf ein, sobald
er den Raum betritt.

An der Werkbank lehnt Sophie Guillemain und macht sich
an einer der Violinen zu schaffen. «Die hier war sein Ein und
Alles», sagt sie, als sie Polivka bemerkt. «Angeblich eine echte
Vuillaume.»

«Aha», sagt Polivka.

«Jean-Baptiste Vuillaume, einer der berühmtesten Geigenbauer des neunzehnten Jahrhunderts.»

«Sicher.»

«Paganini hat auf Geigen von Vuillaume gespielt.»

«Wenn Sie es sagen.»

Nachdenklich wiegt Sophie Guillemain das Instrument in der Hand. «Zumindest hat Jacques immer augenzwinkernd behauptet, sie sei ein Original, obwohl es sich nach einhelliger Meinung seiner Fachkollegen nur um einen Nachbau handelt. Aber egal, er hätte das Stück sowieso nicht verkauft.»

«Dann können Sie das jetzt an seiner Stelle tun.»

«Das ist durchaus nicht meine Absicht. Aber da ich, wie Sie ja vielleicht bei Ihrer Hausbesichtigung gemerkt haben, nicht mehr hier wohne, wollte ich mir wenigstens ein kleines Souvenir mitnehmen. Apropos: Das Haus steht zum Verkauf, Herr Polivka. Vielleicht sind Sie ja interessiert.»

«Nicht meine Gegend», kontert Polivka trocken. «Allein der weite Weg zur Arbeit ...»

Unwillkürlich huscht ein Schmunzeln über ihr Gesicht. «Im Hinblick auf die Gegend sind wir einer Meinung. Für mich als Gallierin ist es das Schlimmste, wenn einem der Himmel auf den Kopf fällt. Wissen Sie übrigens, was Gallierin auf Französisch heißt?»

«Nein.»

«Gauloise. Haben Sie noch eine für mich übrig?»

Polivka streckt ihr die Zigarettenschachtel hin und gibt ihr Feuer. «Nur, um die Dinge zusammenzufassen», meint er dann. «Sie werden am anderen Ende Europas überfallen, gefesselt und in einer Eisenbahntoilette eingesperrt. Im Abteil neben Ihnen bricht sich – zufälligerweise – ein Mann das Genick. Sie entziehen sich den Ermittlungen der österreichischen Behörden, und das Erste, was Sie tun, sobald Sie wieder hier in Frankreich sind, ist, sich ein unbedeutendes Andenken aus dem Haus Ihres Gatten zu holen, der – zufälligerweise – vor zwei Wochen durch einen Genickbruch in einem französischen Zug den Tod gefunden hat. Kurz bevor Sie hier eintreffen, dringt – zufälligerweise – ein Unbekannter in das Haus ein und durchwühlt die Sachen Ihres Mannes. Ist das so weit richtig, Madame ... Gauloise?»

Sophie Guillemain lächelt. «Nein», gibt sie zurück. «Jacques war nicht mehr mein Mann. Wir haben uns erst kürzlich scheiden lassen. Einvernehmlich. Manchmal passt man eben doch nicht so zusammen, wie man dachte, und es ist ein Segen, das gemeinsam und in aller Freundschaft akzeptieren zu können. Von den Zeitungsredakteuren wird so etwas natürlich nicht erwähnt: Eine trauernde Witwe macht sich beim Leser doch hundertmal besser als eine trauernde Exfrau.»

«Dann also geschieden ... In Ordnung, gut», sagt Polivka.

«Es freut mich, dass Sie das goutieren.»

Für einen Augenblick setzt Polivkas Gehirn aus, und sein Herz schlägt einen Purzelbaum. *Es freut mich, dass Sie das goutieren.* Hat Sophie Guillemain das jetzt wirklich gesagt? Und wenn ja, wie hat sie es gemeint? Polivka schluckt und räuspert sich und ruft die grauen Zellen zur Ordnung. Man muss tatsächlich auf der Hut sein; diese Frau ist mit allen Wassern gewaschen.

«Schön», fügt er hinzu. «Dann darf ich also davon ausgehen, dass der Rest der Geschichte korrekt ist?»

Ein leises Seufzen, und Sophie Guillemain dämpft ihre Zigarette aus. «Ich fürchte, ja. Und ich verstehe auch, dass Sie sich ein paar Antworten von mir erwarten. Lassen Sie uns hier verschwinden, Monsieur Polivka, und die Sache woanders besprechen. In Amiens zum Beispiel.»

«Und warum in Amiens?»

«Weil ich dort wohne. Und weil ich noch einen Topf voll Coq au vin im Eisschrank habe. Sie sehen hungrig aus.»

«Das bin ich allerdings. Der gute Hammel sicher auch.» Polivka strahlt, er kann nicht anders.

«Dann bleibt nur zu hoffen, dass Sie beiden keine Vegetarier sind.»

«Madame, ich darf doch bitten! Keine Unterstellungen!», sagt Polivka.

9

Vor dem Haus steht breit und elegant die grüne Göttin der Madame Sophie: ein Citroën DS mit offenem Verdeck, gut vierzig Jahre alt.

Kein Wunder, dass Hammel ins Schwärmen gerät, sobald er das Prachtstück erblickt. Und als er in den Fond des Wagens klettert, ist seine Eloge auf das Flaggschiff der französischen Automobilindustrie noch immer nicht zu Ende.

«Die D-Reihe von Citroën», doziert er, «hat mit dem DS-Modell ihren absoluten Höhepunkt erreicht. Und warum, glauben Sie, hat man ihn trotzdem einfach nur *DS* genannt?»

«Keine Ahnung», sagt Polivka.

«Ganz einfach: Weil das Wort für Wagen – *la voiture* – im Französischen weiblich ist. Und weil *DS* – sprich: *la déesse* – nichts anderes bedeutet als *die Göttin*.»

«Hübsch», nickt Polivka mit einem Seitenblick zu Sophie Guillemain, die sich gerade hinters Lenkrad setzt. «Ich meine, hübsche Geschichte aus seligen Zeiten, Hammel. Damals hat man Autos, Drogen, die Atomkraft und den Stierkampf noch vergöttern dürfen.»

«Und jetzt schauen Sie, Chef, was gleich passieren wird!»
Hammel zappelt wie ein aufgeregtes Kleinkind, während Sophie Guillemain den Schlüssel in das Zündschloss steckt.

Schon springt der Motor an. Ein wenig Gas im Leerlauf, und, von Zauberhand bewegt, hebt sich zunächst das Heck, dann auch der Vorderteil des stromlinienförmigen Gefährts.

«Ein fliegender Teppich!», ruft Polivka.

«Hydropneumatik!», gibt Hammel zurück. «La déesse s'envole vers le ciel!»

«Die Göttin steigt zum Himmel auf», übersetzt lächelnd Sophie Guillemain.

Den Fahrtwind in den Haaren, so gleiten sie über die Landstraße. Hammel wie ein Buddha auf dem Rücksitz, auf dem Schoß den grauen Koffer mit der angeblichen Meistergeige, Polivka neben Sophie, den rechten Ellenbogen lässig über den Türrahmen gehängt. Die wahrhaft glücklichen Momente eines Lebens, denkt er, werden einem meist erst dann bewusst, wenn man auf sie zurückblickt, und vielleicht wird das hier einmal so einer gewesen sein. Wenn man es so betrachtet, könnte man ihn eigentlich schon jetzt genießen ...

Reflexionen dieser Art wohnt immer ein blasphemischer Charakter inne, denn sie rühren an Wahrheiten, die zu begreifen (jedenfalls dem christlich sozialisierten Mitteleuropäer) streng verboten ist. Die Strafe folgt seit jeher auf dem Fuß. Vertreibung aus dem Garten Eden, eine Sintflut oder das jähe Erstarren zur Salzsäule: Man dreht sich nach dem Glück um – und erblickt das Unglück.

Dabei muss sich Polivka erst gar nicht umdrehen, denn der rechte Seitenspiegel der *déesse* ist so justiert, dass auch der Beifahrer nach hinten sehen kann.

Von Méru her nähert sich wütend und schwarz das Motorrad. Rasant wächst sein Umriss im Spiegel, auch Sophie Guillemain scheint es bereits bemerkt zu haben. Zwar verzieht sie keine Miene, aber die *déesse* beschleunigt, schaukelt über eine Bodenwelle und taucht schlingernd in ein dichtes Waldstück ein.

«Cocorico!», jauchzt Hammel und klatscht fröhlich in die Hände.

Links und rechts flitzen die Bäume vorüber, während das Insekt beständig näher kommt. Im Spiegel wirkt es so, als fahre es jetzt seitlich einen Stachel aus: Es ist das Stahlrohr, mit dem es vorhin die Verandatür des Hauses eingeschlagen hat.

«Verdammt!», brüllt Polivka. «Wer ist das?»

Sophie Guillemain gibt keine Antwort. Sie starrt auf die Straße, umklammert das Lenkrad und tritt entschlossen das Gaspedal durch.

Doch es hilft nichts: Binnen weniger Sekunden hat das Motorrad den Citroën erreicht. Es wechselt auf die Gegenspur und setzt zum Überholen an. Mit einem lauten, trockenen Geräusch knallt das Rohr auf die Karosserie und zertrümmert die linke Rückleuchte.

«Merde!», schreit Hammel auf, um hastig ans andere Ende der Rückbank zu fliehen. Dort kauert er sich in die Ecke, den Geigenkoffer fest an sich gepresst.

«Was willst du eigentlich, du Drecksau!» Polivka hat sich abgeschnallt und halb von seinem Sitz erhoben. Während er sich mit der rechten Hand am Rand der Windschutzscheibe festhält, schüttelt er martialisch die zur Faust geballte Linke. Etwa so, als wolle er mit einer Fliegenklatsche einem Düsenjäger drohen.

Die Ameise fährt jetzt auf gleicher Höhe. Langsam dreht sie ihren schwarzen Schädel zu Sophie Guillemain. Mit einem eleganten Schlenker klemmt sie sich das Rohr unter die Achsel und streckt – fordernd und gebieterisch – die Hand aus.

Endlich reagiert Sophie. Ohne den Blick von der Straße zu wenden, ruft sie Hammel auf dem Rücksitz zu: «Le violon! Donnez-lui le violon!»

Aber Hammel ist nicht in der Lage, sich zu rühren. Gelähmt vor Panik, klammert er sich an den grauen Koffer, hält ihn vor der Brust wie einen Schild.

Das Waldstück ist zu Ende. Zwischen Feldern braust der Wagen auf die Brücke der A16 zu, die sich – gesäumt von Mauerwerk und wucherndem Gestrüpp – über die Landstraße spannt.

«Die Geige!», ruft Sophie Guillemain noch einmal.

Doch es ist zu spät. Schon liegt das Stahlrohr wieder in der Hand der Ameise, schon holt sie aus und schleudert es mit aller Kraft in den Fond der *déesse*.

Ein halb erstickter Schrei. Polivka wirbelt zur Seite, packt das Lenkrad und drückt es nach links. Die Kollision der Fahrzeuge ist kaum zu hören, sie ist nicht lauter als das Flattern des verschreckten Vogelschwarms, der von der Böschung auffliegt. Für Sekundenbruchteile verdunkelt sich der Himmel, so als hielte selbst das Licht den Atem an.

Ein Augenblick der Stille.

Dann das jähe Kreischen von Metall, als der Wagen die Leitplanke streift.

Es riecht nach frisch gemähtem Gras, denkt Polivka.

«Nicht deppert sein, Hammel. Nicht deppert sein … Hören Sie mir zu, wir haben übermorgen wieder Dienst, um acht Uhr im Büro, da können Sie nicht einfach … Nachher, Hammel, also übermorgen nach der Arbeit, lad ich Sie auf einen Grappa ein, auf einen Grappa und ein Bier, ganz ohne Zauberkasten oder irgendwelche blöden Fragen ... Wissen Sie, wir haben uns eigentlich noch nie so richtig unterhalten, ich weiß gar nichts über Sie, ich weiß ja nicht einmal, ob Sie ... Na, ob Sie eine Frau haben oder Kinder. Also abgemacht, Sie müssen mir das übermorgen Abend alles ganz genau erzählen. Und dann, statt uns in irgendeinen blöden Zug zu setzen, saufen wir uns einen ganz gepflegten Rausch an. Und wir trinken Brüderschaft. In Ordnung? Das wär ja sowieso schon lange an der Zeit gewesen. Servus, Hammel, Servus ... Herrgott, stell dir einmal vor: Jetzt hocken wir seit gut fünf Jahren im selben Scheißbüro, und mir fällt nicht einmal dein Vorname ein ...»

Behutsam tastet Polivka mit seiner freien Hand nach Hammels Brieftasche. Er zieht sie ihm aus dem Jackett und schützt sie mit der Schulter vor dem Fahrtwind, während er sie aufklappt. Die transparente Schutzhülle des Führerscheins ist blutverschmiert; Polivka wischt sie an der Hose ab.

«Ferdinand heißt du also. Find ich gut, Hammel. Gefällt mir. Also wenn wir dann per du sind, kannst du dir aussuchen, wie ich dich nennen soll. Entweder Ferdl oder Ferdinand. Von mir aus kann ich dich auch weiter Hammel nennen, so wie bisher. Mir ist alles recht, solang ... Solang du jetzt nicht deppert bist. Du willst doch ständig nach Paris. Na eben. Und was glaubst du, wo wir gerade hinfahren? Siehst du. Eine Viertelstunde, und schon sind wir da. Wir flicken dich wieder zusammen, wirst schon sehen, und dann ... Dann lassen wir dich von den schönsten französischen Krankenschwestern mit Champagner und Baguette und Coq au vin verhätscheln. Natürlich mit Blick auf den Eiffelturm ... Verstehst du, nur noch eine Viertelstunde. Also mach jetzt keinen Blödsinn, sei um alles in der Welt nicht deppert ... Bitte, Hammel ... Stirb mir nicht ...»

Die Abenddämmerung bricht schon herein, die ersten Lichter streichen über den Asphalt. Beruhigend summt der

Motor der *déesse*. Sophie Guillemain sitzt stumm am Steuer, unter ihren Bernsteinaugen glitzert es.

Nachdem der Wagen ausgerollt war, haben Sophie und Polivka noch eine ganze Weile auf die Leitplanken gestarrt, als säßen sie im Autokino. Aber irgendwann hat sie den Motor abgestellt, die Tür geöffnet und ist ausgestiegen, um zur Brücke zurückzugehen. Polivka ist ihr gefolgt, mit einem kurzen Blick auf Hammel, der – Gesicht und Brust verdeckt vom Geigenkoffer – auf dem Rücksitz lag.

«Sie können auftauchen, Kollege Hammel», hat er noch gesagt. «Das Monstrum hab ich absorviert.»

Auf der anderen Seite der Brücke lag zertrümmert die Maschine des Insekts. Durch Polivkas Manöver von der Fahrbahn abgedrängt, hatte sie eine Bresche ins Buschwerk der Böschung gerissen und war gegen den Beton geprallt, so heftig offenbar, dass Teile der Verkleidung bis zum gegenüberliegenden Bankett geschleudert worden waren.

Die Ameise jedoch war nicht zu sehen.

Polivka ist hochgeklettert, bis er – oben auf dem Damm – den schwarzen, zerschundenen Helm entdeckt hat. Und darin die Lederhandschuhe, fein säuberlich gefaltet. Ein Lastwagen ist vorbeigedonnert.

«Noch was, Hammel: Diese Scheißsau werd ich mir schnappen, das versprech ich dir, auch wenn der Schröck mich dafür vierteilt, hörst du? Oder wenn ich dafür meinen Abschied nehmen muss …»

Zurück beim leicht verbeulten, aber fahrtüchtigen Citroën, hat Polivka bemerkt, dass Hammel noch genauso dalag wie zuvor. Mit einem mulmigen Gefühl im Magen hat er ihm den Geigenkoffer vom Gesicht genommen.

«Was die heutzutage alles reparieren können. Die Herren Doktoren werden fadisiert sein, Hammel, wenn sie dich sehen. Ein Routinefall, werden sie sagen.»

Polivka spürt, wie ihm die Nässe in die Hose dringt: Hammels Kopf in seinem Schoß, sitzt er in einem warmen Teich, der sich rund um sein Hinterteil im weichen Leder der *déesse* gebildet hat. Ein schlieriges Gemisch aus Blut und Gehirnflüssigkeit. Die Hose wird nicht mehr zu retten sein.

Genauso wenig Hammels linkes Auge. Das Stahlrohr hat es regelrecht aus der Augenhöhle gestanzt. Teile des Stirn- und des Jochbeins sind dabei gebrochen, so die Diagnose Polivkas, der über primitive Erstversorgungskenntnisse verfügt. Also: Die Wunde mit einem sauberen Tuch bedecken, Kopf und Oberkörper hochlagern und darauf achten, dass der Gehirnliquor abfließen kann, damit der Schwellungsdruck im Schädel nicht zu groß wird.

Hammel atmet, immerhin.

«Gut machst du das. Wir sind gleich da. Ich glaub, ich kann den Eiffelturm schon sehen ...»

Die Horte der Genesung und der Obsorge besitzen in modernen Staaten einen eigenen, unverwechselbaren Charme. Sie präsentieren sich dem Betrachter mit dem Habitus sakraler Wichtigkeit, und wie bei Kirchen, Tempeln und Moscheen steckt auch hier der eigentliche Wert im Unsichtbaren. Hält man sich die Zimmerpreise durchschnittlicher Krankenhäuser im Vergleich zu ihrem Mobiliar vor Augen, muss man zu dem Schluss gelangen, dass es sich um Kult- und Opferstätten für ein höheres Wesen handelt. Für ein Wesen, das sich – ohne jeglichen Bezug zu Trivialitäten wie Behaglichkeit oder Ästhetik – umsorgen, mästen und vergöttern lässt.

Auch in den ausgedehnten Warteräumen des *Hôpital euro-*

péen Georges-Pompidou regieren Neonlicht und Plastiksessel. Bunte Plastiksessel immerhin (sie sollen eine Art von Kindergartenfröhlichkeit verströmen). Festgeschraubte Plastiksessel wohlgemerkt (man hat es hier bisweilen auch mit Patienten aus den Vororten zu tun). Es ist ein Ort der radikalen Reduktion aufs Funktionelle – baulich ebenso wie menschlich.

Aber Perserteppiche und offene Kamine würden Polivka jetzt ohnehin nichts helfen. Die Werkstatt, denkt er, darf ruhig ungemütlich sein, solange die Mechaniker den Hammel wieder reparieren.

Seit einer Stunde liegt der havarierte Hammel im OP. Sophie Guillemain hat in der Notaufnahme Dampf gemacht; der lautstarke Wortschwall, mit dem sie Sanitäter und Ärzte mobilisierte, kaum dass sie aus der *déesse* gesprungen war, klingt noch jetzt in Polivkas Ohren nach.

Ein grüner Stuhl für sie, ein roter für ihn, so sitzen sie nebeneinander und warten – Polivka verzweifelt, wütend und erschöpft, Sophie mittlerweile betreten und still, das Inbild des schlechten Gewissens.

Die Minuten tröpfeln vor sich hin wie Morphium aus einer viel zu schwach dosierten Infusion. Die Neonröhren sirren. Am anderen Ende der Halle flattert ein lindgrüner Kittel vorbei, ein Hohepriester auf dem Weg zum Nachtgebet. Hinter gepolsterten Pforten werden jetzt geheime Rituale abgehalten: Sieben Nonnen kleiden ihren Papst in Sack und Asche, flüstern ihm okkulte Formeln zu. Der Papst trägt einen Hahnenkamm auf seinem Scheitel. Er zückt einen Federhalter, kratzt sein Signum auf vergilbte Pergamente. «Hier noch», raunt der Hohepriester ihm ins Ohr, «für unsere afrikanischen Toten. Und hier unten, Eure Heiligkeit· der Auftrag für die neuen Katakomben.» Die Nonnen tanzen wie in Trance, die Beine unter ihren Tuniken sind dünn und schwarz: Ameisenbeine …

«Wie bitte?», schreckt Polivka aus einem dumpfen Halbschlaf hoch.

Sophie Guillemain sieht ihn nicht an. «Ich habe Sie gefragt, ob Sie Geschwister haben.»

«Nein … Ich bin ein Einzelkind.»

«Lassen Sie uns eine rauchen gehen, Herr Polivka.»

10

«Sie müssen wissen, dass ich nicht in Frankreich aufgewachsen bin. Mein Vater war zwar Franzose, ein kleiner Handlungsreisender aus Amiens, aber meine Mutter gebürtige Deutsche. Sie haben sich Ende der Sechziger in Hamburg kennengelernt und sind da geblieben, bis ich zehn Jahre alt war. Dass ich also beide Sprachen beherrsche, ist nur zum Teil meinem späteren Übersetzerstudium geschuldet. *Lavoix*, so lautete mein Mädchenname, und nach meiner Scheidung habe ich mir überlegt, ihn wieder anzunehmen. Vielleicht würde ich das auch tun, wenn … Ja, wenn ich damals allein in der Wiege gelegen hätte. Aber ich bin kein Einzelkind wie Sie, Herr Polivka, ich habe einen Zwillingsbruder. Und seit gestern weiß ich, dass ich nie wieder denselben Namen tragen will wie er.

Hervé und ich, wir haben uns immer gut verstanden. Nein: Wir waren ein Herz und eine Seele. Auch das müssen Sie wissen, um mich zu verstehen. Die Eltern sind gestorben, als wir fünfzehn waren, im Juni 1988, bei einem grauenhaften Zugunglück am Gare de Lyon. Ja, ein Zugunglück; es gibt seltsame Zufälle …

Wir beschlossen damals, uns gemeinsam durchzuschlagen, koste es, was es wolle. Wir versuchten alles, um nicht zu Pflegeeltern abgeschoben zu werden. Und es ist uns schließlich auch gelungen, so lange Sand in die Mühlen der staatlichen Wohlfahrt zu streuen, bis wir volljährig waren – und frei. So etwas schweißt noch fester zusammen. Nie im Leben hätte ich mir vorstellen können, dass einmal der Tag kommt, an dem … an dem ich Hervé verraten werde.

Verschieden waren wir seit jeher. Ich selbst habe immer bedauert, nicht früher geboren worden zu sein, die Hippiebewegung verpasst zu haben. Woodstock, Gras und Liebe statt Konsum und Krieg, das wäre ganz meines gewesen. Stattdessen musste ich erleben, wie Reagan und Thatcher der westlichen Welt ihren Stempel aufdrückten, wie sie einer Gesellschaft den Weg ebneten, die von rücksichtsloser materieller Gier getrieben wird.

Wie auch immer. Hervé hat sich für derlei Dinge nie sehr interessiert. Er war vor allem – ich kann es nicht anders sagen – verspielt. Daher auch diese infantile Schwärmerei für alles Militärische. Jungs schießen eben gern, zuerst mit Steinen, dann mit Gummischleudern, dann mit Pfeil und Bogen und zum Schluss mit Sturmgewehren und Haubitzen. Es hatte keine ideellen Gründe, dass er sich nicht lange nach seinem Militärdienst wieder zur Armee gemeldet hat; er ist im Grunde seines Herzens einfach nur ein Junge geblieben.

2006 wurde Hervé nach Afghanistan geschickt; er blieb dort bis 2009, als ihm eine Granatenexplosion das linke Trommelfell zerfetzte und er seinen Abschied nehmen musste. Ich könnte jetzt behaupten, dieser Vorfall hätte ihn so traumatisiert, dass alles, was er nachher angestellt hat, nachvollziehbar und verzeihlich sei. Aber ich tue es nicht. Er war vielleicht ein wenig ruhiger, als er damals seinen Abschied von den Truppen nahm und nach Frankreich zurückkehrte, ein bisschen verschlossener, aber im Grunde noch immer der aufgeweckte Bengel unserer Kindheit.

Ich hatte inzwischen geheiratet und war zu Jacques nach Méru gezogen. Warum ich gerade ihn zum Mann genommen hatte, wurde mir erst nach und nach bewusst: Er war Hervé in vielen Dingen ähnlich. Kindisch und verspielt, wenn auch mit einer zwanghaft pedantischen Note. Eine seiner Schrullen war zum Beispiel eine kleine digitale Kamera, die er immer um den Hals trug und mit der er – je nach Lust und Laune – seinen Alltag filmte. Ob im Bus, im Supermarkt oder am Postamt, immer wieder hat er zwischendurch den Auslöser betätigt.

Oder diese Geige – die gefälschte Vuillaume: Er hat sie für einen Spottpreis auf dem Flohmarkt gekauft und dann – in penibelster Kleinarbeit – zu einer Art Sparbüchse umgebaut. Die Münzen, die man in die Schalllöcher geworfen hat, bekommt man wieder, wenn man den richtigen Code weiß: Man muss nur in einer ganz bestimmten Reihenfolge an den Wirbeln drehen. Dann klappt der Geigenhals nach oben, und der Inhalt fällt heraus …

Hervé und Jacques waren einander auf Anhieb sympathisch. Sie verbrachten lange Tage in der Werkstatt, wo mein Bruder meinem Mann bei der Arbeit zur Hand ging. Im Gegenzug half Jacques Hervé dabei, an seinem Motorrad herumzubasteln. Sie verlegten zum Beispiel den Gasgriff nach links, wie bei den amerikanischen Armeemodellen, die Harley-Davidson im Zweiten Weltkrieg produziert hat. Man sollte seinen Colt ja auch als Rechtshänder bei voller Fahrt abfeuern können …

Hervé wohnte damals in Paris; er blieb aber nicht selten über Nacht bei uns, wenn es am Abend spät geworden war. Er hatte keine Arbeit, sondern lebte – relativ bescheiden – vom gesparten Sold aus seiner Militärzeit. Dann, im Herbst 2010, verschaffte ich ihm einen Job. Das war mein erster großer Fehler.

Ich hatte mich schon vor drei Jahren als Übersetzerin bei der EU beworben und einen Rahmenvertrag als freie Mitarbeiterin erhalten. Neben einem in der Regel spärlichen Verdienst hatte das den Vorteil, dass sich alle Freiberufler auf einer alljährlich publizierten Liste wiederfinden, die auch gerne von Privatfirmen genutzt wird. So bekam ich immer wieder zusätzliche Aufträge: Produktverpackungen, Broschüren oder Website-Texte, manchmal auch Konzepte und Projektbeschreibungen für Förderansuchen.

Anfang 2010 wurde ich von einer Firma namens *Smart Security Solutions* engagiert, die ein Büro in Brüssel unterhält. Ich sollte einen Geschäftsbericht übersetzen, der die Leistungen von *SSS* im Rahmen eines EU-Förderprojekts beschrieb. Sagt Ihnen *INDECT* etwas? Nein? Das ist ein fünfjähriges Forschungsvorhaben der Europäischen Union und zielt – im Sinne *präventiver Polizeiarbeit* – auf eine lückenlose Überwachung der Bevölkerung ab. Mit einem Netz aus stationären oder auch auf ferngelenkten Drohnen angebrachten Echtzeitkameras werden alle Straßen kontrolliert; eine spezielle Software löst Alarm bei sogenanntem *abnormem Verhalten* der Passanten aus – etwa, wenn sie ungebührlich lang an einer Ecke stehen. Mit Hilfe biometrischer Gesichtserkennung werden dann die Namen der Verdachtspersonen festgestellt und in Sekundenbruchteilen mit allen verfügbaren Vorrats- und Hintergrunddaten in den Rechenzentren der Behörden verknüpft. Also: Alter, Wohnort, finanzieller Status und Beruf, Tabak- und Alkoholkonsum, Familienstand und Kaufverhalten, Krankheiten, geplante und frühere Auslandsreisen, Mitgliedschaften in Vereinen, Freundeskreis und politische Einstellung. Wenn

Sie mir das nicht glauben, schauen Sie ins Internet und suchen Sie nach dem Wort *INDECT*.

Natürlich wird es immer wieder Leute geben, die an Orwell'schen Machtphantasien Gefallen finden; der Skandal ist nur, dass die EU, das heißt wir alle, diese Obszönität mit elf Millionen Euro Steuergeld subventionieren.

Smart Security Solutions sind – neben anderen Firmen und Institutionen – an *INDECT* beteiligt; sie sind sozusagen mit dem Werkschutz betraut: In erster Linie stellen sie die Sicherheitsleute, die darauf achten, dass keine sensiblen Informationen nach außen gelangen. Immerhin sind neun Universitäten in die Sache eingebunden, und die zählen ja nicht gerade zu den klassischen Hochburgen der Geheimhaltung.

Das Praktische an Getrieben ist, dass sich ihre einzelnen Rädchen nie für das Ganze verantwortlich fühlen: Moral lässt sich nun einmal nicht in kleine Häppchen aufteilen. Also machte auch ich meine Arbeit und kassierte meinen Lohn. Mein Auftraggeber – ein gewisser Gallagher – war freundlich und korrekt, das Honorar zufrieden stellend. Als Gallagher am Telefon zu mir sagte, er hoffe, auch in Zukunft auf meine Dienste zählen zu dürfen, kam mir der Gedanke, meinen Bruder zu erwähnen. Hier eine Sicherheitsfirma, dachte ich, und da ein arbeitsloser Ex-Soldat mit Nahkampfausbildung und Fronterfahrung. Ich fand, es sei an der Zeit für Hervé, sich wieder eine Anstellung zu suchen, wenn auch als Nacht- oder Leibwächter – er hatte ja nichts anderes gelernt.

Und Gallagher biss an. Er lud Hervé zu einem Vorstellungsgespräch nach Brüssel und stellte ihn zwei Tage später ein.

Ich weiß nicht, welche Aufträge Hervé von *SSS* bekam; er hüllte sich immer in Schweigen. Überhaupt ließ er sich nur noch selten bei uns blicken, und ich sah darin ein Zeichen, dass er eine Aufgabe gefunden hatte, die ihn interessierte.

Wenn er Jacques und mich von Zeit zu Zeit besuchte und ich ihn nach seiner Arbeit fragte, grinste er verschwörerisch und flüsterte mir zu, er sei Geheimagent, und er agiere derartig geheim, dass er nicht einmal mit sich selbst darüber reden dürfe.

Im Sommer letzten Jahres ließen Jacques und ich uns scheiden, und ich zog nach Amiens. Wir hatten zwar vereinbart, weiterhin Kontakt zu halten, aber Freundschaft ist nun einmal etwas anderes als Liebe, Wohlwollen etwas anderes als Sehnsucht: Bald bekam ich Jacques nicht mehr viel öfter zu Gesicht als meinen Bruder.

Umso überraschter war ich vor drei Wochen, als er mich eines frühen Morgens anrief und meinte, er müsse mich sprechen. Er klang aufgeregt, geradezu verstört. Dabei war Jacques ein Mann, dem kaum etwas die Ruhe rauben konnte; er pflegte sein Nervenkostüm genauso in Ordnung zu halten wie seine Hemden und Anzüge. Ich wusste, dass er nach Madrid zu einer internationalen Instrumentenbaumesse gefahren war und erst Ende Mai zurückkehren wollte, also dachte ich zunächst, es handle sich um so etwas wie ... eheliche Nachwehen. Vielleicht war er ja mit einer Flasche Wein und einer schönen Spanierin im Bett gelandet und wurde nun von melancholischen Gefühlen geplagt.

Doch das war nicht der Grund für seinen Anruf.

Seinen wirren, atemlosen Worten konnte ich entnehmen, dass es um Hervé ging. Dass er ihm durch Zufall in der Nähe von Madrid begegnet sei und *etwas Schreckliches mit angesehen* habe. So hat er es ausgedrückt. Und dann hat er ins Telefon gebrüllt: ‹Dein Bruder ist ein Irrer, hörst du? Ein verrückter Mörder!›

Damals machte ich meinen zweiten großen Fehler: Ich fragte Jacques, was er getrunken oder welche anderen Drogen er genommen habe. Er hat nicht geantwortet. Er hat nur in den Hörer geschwiegen und nach einer Weile aufgelegt.

Natürlich habe ich sofort zurückgerufen, aber sein Handy war ausgeschaltet. Auch an den folgenden Tagen konnte ich ihn nicht erreichen, es sprang immer nur die Mailbox an.

Fünf Tage später war er tot.

Ich hatte zwar von diesem Unfall in der spanischen Bahn gelesen, aber keinen Zusammenhang mit dem seltsamen Telefonat hergestellt. Als dann das Unglück bei Chambly passierte, bei dem Jacques den Tod fand, war ich völlig … Nein, *schockiert* ist untertrieben; ich war wie gelähmt. Ich hatte nicht einmal gewusst, dass er schon wieder hier in Frankreich war, und jetzt … jetzt konnte ich an nichts mehr anderes denken als an seinen letzten Satz: ‹Dein Bruder ist ein Irrer, hörst du? Ein verrückter Mörder!›

Letzte Woche wurde Jacques begraben, und Hervé kam selbstverständlich auch zur Trauerfeier. Er umarmte mich und meinte, dass er all das immer noch nicht fassen könne, dass wir beide unseren besten Freund verloren hätten und so weiter – was man halt so sagt zur Exfrau eines Toten. Ich fragte ihn daraufhin, wann er Jacques zum letzten Mal gesehen habe, und er gab zurück, das sei nun schon mehrere Monate her. Ich konnte nichts Verdächtiges an seiner Antwort finden. Bis er mir die Gegenfrage stellte: ‹Und du? Hast du in letzter Zeit Kontakt mit ihm gehabt?›

Wir sind nicht nur Geschwister, sondern Zwillinge, verstehen Sie? Wenn man schon im Mutterbauch rund um die Uhr das Herz des anderen schlagen hört, schärft das die Sinne, selbst für die feinsten Nuancen, da liest man von Anfang an zwischen den Zeilen. Ich spürte sofort, was zwischen Hervés so belanglosen Worten stand, nämlich nichts anderes als die Frage, ob mir Jacques etwas erzählt habe, das ich nicht wissen durfte. Und mein Bruder wieder spürte, wie die wahre Antwort lautete, obwohl ich vorgab, schon seit Ostern nichts von Jacques gehört zu haben.

Trotzdem wahrten wir den Schein. Nach dem Begräbnis gingen wir in ein Café und plauderten so unbefangen, wie es eben möglich war. Nach einer Weile bat Hervé mich, ihn beizeiten in Jacques' Haus zu lassen. Er wolle sich noch einmal umsehen und, sofern ich nichts dagegen hätte, irgendeine Kleinigkeit als Souvenir mitnehmen, als Erinnerungsstück an den Verstorbenen. In Ordnung, sagte ich, wir machen das demnächst.

Es war ein warmer Tag, wir hatten unsere Jacken auf die Stuhllehnen gehängt. Und als Hervé auf die Toilette ging, da konnte ich nicht anders: Ich durchsuchte sein Sakko. In einer Innentasche stieß ich auf ein Flugticket. Nach Wien.

Am Mittwochabend bin ich in den Zug gestiegen, und vorgestern habe ich Hervé am Flughafen Wien-Schwechat erwartet. Ich hatte einen kleinen, unauffälligen Wagen gemietet, mit dem ich mich an seine Fersen heftete. Für ihn stand vor dem Terminal ein Motorrad bereit, eine kräftige Maschine, mit der er mich im Handumdrehen abhängen hätte können. Doch er hielt sich – all meinen Befürchtungen zum Trotz – penibel an die Vorschriften. Alleine das war schon verdächtig.

Hervé durchquerte Wien und parkte im neunten Bezirk, am Liechtenwerderplatz – Sie wissen ja, der Platz liegt oberhalb der Bahngleise, genau zwischen der Spittelau und dem Franz-Josefs-Bahnhof. Er verstaute also seinen Helm und stieg dann in ein Taxi um, das ihn nach Klosterneuburg führte. Dort – gleich vis-à-vis vom Bahnhof – nahm er sich in einer schäbigen Pension ein Zimmer.

Ich verbrachte diese Nacht im Wagen, müde, hungrig und von Angst geplagt. Im ersten Morgengrauen, gestern um halb fünf, kam Hervé aus dem Haus. Er ging über die Straße und verschwand im Bahnhofsgebäude.

Es war an der Zeit, die Deckung zu verlassen. Ich folgte ihm also zu Fuß, so vorsichtig ich konnte, und versteckte mich in einer Ecke des Warteraums. Erst als der Zug nach Wien schon eingefahren war, lief ich hinaus auf den Bahnsteig; es gelang mir gerade noch, in einen der Waggons zu klettern.

Hervé erwartete mich schon.

Ich weiß nicht, wie er das geschafft hat, aber ehe ich noch etwas sagen oder tun konnte, waren meine Hände gefesselt und mein Mund verklebt. Es ging so schnell, seine Bewegungen waren so methodisch, so gezielt, dass mir das kalte Grauen kommt, wenn ich daran denke. Es waren die Bewegungen einer Maschine ... Hervé schob mich wortlos in die Zugtoilette und fixierte mich am Sitz. Er lächelte mich an. Er sagte: ‹Une fois n'est pas coutume›, was so viel heißt wie: *Ausnahmsweise.* Mehr zu sagen war nicht nötig, ich verstand ihn schon. Ich hatte Glück, überhaupt noch am Leben zu sein.

Dann ging er hinaus und versperrte die Tür. Und wenig später stoppte schlagartig der Zug. Was mittlerweile im Abteil geschehen war, konnte ich nur ahnen. Ahnen und befürchten.

So haben wir einander kennengelernt, Herr Polivka.»

11

«Rien de nouveau, madame. Patientez-vous encore, s'il vous plaît.»

«Sie sagt, es dauert noch.»

Aus blutunterlaufenen Augen starrt Polivka das grüne Duschhäubchen der Krankenschwester an. Ohne den Blick davon zu lassen, meint er zu Sophie Guillemain: «Dann sagen Sie ihr, dass ich noch vor dem Sonnenaufgang positive Nachrichten zu hören wünsche, andernfalls es diplomatische Verwicklungen geben wird. Der Patient ist Eigentum des Staates Österreich.»

«Pouvons-nous trouver quelque chose à manger ici?», wendet Sophie sich an die Schwester. «Cet homme est en train de mourir de faim.»

«Bien sûr, madame. Il y a un distributeur automatique dans le hall.»

«Merci, madame.»

«Und? Was hat sie gesagt?», knurrt Polivka, während die Schwester davoneilt.

«Dass die Ärzte ihr Bestes geben und der Eingriff so weit gut verlaufen ist. Und dass Monsieur Hollande, dem neuen Präsidenten, sehr viel an den guten Beziehungen zu Österreich liegt.»

«Das hat sie nicht wirklich, oder?»

«Kommen Sie, Herr Polivka, ich bin Ihnen ein Essen schuldig.»

Kurz darauf stehen die beiden vor dem Sandwich-Automaten im Foyer des Krankenhauses. Wie durch ein Wunder gibt es hier – neben solchen mit Schinken, Mozzarella und Tomaten – auch mit *Coq au vin* gefüllte Brötchen.

«Widerlich.» Sophie verzieht das Gesicht. «Eine Schande für die französische Küche.»

«Ich finde es gar nicht so schlecht», schmatzt Polivka. «Monsieur Hollande muss sich in dieser Hinsicht keine Sorgen machen. Jetzt noch eine Dusche, frische Kleider und einen kurierten Hammel.»

«Und den Code für die hier», sagt Sophie. Sie hält den Geigenkoffer hoch.

«Was glauben Sie denn eigentlich, darin zu finden? Warum hat dieses Arschloch – verzeihen Sie – warum hat Ihr Bruder ...»

«Es gibt nichts zu verzeihen», unterbricht Sophie Guillemain. «Nach allem, was geschehen ist, kann ich ihn auch nicht mehr anders bezeichnen. Leider habe ich das zu spät erkannt.» Sie schnaubt verächtlich auf. «Dass dieses Arschloch etwas ganz Bestimmtes sucht, weiß ich seit der Beerdigung, seit seiner Bitte, ihm Jacques' Haus zu öffnen. Ein Erinnerungsstück an den Verstorbenen? Mon œil! Schon eher etwas wie Notizen oder anderes Belastungsmaterial. Sein Einbruch heute Nachmittag hat das hinlänglich bestätigt.»

«Ja», nickt Polivka. «Auf Souvenirjagd ist er nicht gewesen. Aber wenn er, was auch immer, gleich gefunden hätte, wäre er nicht zurückgekommen.»

«Weil er nicht gewusst hat, wo er suchen soll: Jacques hat ihm das Geheimfach in der Geige offenbar nie gezeigt. Nach dem Begräbnis habe ich ja selbst das ganze Haus durchstöbert, aber die Vuillaume ist mir erst in der Zugtoilette wieder eingefallen. Ich schwöre Ihnen, falls Jacques irgendetwas von Belang versteckt hat, dann hier drinnen.» Sophie klappt kurzerhand den Koffer auf und nimmt das Instrument heraus.

«Und Sie kennen die Kombination nicht?»

«Leider nein.» Sie betrachtet die Geige, dreht planlos an einem der Wirbel. Ein leises metallisches Klicken ertönt. Sie dreht einen weiteren: Stille. «Das war es wohl nicht.»

«Wir werden es kaum schaffen ohne Code», meint Polivka.

«Natürlich werden wir es schaffen. Robert Langdon und Sophie Neveu sind nicht die Einzigen, die so was können.» Mit grimmiger Miene stemmt Sophie ihr rechtes Bein gegen den Sandwichautomaten, hebt das Instrument mit beiden Händen hoch und schmettert es auf ihren Oberschenkel nieder. «Voilà!»

«Wenn das kein abnormes Verhalten ist», sagt Polivka und blinzelt zu einer der Kameras, die an der Decke des Foyers befestigt sind. Sophie lacht auf. «Vielleicht kann man uns morgen schon im Internet bewundern. Aber jetzt schauen Sie doch ... Da.»

Sie zeigt auf das Gehäuse der Violine, an dem – von den Saiten gehalten – der abgebrochene Geigenhals baumelt. Vorne, an der Bruchstelle, kann Polivka das Ende einer Schnur erkennen, die im Hohlraum steckt. Sophie zieht vorsichtig daran, und lautlos gleitet eine schmale, längliche Kassette aus dem Korpus.

«Sehen wir nach, was in der Büchse der Pandora steckt ...»

In Watte gebettet liegen die Kleinodien Jacques Guillemains. Sophie zupft sie – eins nach dem anderen – hervor und legt sie in Polivkas Hände. Es sind:

1. ein auf Briefmarkengröße zusammengefalteter Zettel, der sich bei näherer Betrachtung als Kopie der Rechnung herausstellt, die Jacques für seine erste selbst gebaute Geige geschrieben hat,

2. eine Spieldose aus Ebenholz, aus der, wenn man den Deckel hebt, die Marseillaise erklingt,

3. ein Stück tiefschwarzes Haschisch,

4. zwei kleine Diamanten, deren Echtheit Sophie nicht bestätigen und Polivka nicht feststellen kann, und

5. eine elektronische Speicherkarte.

«Die ist aus seiner Kamera», sagt Sophie.

«Dann war die Kamera wahrscheinlich in dem Plastiksack, den das Ar- ... den Ihr Bruder mitgenommen hat», erwidert Polivka.

«Wir brauchen einen Computer.»

«Ja. Es wird sich also nicht vermeiden lassen, mit dem Personal hier Freundlichkeiten auszutauschen.»

Zehn Minuten später sitzen sie in einem Nebenraum des Schwesternzimmers, der mit einem PC ausgestattet ist. Ein junger, etwas untersetzter Krankenpfleger hat sie hier hereingelassen, nachdem Sophie ihm in den Weg getreten war, um Freundlichkeiten mit ihm auszutauschen. Der Unterhaltung der beiden ist Polivka mit wachsendem Unmut gefolgt; zwar konnte er den Inhalt des Gesprächs nicht nachvollziehen, aber dafür umso besser dessen Form. Ein Lächeln hier, ein Zwinkern da: wie ein Schmetterlingstanz im feuchtwarmen Dschungel der Kupidität. Bevor der Pfleger aus dem Raum gegangen ist, hat er noch etwas zu Sophie gesagt, das Polivka sich – rein phonetisch – merken konnte.

«Was bedeutet das, Madame Guillemain: ‹Des yeux d'ambre›?», fragt er mit belegter Stimme.

«Bernsteinaugen», gibt Sophie zurück und schiebt die Speicherkarte in den Rechner.

Die erste, offenbar im Morgengrauen gedrehte Einstellung zeigt Kopf und Schultern eines Mannes, der die Kamera zwar selbst – mit ausgestrecktem Arm – auf sich gerichtet hält, der aber vorgibt, nicht zu merken, dass ihn jemand filmt. Er blickt zur Seite, heuchelt Interesse an dem pittoresken, bahnhofsartigen Gebäude, dessen Ausläufer von rechts ins Bild ragen, dreht sich dann scheinbar ahnungslos zur Kamera, entdeckt den Apparat und reißt erschrocken seinen freien Arm hoch. «Pas encore ces paparazzis!», brüllt er mit gespielter Wut. Die Hand zur Faust geballt, schlägt er in Richtung Objektiv. Zugleich verwischt die Aufnahme, man sieht in rascher Folge Teile des Gebäudes, des Asphalts, des dunkelroten Himmels, hört das Scharren von Füßen, kurze, spitze Schreie, Kampfgeräusche. Nach ein paar Sekunden aber schiebt sich wieder das Gesicht des Mannes ins Bild. Ein schelmisches Grinsen. «Au revoir, Toledo!», ruft er pathetisch und schaltet die Kamera ab.

«Er war nun einmal ein verspielter Mensch», bemerkt Sophie wie zur Entschuldigung.

Der Bahnhof von Toledo, innen. Verwackelte Aufnahmen maurischer Rundbögen und Arabesken. Jacques hat seine Kamera jetzt um den Hals gehängt, man sieht ihn nicht, man sieht nur, was auch er zu sehen bekommt. Eine fast menschenleere Bahnhofshalle, blaue Absperrbänder, die – am Förderband eines Gepäckscanners vorbei – zu den Bahnsteigen führen.

Schnitt.

Bahnsteig Toledo, außen. In der Morgendämmerung geht Jacques an einem Zug entlang, bleibt aber plötzlich stehen. Ein Ruck an der Kamera: Jacques betätigt den Zoom. Der Bildausschnitt vergrößert sich, er zeigt einen Mann, der eben dabei ist, den ersten Waggon zu besteigen. «Hervé?», ist Jacques' Stimme zu hören. Und dann, etwas lauter: «C'est toi, Hervé?»

Doch der Mann reagiert nicht. Schon ist er im Zug verschwunden.

Schnitt.

Großraumwaggon innen. Der Zug ist bereits losgefahren. An den Fenstern zieht die Ebene Kastiliens vorbei. Jacques geht in Fahrtrichtung; er nähert sich dem Ende des Waggons. Seine Hand erscheint im Bild, schiebt eine Tür auf. Er ist nun im Wagenübergang; man hört das Dröhnen der Räder auf den Gleisen. Jacques öffnet – einen Spaltbreit – die Verbindungstür zum nächsten Wagen und bleibt unvermittelt stehen.

Im vorderen Teil des Wagens ist der Mann vom Bahnsteig zu sehen. Er steht von der Kamera abgewandt und ein wenig zur Seite geneigt, sodass sein Kopf von einem der Sitze verdeckt wird. Man kann nicht gleich erkennen, was er tut; nach einigen Sekunden aber macht er einen Schritt nach hinten und richtet sich auf. In seinen Armen hängt der schlaffe Körper eines anderen Mannes.

«Hervé!», keucht Jacques, so leise, dass die Stimme kaum die Zuggeräusche übertönt.

«Er ist es», flüstert auch Sophie.

Der Schädel des leblosen Mannes schlenkert hin und her, als Hervé ihn unter den Achseln fasst und zum vorderen Waggonende schleift. Dort angelangt, wuchtet Hervé ihn mühevoll hoch, packt mit der Rechten seinen Kopf und zieht ihn an den Haaren nach hinten. Dann rammt er das Gesicht des Mannes gegen den Türrahmen.

«Mon dieu!» Diesmal ist Jacques' Ausruf laut zu hören: ein Brüllen, das nach vorn durch den Waggon hallt.

Hervé lässt den Toten zu Boden gleiten und wendet sich um. Für einen Moment wirkt er ratlos, doch im nächsten Augenblick setzt er sich in Bewegung und eilt auf die Kamera zu. Das Bild verwischt.

Jacques dreht sich um und hastet los. Er läuft, so rasch er kann, dem Ende des Zugs entgegen. Jacques Guillemain läuft um sein Leben. Zwei Waggons hat er schon hinter sich gebracht, als plötzlich das Kreischen der Bremsen ertönt. Ein harter Stoß – Jacques taumelt, fällt nach hinten, landet auf dem Rücken. Die Gepäckablagen und das Dach des Wagens sind zu sehen, danach nur noch ein weißes Flimmern: Der Film ist zu Ende.

Sekundenlang herrscht beklommenes Schweigen. Sophie sitzt reglos vor dem Bildschirm, ihr Gesicht ist schmal und blass. Als Polivka sich vorbeugt, um die Speicherkarte aus dem Leser zu entfernen, löst sie sich aus ihrer Starre.

«Warum?», fragt sie heiser.

Polivka zuckt die Achseln. «Wenigstens ist mir jetzt klar, warum sich jemand nicht mit seinen Händen abfängt, wenn er stürzt: Weil ihm schon vorher das Genick gebrochen wurde.»

«Aber warum?»

«Ich weiß es nicht. Zumindest nicht bei den zwei Opfern von Madrid und Wien, die vermutlich willkürlich ausgewählt wurden. Ihr Mann – also Ihr Exmann – war die Ausnahme. Er musste *deshalb* sterben.» Polivka hält die Speicherkarte hoch. «Wir müssen dieses Video so rasch wie möglich den Behörden geben. Ich frage mich ohnehin schon, wo die Polizei so lange bleibt.»

«Die Polizei?»

«Nach dem tätlichen Angriff auf Hammel muss das Krankenhaus sie doch verständigt haben.»

Sophie sieht Polivka an. «Ich habe bei unserer Ankunft erzählt, dass es ein Arbeitsunfall war. Ihr Kollege ist bei … einer Probe in den Orchestergraben gestürzt. Wir hatten doch den Geigenkoffer, und da dachte ich …»

«In den Orchestergraben?»

«Ja. Direkt auf einen Mikrophonständer.»

«Und wir sind …»

«Musiker. Gastkünstler der Straßburger Philharmonie, um ganz genau zu sein.»

Diese Frau ist tatsächlich mit allen Wassern gewaschen. Polivka ringt um Worte. «Aber … wieso denn?», stößt er hervor.

«Weil ich mich selbst um meinen Bruder kümmern werde. Wahnsinnig geworden ist er sicher nicht, und deshalb will ich wissen, wer ihn zu dem Wahnsinn angestiftet hat.»

«Verstehe, Madame Guillemain; Sie haben natürlich recht.

98

Wenn irgendwer die Qualifikation hat, es mit einem Massenmörder aufzunehmen, dann kein anderer als Sie. Man ist ja schließlich hocherfahren in kriminalistischen Belangen.»

«Ist man auch, Herr Kommissar», erwidert Sophie mit hintergründigem Lächeln.

Teil 2

BRÜSSEL

12

«Gott sei Dank, du bist am Leben! Seit gestern hab ich kein Auge mehr zugemacht!»

Die Worte sind zwar schwer zu hören, aber leicht verständlich. Wer den Text schon kennt, der braucht keinen Souffleur.

«Dass du dich überhaupt noch einmal meldest. Nach zwei Tagen! Wenn dir Gott behüte was passiert wär, tät ich es ja nie erfahren. Aber das ist *mein* Problem, ich weiß. Für *dich* wär sowieso alles viel leichter, wenn ich schon ...»

«Es *ist* mir was passiert», sagt Polivka.

Für einen Augenblick herrscht Stille; man kann nur den Fahrtwind und das Schnurren der *déesse* vernehmen. Polivkas eigenwillige Textabweichung unterminiert den geregelten Ablauf einer tausendmal durchspielten Szene.

«Was hast du gesagt? Ich versteh dich so schlecht.»

«Dass mir tatsächlich was passiert ist.»

«Mein Gott! Ich hab immer schon gesagt, du sollst dir eine andere Arbeit suchen, aber bitte, wer hört schon auf mich? Ich bin ja doch nur eine Last ...»

«Ich brauche dich. Ich brauche deine Hilfe.»

Ein geradezu unglaubliches Extempore, das Polivka da in den Hörer zaubert. Er tut es zum einen, weil es der Wahrheit entspricht, zum anderen, weil er gerade so frohgemut ist.

Um drei Uhr früh hat er erfahren, dass Hammel überleben wird. Der Dienst habende Arzt der Unfallchirurgie hat die Nachricht persönlich überbracht. Sophie hat lange mit dem Mann geredet, und noch ehe sie daranging, das Gespräch für Polivka zu übersetzen, konnte er ihrem erleichterten Tonfall entnehmen, dass Hammel mit einem blauen Auge davongekommen war. Oder besser: mit einem verlorenen Auge, wie es Polivka ja schon vorhergesehen hatte. Aber was ist schon ein Apfel gegen einen ganzen Baum, was eine Linse gegen eine ganze Pflanze, eine Hornhaut gegen einen ganzen Hammel?

Seine Augenhöhlenknochen jedenfalls sind wieder so weit hergestellt, dass er – mit einem formgerechten Glasauge – bald wieder aussehen wird wie vorher. Was ja, wie der Arzt nicht müde wurde zu betonen, gerade für einen gefeierten Musiker wichtig sei, der hauptberuflich auf der Bühne stehe. Er selbst, so der Chirurg, sei ein großer Verehrer der Straßburger Philharmonie, weshalb ihm Hammels Wohlergehen auch privat am Herzen liege.

Nachdem Sophie ihm Karten für eines der nächsten Konzerte versprochen hatte, gestattete er Polivka und ihr – ausnahmsweise! – einen kurzen Besuch an Hammels Krankenbett.

Es war kaum mehr als die Besichtigung einer ägyptischen Mumie: Weder war Hammel bei Bewusstsein, noch konnte man viel von ihm sehen. Bandagiert und scheinbar leblos lag er da, bei näherer Betrachtung aber hob und senkte sich sein Brustkorb unter der Decke.

«Denken Sie, dass wir ihn einige Tage allein lassen können?», fragte Sophie mit dem Zweifel des schlechten Gewissens.

«Sobald er die Schwestern reden hört», gab Polivka zurück, «wird er hier gar nicht mehr wegwollen. Er ist völlig aufs Französische fixiert.»

Da zog Sophie Jacques' Spieluhr aus der Jackentasche, um sie Hammel in die schlaffe Hand zu drücken. «Hat er vielleicht Angehörige in Wien, die man benachrichtigen sollte?»

«Ehrlich gesagt, ich … habe keine Ahnung. Aber wenn er aufwacht, kann sich ja die Klinik darum kümmern.»

«Und wenn nicht? Ich meine, wenn er keinen Menschen hat? Wenn niemand nach Paris kommt, um nach ihm zu sehen?»

«Ich brauche deine Hilfe. Eine heikle berufliche Angelegenheit, zu heikel für das Sicherheitsbüro.»

Polivkas Mutter schnappt hörbar nach Luft.

«Es geht um einen verletzten Kollegen, Hammel heißt er, vielleicht hab ich dir schon irgendwann von ihm erzählt.»

«Du erzählst mir doch *nie* etwas», dringt jetzt die Stimme der Mutter aus dem Hörer. Vorsicht, denkt Polivka: Wer neue Wege gehen will, der soll auch neue Schuhe anziehen. Wieder so ein Spruch, den er von Doktor Singh gelernt hat.

«Weißt du, dieser Hammel ist gerade um ein Haar dem Tod entronnen, und jetzt liegt er hier im Krankenhaus. Allein. Der Arme hat ja niemanden …»

«Als ob ich das nicht kennen würde.»

«Eben. Er ist fast so arm wie du. Und weil ich mich gerade nicht um ihn kümmern kann …»

«Als ob das etwas Neues wäre.»

«Brauche ich jemanden, der ihn besucht und auf ihn aufpasst, jemanden, der zuverlässig, taktvoll und verschwiegen ist. Da hab ich mir gedacht …»

«Du weißt doch, ich bin *immer* für dich da.»

«Ich kann dir gar nicht sagen, wie mich das erleichtert. Danke, das ist wirklich sehr, sehr lieb von dir.»

Am anderen Ende der Leitung bleibt es still – die neue

Taktik des devoten Gleichmuts scheint tatsächlich Früchte zu tragen.

Gegen vier Uhr morgens haben sich Sophie und Polivka in die *déesse* gesetzt und sind nach Amiens gefahren, in die Stadt der beiden Juliusse, wie Sophie schmunzelnd bemerkte: zum einen Julius Caesar, der das gallische Konzil dort einberief, zum anderen Jules Verne, der seine zweite Lebenshälfte dort verbrachte. «Es ist flach da oben», hat Sophie gesagt, «sehr flach, sehr grün, sehr feucht und voller Mücken.» Polivka hat zwar versucht, sich interessiert zu zeigen, aber noch bevor sie die Pariser Stadtgrenze passiert hatten, war er schon eingeschlafen. Träumend schwebte er durch die französische Finsternis.

Sophie bewohnte die Mansarde eines Backsteinhauses direkt an der Somme. Das winzige Appartement hatte sie günstig gemietet, wobei *günstig* bedeutete, dass sie im Monat vierhundert Euro für ein Zimmer, eine Kochnische und eine Dusche zu bezahlen hatte. Hundertsechzig Burenwürste mit Brot und Senf, wie Polivka ihr vorrechnete. Kein Wunder, dass – nach den Amerikanern – auch die Europäer immer fülliger und depressiver wurden.

Für die folgenden neun Stunden fand er diese hundertsechzig Burenwürste allerdings gut angelegt. Nachdem Sophie und er um sechs Uhr früh in Amiens angekommen waren, hat er sofort die Dusche okkupiert. Sophie hat ihm inzwischen eine Liegestatt auf ihrer alten Couch gerichtet und den Geigenkasten daraufgelegt.

«Wozu brauchen wir den noch?», hat Polivka gefragt, als er – ein Handtuch um die Hüften – aus dem Bad gekommen ist.

«Sehen Sie doch nach.»

Im Koffer lagen – säuberlich gebügelt und gefaltet – weiße Socken, eine weiße Hose und ein kurzärmeliges weißes Hemd.

«Aber woher ...?»

«Aus einem Schrank im Schwesternzimmer. Dieser Pfleger, der so freundlich war, uns aufzusperren, hatte eine ähnliche Statur wie Sie.»

«Sie haben die Kleider einfach ...»

«Mitgenommen, ja. Ich war seit zwei Jahren nicht beim Arzt und zahle trotzdem pünktlich meine Krankenkassenbeiträge. Da sind ein paar Textilien für einen Gast aus Österreich doch nicht zu viel verlangt.»

Polivka konnte nicht anders, er grinste. «Hatten die vielleicht auch Unterhosen im Angebot?»

«Bedauere, aber ich kann Ihnen gern eine von mir anbieten.»

Bis Mittag haben die beiden geschlafen, dann kam die Sonne hinter den Wolken hervor und kitzelte Polivka wach. Mit einem Blick zum Bett hin, wo Sophies zerzauster Haarschopf unter der Decke hervorlugte, trat er ans Fenster. Jenseits des Flusses, der nur wenige Meter hinter dem Haus im Sonnenlicht glitzerte, erstreckte sich, so weit das Auge sehen konnte, eine patchworkartig parzellierte Auenlandschaft, ein von Kanälen durchzogenes blühendes Gartenmekka.

«Die Hortillonages», sagte da eine Stimme in Polivkas Rücken. Sophie war aufgestanden und leise zu ihm getreten. «Dreihundert Hektar Sumpfgebiet, schon von den Römern kultiviert, um Obst und Gemüse anzubauen. Inzwischen stehen hauptsächlich Wochenendhäuschen darin. Aber Vorsicht, Herr Polivka, nur falls Sie sich mit dem Gedanken tragen, eines zu kaufen: Unter hundertzwanzigtausend Burenwürsten kommen Sie da nicht davon.»

Ehe Polivka etwas erwidern oder sich umwenden konnte,

legte Sophie ihre Arme um ihn. So standen sie lange und sahen der Somme beim Fließen zu.

«Wann könntest du denn losfahren?», fragt Polivka jetzt seine Mutter.

«Also ich … Wo ist denn diese Klinik überhaupt?»

«Im fünfzehnten Bezirk.»

«Das Kaiserin-Elisabeth-Spital?»

«Nicht ganz … *Bezirk* ist vielleicht etwas unscharf formuliert; man nennt es hier *Arrondissement*.»

Sophie dreht sich zu Polivka und nickt ihm anerkennend zu, bevor sie sich wieder der Straße zuwendet.

«Warst du schon einmal in Paris?», fragt Polivka ins Telefon.

«Natürlich war ich das! An unserem fünften Hochzeitstag hat mich dein seliger Vater dorthin eingeladen. Der Montmartre, wo die Künstler sind, und dann der Eiffelturm und dieser Fluss, wo sich die jungen Leute küssen …»

«Die Seine.»

«Genau, die Seine. Mein Gott, Paris …»

«Jetzt lade *ich* dich ein.»

«Du meinst, ich soll … Ist das dein Ernst?» Bei Polivkas Mutter setzt nun langsam die Erkenntnis ein.

«Natürlich ist das mein Ernst. Ich übernehme alle Kosten.»

«Aber … Müsste das nicht dieser Oberst von dir zahlen? Dieser Schröck?»

«Der weiß nicht einmal was davon. Ich hab dir ja gesagt, die Sache ist topsecret.»

«Aber … Ich weiß gar nicht, ob mein Pass noch gültig ist.»

«Den brauchst du nicht. Wir Europäer sind ja so gut wie vereint.» Polivka beißt sich auf die Zunge. Er spürt Sophies halb fragenden, halb belustigten Seitenblick.

«Ja, wenn ich dir damit helfen kann, dann ... mach ich mich halt auf den Weg. So eine Schnapsidee, Geheimagentin in Paris. Da wird die Gerda Augen machen ...»

Nein, es ist nichts passiert in der Mansarde über dem Fluss; zumindest haben sich die beiden Europäer nicht vereint. Sie standen nur wortlos am Fenster, bis Sophie sich von Polivka löste, um einen Topf aus dem Eisschrank zu holen und ins Backrohr zu schieben: Coq au vin.

Schon mit dem ersten Bissen waren alle Diätberaterinnen dieser Welt für Polivka vergessen. Er schwelgte und schwieg. Dass ihm im Überschwang seiner Geschmackspapillen ein Bissen von der Gabel rutschte und einen bräunlichen Fleck auf seiner neuen Krankenpflegerhose hinterließ, war ihm egal. Er würde sich morgen ohnehin frisch einkleiden müssen.

Um drei Uhr nachmittags brachen die beiden nach Belgien auf. Sophie hatte gemeint, sie wären gut beraten, sich an einem Sonntagabend nicht zu spät um ein Quartier in Brüssel zu bemühen.

Knapp vier Stunden Fahrt im Sonnenschein. Ja, Polivka ist frohgemut. Er steckt das Handy ein, lehnt sich zurück und spürt mit wohligem Schaudern, wie Sophies lavendelfarbener Slip an seinen Eiern reibt.

13

Am Montagmorgen stehen sie vor der Gegensprechanlage eines Hauses in der Avenue des Nerviens, kaum zehn Minuten vom Europaparlament entfernt. Eine der besseren Brüsseler Adressen unmittelbar am Parc du Cinquantenaire, dem sogenannten Jubelpark, der nicht nur die große Moschee und den von König Leopold II. errichteten Triumphbogen beherbergt, sondern auch zu den beliebtesten Anlaufstellen der hiesigen Jogger zählt.

«Da», sagt Polivka und deutet auf ein unscheinbares Messingschildchen mit der Aufschrift SSS. «Zum Glück haben Sie die Rechnungsadresse noch gehabt, sonst hätten wir es nie gefunden.»

«Noble Zurückhaltung eben», erwidert Sophie. «Dafür sind Sicherheitsfirmen ja bekannt.» Sie zieht nun einen Taschenspiegel und ein Schminktäschchen hervor und beginnt, sich Mund und Augenlider anzumalen. «Und? Wie sieht das aus?» Sie spitzt die Lippen.

«Bunt», sagt Polivka.

«Bunt ist perfekt.»

Auf der anderen Seite des Parks steht eines dieser praktischen Hotels für Vielflieger und andere gewerbliche Kosmopoliten, für eine Spezies also, die – ob nun in Hongkong, Moskau oder Washington – die Minibar stets an der gleichen Stelle und den Sexkanal stets auf dem gleichen Sendeplatz zu finden wünscht.

«Wollen wir es hier probieren?», hat Sophie gestern Abend gefragt, nachdem sie eine halbe Stunde lang vergeblich nach einer bescheideneren Unterkunft gesucht hatten. Und Polivka hat eingewilligt, weil er damit spekulierte, dass ein Businesshotel im Zentrum Brüssels ohnehin weitgehend ausgebucht sein würde. *Weitgehend*: Das Wort erweckte seine kühnsten Phantasien.

Doch der Portier hat seine Hoffnungen gleich zerstört, indem er *nicht* erklärte, dass nur noch ein allerletztes Doppelzimmer frei sei. Also haben sich die beiden für zweihun-

dertachtundvierzig Burenwürste in zwei Einzelzimmer einge-
mietet.

Kurz darauf trieb sie der Hunger nach Matongé, in das
kongolesische Viertel hinter dem Europaparlament. Sie aßen
wieder Huhn, diesmal mit Erdnusspaste und zerstampften
Maniokwurzeln. Dass sie dabei auf den Kolonialismus und
die Rolle Belgiens in Afrika zu sprechen kamen, lag nahe.
Polivka erwies sich als historisch wenig sattelfest, sodass
Sophie ihm einen kleinen Abriss der Verbrechen gab, die
das belgische Königreich im Kongo verübt hatte. Bis weit ins
20. Jahrhundert hatte es die Ausbeutung von Kautschuk, Diamanten, Elfenbein und Kupfer mit so beispielloser Grausam-
keit betrieben, dass die Hälfte der Bevölkerung hingeschlach-
tet wurde oder an Entkräftung und Misshandlungen starb.
Zehn Millionen Kongolesen, von den Belgiern enteignet und
zur Zwangsarbeit genötigt, fanden so den Tod, während König Leopold II., die von ihm betrauten Konzessionsfirmen
und – ab 1908 – auch der belgische Staat enorme Gewinne
schrieben.

«Wenn die Männer ihre Quote nicht erfüllten und zu wenig Kautschuk sammelten», sagte Sophie, «dann wurden ihre
Frauen und Kinder hingerichtet. Sehr beliebt war auch das
Hände-Abhacken; man tat es, um die Munitionszuteilungen
zu kontrollieren: Für jede abgefeuerte Kugel mussten die Soldaten ihren Vorgesetzten die rechte Hand des Erschossenen
präsentieren. Wer also einen Fehlschuss abgab, der verstümmelte ganz einfach einen Lebenden, um beim Appell die korrekte Zahl an Händen vorweisen zu können, und am leichtes-
ten ging das natürlich wieder bei den Frauen und Kindern. Es
gibt ungezählte Fotos von einhändigen Kongolesinnen und
kleinen Kongolesen.»

Polivka war der Appetit vergangen. Er schob seinen erst

halb geleerten Teller weg, nicht ohne stattdessen zum Weinglas zu greifen. «Warum erzählen Sie mir das?»

«Entschuldigen Sie, ich wollte nicht … Ich dachte nur an morgen früh. An unseren Besuch bei einem Unternehmen, das die Europäer finanzieren, damit sie alle besser kontrollierbar werden.»

«Und wie kommen Sie dann auf den Kongo?»

«Wissen Sie, wozu sich Leopold II. wortwörtlich verpflichtet hat, als er den Kongo 1885 in Besitz nahm? Dazu, *die Erhaltung der eingeborenen Bevölkerung und die Verbesserung ihrer sittlichen und materiellen Lebenslage zu überwachen, an der Unterdrückung der Sklaverei und des Negerhandels mitzuwirken und religiöse, wissenschaftliche und wohltätige Einrichtungen und Unternehmungen zum Besten der Eingeborenen zu schützen.*»

Polivka schwieg. Er starrte auf sein Glas, hob es dann an den Mund und leerte es.

«Was ich damit sagen will», fuhr Sophie fort, «ist nur, dass in der Politik Beteuerungen einen Scheißdreck wert sind. Und dass zu viel Macht, in wenigen Händen konzentriert, auf Dauer immer nur zur Katastrophe führen kann. Je geringer die Anzahl der Hebel ist, die Gier und Habsucht in Bewegung setzen müssen, um Millionen Menschen auszubeuten, desto rascher wird das auch geschehen.»

«Wir haben doch aber freie Wahlen, ich meine … Wir sind doch hier allesamt Demokratien», warf Polivka ein.

«Und mit wem gehen die von Ihnen frei gewählten Volksvertreter abendessen? Mit Ihnen oder mit diversen Bankern, Managern und Wirtschaftslobbyisten?»

«Ich sitze sowieso lieber mit Ihnen hier», entfuhr es Polivka. Vielleicht lag es am Schein der Kerze auf dem Tisch, aber es kam ihm so vor, als ob Sophie errötete.

«Darauf wollen wir anstoßen», sagte sie.

Nachdem sie noch das eine oder andere Glas getrunken und die eine oder andere Zigarette auf dem Trottoir geraucht hatten, gingen sie zum Hotel zurück.

«Wir haben morgen einen schweren Tag, Herr Kommissar», sagte Sophie vor ihrer Zimmertür. Es war nicht allzu schwer, die Botschaft zwischen diesen Zeilen zu lesen. Und so reichte Polivka, dem eigentlich danach zumute war, die Glut endlich zum Feuer anzufachen, ihr die Hand. Beizeiten, dachte er, beizeiten – aber trotzdem möglichst bald. Man durfte diese ungelöste Spannung nicht erst zur Gewohnheit werden lassen.

«Gute Nacht, Herr Polivka.»

«Gute Nacht, Madame Guillemain.» Er hob die Hand und strich ihr kurz über die Wange.

«Gute Nacht.»

Sophie will gerade den Klingelknopf drücken, als Polivka sie zurückhält.

«Warten Sie. Wie wollen wir eigentlich vorgehen? Es wird wenig Sinn haben, mit der Tür ins Haus zu fallen, ganz abgesehen davon, dass ich immer noch in diesen ... diesen Kleidern stecke.»

«Das sollen Sie auch. Ich habe mir da etwas überlegt, das klappen könnte. Spielen Sie einfach mit und lassen Sie mich machen.»

Polivka runzelt die Stirn. «Sie haben leicht reden. Ich versteh ja nicht einmal ein Wort.»

«Sie werden schon verstehen. Nur keine Sorge. Ach, und noch etwas: Ich möchte mir Ihr Handy leihen; nachher kriegen Sie es wieder.»

Drei Minuten später treten sie ins Vorzimmer der Brüsseler Dependance von *Smart Security Solutions*. Hinter einem Pult die obligate sportlich-dezente Empfangsdame (gepflegtes

Äußeres, kultivierte Umgangsformen, Durchsetzungsvermögen, Teamgeist, Engagement, soziale Kompetenz und Lernbereitschaft).

«Bonjour madame, bonjour monsieur, comment puis-je vous aider?»

«We ... äh ... Pardon, äh ... non Français», stottert Sophie mit bedauerndem Lächeln.

«No problem, madam. How can I help you?»

«Äh, we ... It is ... No speak good English ... Tudunk talán beszélni magyarul?»

«I'm sorry, madam ... Spreekt u Nederlands, misschien?»

Sophie zuckt mit den Achseln. Dann aber – ganz plötzlich – hellt sich ihre Miene auf; ein Strahlen der Erleichterung zieht sich über ihr Gesicht. «Chef», sagt Sophie. «We want Chef.»

«I'm sorry, madam, but I am obliged to ask you whether you have an appointment.»

«Chef», nickt Sophie eifrig. «Yes, yes. We speak Chef.»

«Mister Gallagher is very busy. I need to know your concerns before ...»

«We speak Chef. Now!»

Die Frau hinter dem Pult verstummt. Sie mustert Sophie mit einer Mischung aus persönlicher Herablassung und professioneller Indolenz: Von diesem primitiven ungarischen Weibsstück wird sie sich nicht aus der Ruhe bringen lassen – nicht mit ihrer Qualifikation, nicht als alleinstehende Mutter, nicht für vierzehnhundert Euro monatlich. Sie dreht sich wortlos um und verschwindet hinter einer Polstertür.

Sophie lächelt Polivka aufmunternd zu, doch er blickt zum Plafond und presst die Lippen aufeinander. Es sind nicht nur die Überwachungskameras an der Decke, die ihn daran hindern, den Mund aufzumachen. Er spürt und weiß, dass er ganz nah an einem Abgrund namens Lachkrampf steht.

John Gallagher ist schlank und sportlich, trotz seiner gut sechzig Jahre. Grau melierte Haare, wache Augen hinter der randlosen Brille, gewinnendes Lächeln, kräftiger Händedruck. Ein ganzer Mann, halb Vitaminpille, halb Fitnesscenter. Und noch mehr: Sein Deutsch, wenngleich mit leichtem englischem Akzent gesprochen, ist perfekt.

«Ich bitte nochmals um Entschuldigung», sagt er, nachdem Sophie und Polivka vor seinem mächtigen Rauchglasschreibtisch Platz genommen haben. «Es ist schwierig, Personal mit Engagement und Lernbereitschaft zu bekommen. Selbstverständlich wird in einer internationalen Dienstleistungsgesellschaft wie der unseren auch Deutsch gesprochen, man sollte aber die soziale Kompetenz besitzen, dem Klienten das auch anzubieten.»

«Ist kein Problem», gibt Sophie mit breitem magyarischem Einschlag zurück. «Jetzt geht ja.»

Gallagher denkt nach. «Ihre Stimme, Madame Wolkowa, kommt mir bekannt vor. Haben wir vielleicht am Telefon schon einmal ...»

«Kann nicht sein. Ist erstes Mal, dass brauche ich Security.»

«Okay ... Wie kann ich Ihnen also helfen?»

Sophie wirft einen Seitenblick zu Polivka, der voller Interesse den blaugrauen Teppichboden betrachtet. «Er da», wendet sie sich dann wieder an Gallagher, «kann nicht verstehen, was reden wir. Kann nicht verstehen, wenn ich sage, dass ich mache Sorgen. Große Sorgen.»

«Er ist Ihr Gatte?», fragt Gallagher.

«Nein. Ist mein ... Masseur. Jenö heißt.»

Polivka überwindet sich. Er hebt den Kopf, um Gallagher zuzunicken. «Jenö», sagt er.

«Sehr erfreut, Herr Jenö.»

«Mein Gatte», fährt Sophie fort, «ist von Russland. Sergej Wolkow heißt. Ist, was man nennt *Oligarch*.»

«Interessant.» In Gallaghers Augen blitzen kleine Rubelzeichen auf.

«Wir haben geheiratet nach meine Karriere. War ich Turnerin, sogar olympisch. Ildiko Horvat, vielleicht Sie können erinnern Spiele 1988 in Korea.»

«Leider.» Gallagher macht eine bedauernde Geste.

«Jenö ist guter Masseur. Noch immer. Und auch guter Freund.» Sophie legt ihre Hand auf Polivkas Arm. «Aber mein Gatte ist sehr ... *féltékeny* ... eifersüchtig.»

«Ah ja.»

«Hat geschickt ein Killer, was soll morden Jenö.»

«Und woher wollen Sie das wissen?»

«Sergej hat selbst gesagt! Hat gesagt, wenn nimmst du Jenö mit für Brüsseler Geschäfte, ich schicke Pawel. Diese Pawel ist sein, wie sagt man ... sein grober Mann.»

«Sein Mann fürs Grobe?»

«Igen ... Ja.»

«Sie haben geschäftlich in Brüssel zu tun?»

«Ich mache eine neue Modelabel mit Zentrale Budapest: *Ildiko Sportswear*. Ich will fragen für EU-Zuschuss.»

«Okay.» Gallagher nickt nachdenklich. «Und jetzt benötigen Sie Personenschutz für Ihren ... für Herrn Jenö?»

«Ja. Soll kosten, was will.»

«In Ordnung. Wir können Ihnen sicher helfen. Vorab noch ein Wort zu SSS: Wir sind, wie ich erwähnt habe, ein internationales börsennotiertes Unternehmen, dessen exzellente Aktienperformance jeden unserer Mitarbeiter stolz macht, zur Familie zu gehören. Unsere Werte lauten: Zuverlässigkeit, Dynamik und Professionalität. Egal, ob Sie die Leistung unserer Doormen, Service Agents, Emergency und Center

Guards oder Detectives nehmen: Die Manpower unseres Teams, kombiniert mit den neuesten Technologien am Security Sector, macht uns, wenn ich das so unbescheiden sagen darf, unschlagbar.»

«Bravo», unterbricht Sophie die wohl schon tausendmal gehaltene Eloge. «Dann Sie haben also Leibwache für Jenö?»

«Selbstverständlich. Wir können gleich loslegen. Haben Sie spezielle Wünsche in Bezug auf Kleidung, Sprachkenntnisse, Geschlecht …»

«Was heißt Geschlecht?»

«Wir haben natürlich auch weibliche Sicherheitskräfte.»

«Soll ein Mann sein.»

«Gut.»

«Soll Deutsch reden.»

«Okay, das lässt sich machen.»

«Soll Motorrad fahren.»

«Motorrad?»

«Jenö auch fährt Motorrad. Und Mörder Pawel überhaupt. Hat eigene Maschine Pawel, wo kann fahren links und schießen rechts. Deshalb wir brauchen Sicherheitsmann, was auch kann.»

Gallagher lehnt sich zurück und legt die Zeigefinger an die Nasenspitze. «A German speaking shooting biker …», murmelt er. «Wir hätten da schon jemand, aber leider ist der Mann auf Einsatz.»

«Und wann kommt zurück?»

«Das weiß ich leider auch nicht. Er ist schon vor mehreren Monaten von einem unserer Klienten abgezogen worden.»

«Holen Sie zurück. Ich zahle doppelt.»

Gallagher lächelt nachsichtig. «Es tut mir leid, Madame Wolkowa, aber das kann ich nicht machen. *Smart Security*

Solutions ist ja kein Basar oder Auktionshaus. Geben Sie mir Zeit, dann finde ich schon jemanden für Sie. Am besten einen Linkshänder, der auch am Motorrad ...»

«Kein Linkshänder», unterbricht Sophie bestimmt. «Muss fahren links und schießen rechts. Linkshänder sind, wie sagt man ... ungeschickt.»

«Ich wüsste nicht ...»

«Sie sagen mir, wer ist Ihr Auftraggeber. Dann ich rufe an und einige mit ihm. Mein Mann Sergej sagt, man kann immer einigen.»

«Der Name unseres Auftraggebers unterliegt natürlich der Geheimhaltung, Madame. Ganz abgesehen davon, dass er nicht darauf eingehen würde. Er beschäftigt unsere Leute schon seit Jahren und ist so zufrieden, dass er mittlerweile selbst zu unseren größten Aktionären zählt.»

«Ich kaufe Aktien.» Sophie hat sich in ihrem Sessel aufgerichtet; ihre überschminkten Lippen beben. «Alle Aktien! Ich kaufe ganze Firma! Dann ich werfe Sie auf Straße, wenn Sie nicht verraten, wer ist Ihr Klient!»

«Ich bitte Sie, Madame ...»

«Sie bitten? Ja, Sie werden bitten, wenn ich habe mit Sergej geredet. Ist zwar eifersüchtig, aber wenn ich sage, dass ist unser Geld nicht gut genug für ein gewisser Gallagher, er gleich noch schickt zehn andere grobe Männer!» Mit diesen Worten zieht Sophie Polivkas Handy aus der Tasche und tippt eine Nummer in die Tastatur.

Von einer exaltierten Balkanamazone mit einem russischen Killerkommando bedroht zu werden, scheint eine gänzlich neue Erfahrung für John Gallagher zu sein. Er glotzt Sophie ungläubig an. «Ich muss Sie bitten, jetzt zu gehen, Madame. Sofort. Ich will mich nicht gezwungen sehen, die Polizei von dieser Angelegenheit zu informieren.»

Sophie aber lauscht ungerührt ins Handy. «Francba!», ruft sie schließlich. «Ist nur Mailbox!»

«Raus hier!» Gallagher ist aufgestanden. Er umrundet seinen Schreibtisch und tritt zu Sophie, um sie am Oberarm zu packen.

«Jenö!», kreischt sie. «Jenö, segits nekem! Csinálj valamit!»

Obwohl er keine Silbe Ungarisch beherrscht, erhebt sich Polivka jetzt auch von seinem Sitz. Denn Jenö, der magyarische Masseur in ihm, hat jedes Wort verstanden. Zeit für eine Ganzkörpermassage, flüstert Jenö, Zeit für eine Abreibung.

Es wird ein kurzer, ein ungleicher Kampf. Geschwächt von einer Woche Rohkost, muss sich Polivka dem gut zehn Jahre älteren, aber durchtrainierten Gallagher geschlagen geben. Während er – an der zufrieden grinsenden Empfangsdame vorbei – von Gallagher zur Tür gezerrt wird, denkt er an den Jubelpark gleich gegenüber, an die Jogger, die dort täglich ihre Runden drehen, an seine HDL-Cholesterinwerte und seinen Body-Mass-Index.

Er hat sich selten so nach einer Gauloise gesehnt.

Nicht einmal fünf Sekunden wartet Polivka im Hausflur, als auch schon Sophie erscheint. Statt sich jedoch dem Haustor zuzuwenden, um diesen schmachvollen Ort so rasch wie möglich zu verlassen, schiebt sie Polivka um eine Ecke.

«Bingo», flüstert sie.

«Was meinen Sie mit *Bingo*?»

«Ich erkläre es Ihnen später.» Und sie hebt die Hand, in der sein Handy liegt.

Schwer von Begriff ist Polivka ja nie gewesen. Trotzdem wird er die Finesse, mit der Sophie die Sache eingefädelt hat, erst später nachvollziehen können. Nämlich, wenn sie ihm erzählt, dass sie mit seinem Telefon die Nummer ihres eigenen billigen Wertkartenhandys gewählt hat, das sie – auf lautlos geschaltet – in der Jackentasche trug. Dass sie den Anruf auf dem zweiten Handy unbemerkt entgegennahm, um es in einer Fensternische zu verstecken, während Gallagher im Clinch mit Polivka den Raum verließ. Er wird verstehen, Polivka. Er wird verstehen und verlegen schweigen. Denn Sophies Bericht wird mit den Worten enden: «Seien Sie mir nicht böse, dass ich Ihnen nicht schon vorher von dem Plan erzählt habe. Ich hatte Angst, Sie würden mich für eine Wahnsinnige halten. Aber jetzt ... Jetzt weiß ich, dass ich Ihnen voll und ganz vertrauen kann. Wie Sie den alten Sack im Glauben ließen, dass er Ihnen haushoch überlegen ist, war eine Meisterleistung. Hätten Sie den starken Mann markiert, dann hätten wir es nicht geschafft.»

Im Augenblick ist Polivka nur eines klar: Aus dem Lautsprecher seines Handys dringt die angespannte Stimme Gallaghers, der offenbar gerade selbst zum Telefon gegriffen hat.

«Good morning ... Gallagher from SSS. I need to speak with Mister Stranzer ... No, I cannot wait, it's urgent ...»

«Stranzer?», murmelt Polivka. «*Der* Stranzer?»

Aber schon ist wieder Gallagher zu hören.

«Hallo, Till, hier John. Verzeihen Sie die frühe Störung ... Leider bin ich gestern nicht dazu gekommen, aber heute werde ich sicher ... Richtig, gegen Frankreich. Für uns Briten hochbrisant, das europäische Derby schlechthin ... Natürlich, Till, ich weiß, es ist nur Fußball, und wir sind doch alle eine friedliebende europäische Familie. Ihr Österreicher überhaupt. Ihr seid so pazifistisch, dass ihr nicht einmal die Qualifikation geschafft habt.» Gallagher lacht kurz und heiser auf. «Verzeihen Sie, Till, ich wollte nicht ... Ob ich die Zeitungen ...? Nur überflogen ... Keine Ahnung, ob es irgendetwas

Neues ... Ach, Sie auch nicht? Sehen Sie, unser kleiner Deal lässt uns ja nicht einmal die Zeit, mehr als den Wirtschafts- und den Sportteil durchzublättern. Soll mir recht sein, wenn es weiterhin so bleibt ... *Er* ist zufrieden? Wunderbar, das freut mich, aber etwas anderes habe ich auch nicht erwartet. Es sind schließlich meine besten Leute ... Also hören Sie, Till, warum ich anrufe: Ich hatte gerade sehr seltsame Gäste. Sagt Ihnen der Name Sergej Wolkow etwas? ... Angeblich ein Oligarch aus Russland. Und die ungarische Turnerin Ildiko Horvat? ... Nein, mir auch nicht. Diese Horvat, offenbar verehelichte Wolkowa, ist mir vor zehn Minuten ins Büro geschneit, mit ihrem früheren Masseur und ... Bitte? ... Was man eben so massiert, Sie wissen schon.» Ein anzügliches Lachen.

Polivka senkt schuldbewusst den Blick, fast so, als spiegle Gallaghers frivoler Einwurf seine eigenen Gedanken wider.

«Jedenfalls platzt sie herein, mit ihrem ziemlich stupiden Begleiter, und will einen meiner Männer engagieren. Ich weiß nicht, wie, aber auf einmal dreht sich das Gespräch um einen ganz bestimmten Mitarbeiter, den ich *ihm* ... Genau. Ein etwas schwerhöriger Typ; war früher in Afghanistan ... Lavoix ... Nein, nein, sein Name ist nicht explizit genannt worden, nur plötzlich hat sich diese Horvat so auf ihn versteift, dass ... Ja, das habe ich ihr auch gesagt ... Total hysterisch. Sie ist durchgedreht, hat mir mit einem Rollkommando ihres Ehemanns gedroht und sich ... Warum das ein Problem sein soll? Weil sie nach *ihm* gefragt hat ... Ja, nach Omar ... Till, Sie kennen mich, ich habe nichts gesagt, kein Wort. Ich hab die zwei hinausgeworfen, und im Grunde ist auch nichts geschehen ... Erstens, weil ich so ein seltsames Gefühl bei dieser Sache habe, so, als hätten mir die beiden etwas vorgemacht. Und zweitens, weil es der Befehlskette entspricht. Wenn irgendetwas Ungewöhnliches passiert, vor allem, wenn jemand nach Ihnen oder Omar fragt, soll ich Sie anrufen ... Genau ... Das können Sie halten, wie Sie wollen, Till; ich verstehe, dass Sie ihn nicht wegen jeder Kleinigkeit ... Natürlich habe ich seine Privatnummer, aber es hat ausdrücklich geheißen ... Ja, okay ... Ich recherchiere das. Wenn dieser Wolkow wirklich existiert, dann ... Gut, ich melde mich. Bis später, Till.»

14

«Erzählen Sie mir mehr von diesem Stranzer», sagt Sophie und steckt sich eine Zigarette an.

Sie sind ins Brüsseler Stadtzentrum spaziert, nur weg aus diesem Haus, nur weg von Gallagher, nur durchatmen, Kaffee trinken und das Geschehene besprechen. Unterwegs haben sie bei einem Herrenausstatter haltgemacht, um einen eleganten beigen Sommeranzug, zwei Hemden, drei Paar Socken und drei Boxershorts für Polivka zu kaufen. Seine weiße Krankenpflegerkluft hat er ganz einfach in der Umkleidekabine liegen lassen, anders als Sophies lavendelfarbenen Slip, den er dezent in eine Innentasche seiner neuen Jacke stopfte. Nicht, dass Polivka ein Fetischist wäre. Man trennt sich eben nicht so leicht von einem lieb gewordenen Kleidungsstück.

Als er aus der Kabine trat, betrachtete Sophie ihn mit erstaunten Blicken. «Eben noch Masseur, jetzt Oligarch», meinte sie anerkennend. Und tatsächlich: An der Kassa zeigte sich, dass Polivkas Kreditkarte ein weiteres Mal belastbar war. Als fünfzigjähriger Beamter noch im Elternhaus zu wohnen, hatte hin und wieder seine Vorteile.

Sie sitzen im Gastgarten des *Delirium Tremens*, eines Cafés und Bierlokals in der engen Impasse de la Fidelité, was laut Sophie auf Deutsch nichts anderes als *Sackgasse der Treue* heißt. Schräg vis-à-vis hockt eine nackte Bronzefigur in einer Nische: *Jeanneken Pis*, das weibliche Pendant zum pinkelnden Brüsseler Wahrzeichen *Manneken Pis*.

«Tilman Stranzer», sagt Polivka jetzt, «ist ein Fall für sich. Genauso wie das Marchfeld, diese trostlose Gegend im Osten von Wien, aus der er stammt. Seine Eltern haben dort eine Gärtnerei betrieben, und herangezüchtet haben sie ein bemerkenswertes Pflänzchen, eine kleine schmarotzende Mistel namens Till.»

«Woher kennen Sie ihn?»

«In Österreich kennt ihn jeder. Er war immerhin unser Verkehrsminister. Wieder so ein Volksvertreter, der nicht mit mir abendessen geht. Wobei ich ihn auch nicht gewählt habe, da hätte er mir schon die rechte Hand abhacken und damit sein Kreuzchen machen müssen. Stranzer ist, wenn Sie so wollen, das Enkelkind Thatchers und Reagans und das Kind des politischen Umschwungs, der uns kurz vor der Jahrtausendwende auch in Österreich ereilt hat.»

«Die kleine Koalition.»

«Eine sehr kleine, ja. Die Bürgerlichen und die Rechten haben die Sozialisten, die die Wahl gewonnen hatten, in der Zielgeraden zur Regierungsbildung ausgebremst. Heraus kam eine Mischung aus dümmlicher Bigotterie und aalglattem Karrierismus, gewürzt mit dem postmodern-faschistoiden Gehabe homophiler Rotzbuben. Die Österreicher mögen das.»

«Jörg Haider?»

«Ganz besonders. Aber Kanzler wurde trotzdem der damalige Chef der Volkspartei, die bei der Wahl nur auf den dritten Platz gekommen war.»

«Warum?»

«Weil er so gerne einmal Kanzler sein wollte. Und etwas Besseres hätte seinem Kabinett gar nicht passieren können. Dieser Pfau hat sich so stolz in seinem staatsmännischen Ruhm gesonnt, dass man in seinem Schatten seelenruhig unseren Staatsschatz plündern konnte: Hier die Anschaffung von neuen Kampfjets für das Bundesheer um zwei Milliarden Euro, davon zig Millionen an», Polivka malt mit seiner Hand zwei Gänsefüßchen in die Luft, «*Erfolgsprämien* und *Provisionen.* Da wieder der Ausverkauf von Bundeseigentum, zum einen profitable Unternehmen wie das Dorotheum oder die Tabakwerke, zum anderen sechzigtausend staatseigene Wohnungen, die einen Wert von fast zwei Milliarden hatten. Eingenommen wurde damals nicht einmal die Hälfte, dafür flossen *Gratifikationen* und *Beraterhonorare* weit im dreistelligen Millionenbereich. Nicht zu vergessen die verschiedenen Gesetzesänderungen, die den einen oder anderen Konzern begünstigten wie etwa unsere – ebenfalls privatisierte – Telefongesellschaft. Wieder mehrere Millionen Euro, die als kleines Dankeschön an hilfreiche Politiker, parteinahe Firmen und Institutionen und an die Parteien selbst geflossen sind.»

«Respekt, Herr Polivka, Sie wissen ganz schön viel von diesen Dingen.»

«Ich bin Österreicher, und dazu noch Kriminalbeamter. Wenn man da die Untiefen nicht kennt, die man tagein, tagaus geflissentlich umschiffen muss, verbaut man sich jegliche Aufstiegschancen.»

«Tun Sie das? Ich meine, das Umschiffen?»

«Bin ich längst schon Chefinspektor oder immer noch ein mickriger Bezirksinspektor?»

Sophie verzieht den Mund zu einem mitfühlenden Lächeln. «Und wie sehen jetzt die Untiefen von Stranzer aus?»

«Das sind schon regelrechte Sandbänke. Der Stranzer war

natürlich mit von der Partie. Wie alle, deren Phantasie nicht weiter reicht als bis zu ihrem Kontoauszug, hat er vorher Jus studiert. Die Wirtschaftswissenschaften sind ja längst passé, da wird man vielleicht Händler oder Fabrikant, aber wer will schon etwas produzieren? Nein, wenn man wirklich ein erfolgreicher Schmarotzer werden will, studiert man die Gesetze – oder besser ihre Lücken. Glauben Sie, dass auch nur einer der damals Verantwortlichen heute hinter Gittern sitzt? Noch nicht einmal die Dauerwelle der Nation, unser Finanzminister, dieses ... *Schwiegermutter-Höschenfeucht*, das seine manikürten Finger überall mit drin hatte.»

«Schön haben Sie das gesagt. Ein Schwiegermutter-Höschenfeucht ...»

«Man muss sich das einmal vor Augen halten: Ein Finanzminister, der seine Privatmillionen *steuerschonend* auf karibischen und Liechtensteiner Stiftungskonten parkt. Bei uns in Österreich ist so etwas noch nicht einmal ein Grund, vom Amt zurückzutreten.» Polivka zieht eine missmutige Fratze. «Jedenfalls hat sich der Stranzer im Lauf der Jahre – wie nicht wenige seiner Kollegen – ein immenses Netz an Firmen und politischen Funktionen aufgebaut. Soll heißen: Präsidentschaften in mehreren politischen Vereinen, Manager eines Investmenthauses, Aufsichtsrats- und Beiratsposten im Transport- und Energiebereich, Kurator dreier Stiftungen, Gesellschafter diverser Marketing- und Consultingunternehmen, außerdem Geschäftsführer einer eigenen Beratungsfirma und – natürlich – Nationalratsabgeordneter.»

«Ein umtriebiger Mann.»

«Sie sagen es. Ein regelrechter Held der Arbeit. Unsereins hat schon mit einem Job genug zu tun, wenn er ihn halbwegs ordentlich erledigen will. Im Ernst: Auch so eine Vermischung öffentlicher Ämter mit privaten finanziellen Interessen war in

Österreich vor dreißig Jahren noch undenkbar. Mit nassen Fetzen hätt man solche Leute fortgejagt.»

«Tu felix Austria. Dann habt ihr euch jetzt endlich auch für die Europameisterschaften qualifiziert.»

«In stillen Wassern schwimmt der Abschaum immer oben.»

«Dafür bleibt der Bodensatz da, wo er hingehört. Und wo schwimmt dieser Stranzer jetzt?»

«In Brüssel. Nach den Nationalratswahlen im Jahr 2006 ist er aus dem Kabinett ausgeschieden, um mehr Zeit für seine wirtschaftlichen Unternehmungen zu haben. Bei der Europawahl 2009 stand er den Bürgerlichen aber dankenswerterweise wieder zur Verfügung, und seit damals sitzt er im Europaparlament.»

«Ganz oben also.»

«Wie man's nimmt. In Österreich glauben die Leute, dass Brüssel so eine Art Gulag für innenpolitische Quertreiber ist, im besten Fall ein Abstellgleis für ausgebrannte Funktionäre. In den Medien kriegt man sie kaum noch zu Gesicht; sie sind weit weg und daher nicht mehr wichtig.»

«Stellen Sie sich erst vor, Sie leben in Bulgarien oder Lappland. Wahrscheinlich sind die Belgier die Einzigen, die dieses Phänomen nicht kennen ... Also wissen Sie auch nicht, was dieser Stranzer hier so treibt?»

«Ich habe keine Ahnung.»

«Und der andere? Omar? Sagt Ihnen der Name etwas?»

«Nein, nicht das Geringste.»

«Lassen Sie uns einmal ganz in Ruhe überlegen: Dieser ominöse Omar hat also von *Smart Security Solutions* Leute angemietet, unter anderem meinen ... unter anderem Hervé. Zumindest der, wahrscheinlich aber auch die anderen ziehen in Omars Auftrag los, um Menschen zu ermorden. Und zwar wahllos. Das ist vollkommen absurd!» Sophie ringt verzweifelt die Hände.

«Moment», meint Polivka beschwichtigend. «Wir wollten ganz in Ruhe überlegen. Was wir wissen, ist, dass Tilman Stranzer irgendwie mit diesem Omar unter einer Decke steckt und dass er ihm gleichzeitig untergeben ist. Die Hackordnung bei diesem Telefongespräch war offensichtlich, und es ist ja auch das Wort *Befehlskette* gefallen: Unten Gallagher, der vorgibt, keine Zeitungen zu lesen, weil er glaubt, auf diese Art Loyalität und Schweigsamkeit zu demonstrieren, in der Mitte Stranzer, der als Mittelsmann zwar besser informiert ist, diesen Umstand aber vorsichtshalber leugnet – in den niedrigeren Kadern ist es immer vorteilhaft, sich unwissend zu stellen.»

«Und ganz oben ...»

«Omar», nickt Polivka. «Omar, der sich mit Gallaghers Leuten zufrieden zeigt, Omar, den Stranzer nicht unnötig stören will. Omar, der an SSS beteiligt ist und der sich Gallaghers diskrete Mitarbeit wahrscheinlich ein kleines Vermögen an steuerfreien Treueprämien kosten lässt.»

«Ein reicher und geheimnisvoller Rädelsführer namens Omar», murmelt Sophie, um dann – ein wenig zögernd – fortzufahren: «Lachen Sie mich jetzt nicht aus, Herr Polivka, aber ... irgendwie klingt das in meinen Ohren nach einem Mittelding aus Superterrorist und Ölscheich. Heißt nicht einer von Osama bin Ladens Söhnen Omar?»

«Ja, ich glaube, schon ...»

«Dann wäre es doch denkbar, dass es hier um eine islamistische Verschwörung geht.»

«Allah bewahre.» Polivka hebt abwehrend die Hände. «Trotzdem würde es mich wundern: Um in die Fußstapfen seines Vaters zu treten, müsste er schon größere Ambitionen an den Tag legen. Ich meine, wenn den Alten für dreitausend

Tote im World Trade Center siebzig Jungfrauen im Paradies erwarten, dann wäre der Junge mit seinen drei Morden gerade mal bei … null Komma null sieben angelangt. Und was, bitte, fängt man mit einem Siebenhundertstel Jungfrau an?»

«Was fängt man mit siebzig an?» Sophie zieht treuherzig die Augenbrauen hoch.

«Überhaupt bei den heutigen Mietpreisen», nickt Polivka. «Nein, Madame Guillemain, ich kann mir in der Sache keine religiösen Hintergründe vorstellen. Schon eher …» Polivka hält inne, stockt mit offenem Mund.

Ohne Krimi geht die Mimi nie ins Bett, dudelt es aus der Seitentasche seines Jacketts. Von den Hauswänden der Impasse de la Fidelité zurückgeworfen, steigt die Melodie hoch in den wolkenlosen Himmel über Brüssel.

«Scheiße, das Präsidium.»

«Na, ausgeschlafen, Herr Kollege?» Oberst Schröcks Organ schnarrt trocken aus dem Hörer. «Ich hoffe, ich hab Sie nicht geweckt, am Montag um halb elf.»

Polivka ist aufgestanden, die Gedanken zucken fieberhaft durch seinen Kopf. Wenn Schröck einmal sarkastisch wird, herrscht Feuer auf dem Dach, das weiß er aus Erfahrung. Salutieren und kuschen hilft da gar nichts, nein, man muss den Alten auf dem falschen Fuß erwischen, just, wenn er den anderen hebt, um einem in den Arsch zu treten.

«Herr Oberst! Bin ich froh, dass Sie zurückrufen! Seit sieben Uhr früh versuch ich schon, Sie zu erreichen!»

Schweigen am anderen Ende. Polivka kann Schröcks senfgelbe Tränensäcke förmlich durch die Leitung zittern hören.

«Es ist etwas Schlimmes geschehen, Herr Oberst.»

Ein kurzer, hoher Laut dringt aus dem Hörer, der wie eine

Mischung aus Seufzen und Auflachen klingt. «Etwas Schlimmes?», gibt Schröck zurück. «Vielleicht so etwas wie ein kollektives dienstliches Delirium mit unserem werten Hammel? Der ist nämlich auch nicht ins Büro gekommen; er geht nicht einmal ans Telefon.»

«Kein Wunder. Der Hammel liegt im Krankenhaus.»

«Wieso? Was ist passiert?»

«Ganz einfach, Herr Oberst. Ich bin Ihrer Weisung gefolgt, am Freitagabend noch.»

«Was soll das heißen, Weisung? Welche Weisung?»

«Na, dass ich mich nach einer neuen Frau umsehen soll.»

«Verdrehen Sie mir nicht die Worte. Ich hab nicht gesagt, Sie sollen sich *umsehen*, sondern nur, Sie sollen *heiraten*. Dazwischen liegen – rein statistisch – Welten.»

«Verzeihen Sie, Herr Oberst, aber das …»

«Sie langweilen mich schon wieder, Polivka. Jetzt kommen Sie zum Punkt, erzählen Sie schon.»

Polivka hat das Gässchen überquert, er steht jetzt vor der Nische auf der anderen Seite und betrachtet die kleine, pummelige Bronzefigur von *Jeanneken Pis*, die breitbeinig in einen Steintrog pinkelt.

«Es ist nämlich so», hebt er zu fabulieren an, «der Kollege Hammel hat eine Cousine dritten Grades, eine hübsche junge Witwe aus der Nähe von Paris.»

«Paris? Paris in Frankreich? Soll das heißen …»

«Ja, Herr Oberst. Wir sind übers Wochenende ins Ausland gefahren. Am Samstag jedenfalls, da brennt im Badezimmer von Sophie, so heißt sie nämlich, die Cousine, eine Birne durch. Der Hammel steigt also auf eine Leiter, um sie auszuwechseln. Energiesparlampe, voller Quecksilber, Sie wissen schon. Vor lauter Angst, dass er die Lampe fallen lassen könnt, verliert der Hammel da oben das Gleichgewicht und stürzt.»

«Ja, kennt der Trottel die Statistik nicht? Wir haben jedes Jahr rund dreißigtausend Haushaltsunfälle in Österreich!»

«Selbstverständlich, Herr Oberst. Aber wir waren ja in Frankreich ...»

Wieder so ein seltsames Geräusch im Hörer, eine Art gepresstes Gackern: Schröck scheint tatsächlich zu kichern. «Wo Sie recht haben, haben Sie recht», sagt er nach einer Weile. «Weiter im Bericht.»

«Der Hammel purzelt also von der Leiter und fällt mit dem Kopf auf die Kloschüssel. Offener Schädelbruch ...»

«Herrje ...»

«Fünf Stunden war er im OP. Sein linkes Auge ist ruiniert, aber insgesamt hat er noch Glück gehabt: Er wird es überleben.»

«Sagen S', Polivka, Sie schwindeln mich nicht etwa an?»

«Wie könnte ich? Sie werden ja sehen, dass der Hammel ...»

«Nein, den Hammel glaub ich Ihnen, aber die Cousine? Könnt es vielleicht sein, dass Ihr kleiner Wochenendausflug etwas mit der Frau aus der Zugtoilette zu tun hat?»

Dieser alte Fuchs. Markiert tagein, tagaus die welke Mumie, nur um dann plötzlich wie ein quicklebendiger Vampir aus seinem Sarkophag hervorzuschießen.

«Frau? Ich weiß jetzt nicht ... Ach so, Sie meinen die Französin, die vom Freitag! Ich bitt Sie, Herr Oberst, die Sache ist längst bei den Akten.»

«Das will ich auch hoffen. Also, Polivka, ich sag Ihnen, was wir jetzt machen. Sie sind, sagen wir, auf zehn Tage beurlaubt. Das wird ja hoffentlich reichen, um den rekonvaleszenten Hammel zurück nach Wien zu bringen und Ihre privaten Angelegenheiten zu regeln.»

«Private Angelegenheiten?»

«Heiraten. Diese Cousine. Aber nur, wenn die Madame

130

mit Ihnen kommt und Sie mir nicht nach Frankreich auswandern. Ich brauch Sie nämlich hier in Wien, so ungern ich das sage. Überhaupt jetzt, wo der Hammel …»

«Ich versteh schon, Herr Oberst.»

«Gut. Und fangen S' mir *ja* keine Fernbeziehung an. So etwas hält – proportional zum Mittelwert aus räumlicher Distanz und Güte der Verkehrsverbindung – selten länger als ein Jahr.»

«In Ordnung, Herr Oberst.»

In Erwartung weiterer Weisungen lauscht Polivka ins Telefon, doch Schröck scheint bereits aufgelegt zu haben. Rauschen im Hörer, dann – für den Bruchteil einer Sekunde – ein dumpfer metallischer Klang. Im linken Auge von *Jeanneken Pis* klafft jetzt ein kreisrundes Loch.

Polivka schreit auf. Er wirbelt herum und quert mit wenigen Sprüngen die Gasse.

«Weg!», brüllt er. «Deckung!» Eine der Tassen zerklirrt auf dem Kaffeehaustisch, und Polivka spürt einen jähen Stich am Unterkiefer, während er sich wie ein Freistilringer auf Sophie wirft und sie zu Boden reißt. An der Lehne ihres gusseisernen Stuhls stieben Funken auf.

«Weg, verdammt! Nur weg!»

Den Arm um ihre Taille gelegt, zerrt er Sophie mit sich; halb stolpernd, halb kriechend erreichen sie die Straßenecke. Kurz und trocken klatscht es hinter ihnen an die Hauswand, ein rötliches Wölkchen staubt aus unverputzten Ziegeln.

«Laufen Sie!»

Die beiden rennen um ihr Leben, rennen die Rue de Bouchers entlang, biegen nach rechts und hasten weiter, bis ihnen beim Place da la Monnaie ein Bus entgegenkommt und – wenige Meter vor ihnen – in der Haltestelle stoppt. Die Türen klappen fauchend auf.

«Wohin fährt der?», keucht Polivka, sobald sie die rettenden Stufen erklommen haben und der Bus sich wieder in Bewegung setzt.

«Où allez-vous?», gibt Sophie die Frage an den Fahrer weiter. Der aber zeigt nur gelangweilt auf ein Schild, das schräg über ihm in der Mitte des Fahrgastraums hängt.

«Cimetière», liest Sophie. «Zum Friedhof.»

15

Ein weißer Porzellansplitter, mehr ist es nicht, was knapp über dem Kiefer in Polivkas Wange steckt. Sophie zieht ihn mit Hilfe eines Taschentuchs heraus, tupft vorsichtig die Wunde ab. Ganz nah sind ihre Bernsteinaugen jetzt, und Polivka, gerade erst dem Tod entronnen, überlegt, ob das vielleicht ein angemessener Moment für einen Kuss …

Zu spät. Sie senkt den Kopf und betrachtet den Splitter. «Das hätte auch eine Gewehrkugel sein können.»

«Stahlmantelgeschoss», nickt Polivka. «Das Projektil hat dieses Mädchen glatt durchlöchert.»

«Welches Mädchen?», fragt Sophie erschrocken.

«Na, das bronzene, Sie wissen schon, die kleine Pinklerin.»

Sophie schließt die Augen und drückt ihre Schläfe ans kühlende Busfenster. «Kaum zu glauben, dass ich einmal so empfinden würde», murmelt sie. «Hervé … Ich hasse ihn. Ich hasse meinen Bruder.»

«Nicht, dass ich ihn lieben würde, aber … Vielleicht ist er diesmal gar nicht mit dabei gewesen. Es waren nämlich mindestens zwei Heckenschützen, einer auf dem Hausdach über dem Lokal, der andere schräg vis-à-vis.»

«Das heißt ...»

«Das heißt, dass unsere Geheimmission inzwischen aufgeflogen ist. Vor knapp drei Stunden waren wir bei Gallagher; er hatte also Zeit genug herauszufinden, dass es diesen Oligarchen Sergej Wolkow und diese Turnerin Ildiko Horvat nie gegeben hat. Er ist beunruhigt, tritt ans Fenster, um zu überlegen – und entdeckt Ihr Wertkartenhandy in der Fensternische. Jetzt schrillen endgültig seine Alarmglocken. Wer sind die beiden seltsamen Gestalten, die ihn unter falschen Namen aushorchen und abhören, mit wem hat er es zu tun? Vielleicht mit zwei durchtriebenen Journalisten, die in Sachen *INDECT* recherchieren? Gut möglich, aber warum haben wir das Gespräch – im Rückblick ziemlich vordergründig – auf Hervé gebracht? Er rekapituliert sein Telefonat mit Stranzer: Welche Worte, welche Namen sind gefallen, was hat er preisgegeben? Kurzerhand greift Gallagher zum Telefon – nein, nicht, um Stranzer anzurufen, sondern um Hervé zu kontaktieren.»

Der Bus biegt in die breite Rue Royale ein und beschleunigt. Erst als der Chauffeur den Fuß vom Gas nimmt und das Dröhnen des Motors nachlässt, spricht Polivka weiter.

«Hervé muss ihm alles erzählt haben. Von Ihnen und von Jacques' brisantem Film, von Hammel und von mir, den beiden unbekannten Männern. Den einen, sagt er, hat er bereits aus dem Weg geräumt, aber der andere ist mit seiner Schwester und dem Video in einem grünen Citroën entkommen. Also fragt ihn Gallagher sofort ...»

«Nach unserem Aussehen», unterbricht Sophie mit leiser Stimme.

«Volltreffer. Der Kerl ist nicht dumm, er kann eins und eins zusammenzählen. Und er weiß, dass er jetzt etwas unternehmen muss.»

«Er setzt zwei Killer auf uns an.»

«Nicht eigenmächtig. *Smart Security Solutions* sind ja nicht nur ein börsennotierter Konzern, sondern auch ein bewaffneter, gewissermaßen paramilitärischer Verband. Das ist ja das Entzückende an der gesteigerten Privatisierung unserer Gesellschaft: Die Gewaltmonopole der Staaten sind Vergangenheit, und jeder darf sich offiziell ein paar Soldaten kaufen – falls er sich das leisten kann. Gelebte Demokratie, wenn Sie so wollen. Trotzdem gelten militärische Strukturen auch im Söldnerwesen: Gallagher ist zwar Geschäftsführer, hat aber, wie wir wissen, nur bedingt Entscheidungen zu treffen. Ob als Militär oder als Manager, er muss sich abgesichert haben: So ein Einsatz wird von oben angeordnet, von *ganz* oben.»

«Also ... nicht von Stranzer.»

«Nein. Von Omar.»

Der Bus nähert sich der Station Michel-Ange, die nur einen Häuserblock vom Jubelpark entfernt ist, und Sophie steht auf.

«Wir wollen den Wagen holen. Kommen Sie?»

«Vergessen Sie den Wagen. Der ist wie eine gigantische Visitenkarte. Auf den Friedhof kommen wir auch mit dem Bus.»

«Was sollen wir denn dann tun, verdammt?» Sophie sinkt auf den Sitz zurück. Mit einer raschen Handbewegung wischt sie sich ein feuchtes Schimmern von der Wange. «Es ist alles meine Schuld. Wir hätten gleich zur Polizei gehen sollen.»

«Und dann?», fragt Polivka. «Was kann die Polizei schon tun? Was haben wir denn in der Hand? Ein Video, das Ihren Bruder ins Gefängnis bringen kann, mehr nicht. Und wenn man ihn aus dem Verkehr zieht, morden andere an seiner Stelle weiter. Nein, es ist nicht Ihre Schuld, Madame ... Sophie ...»

Er nimmt das Taschentuch aus ihrer Hand und beugt sich vor, um ihr die Tränen vom Gesicht zu tupfen. Der Chauffeur sieht in den Rückspiegel und steigt aufs Gaspedal.

Der Blick des Fahrers mag nur dem Verkehr der Rue Franklin gegolten haben. Sein Manöver aber wirkt eindeutig zweideutig: Er kuppelt sozusagen doppelt ein, als wolle er ihn in den Bus verlagern, den Verkehr. Polivka jedenfalls, von der Kinetik aus dem Gleichgewicht gebracht, kippt jäh nach vorn und landet auf Sophie – ein kurzer Schreck, der sich verliert, als sie ihm ihre Arme um den Hals legt und ihn an sich drückt.

Sie schmeckt nach Samt. Nach kühlem, weichem Samt.

Was ein Stahlrohr und ein Schwall von Hochgeschwindigkeitsgeschossen nicht vermochten, das bewirkt die Zungenspitze, die jetzt – zart und tastend – Polivkas Lippen berührt: Sein Puls schnellt hoch, sein Herz beginnt zu rasen. Polivka ist einer Ohnmacht nahe.

Zwanzig, neunzehn, achtzehn, zählt er im Stillen, mit geschlossenen Augen. Wie lange hat er nicht geküsst? Es muss sechs Jahre her sein. Gerda.

Siebzehn, sechzehn, fünfzehn. Seine Lippen teilen sich wie von selbst – ein Vorhang, hinter dem ein schüchterner Eleve auf die Primaballerina wartet. Damenwahl. Der neue Anzug knistert.

Vierzehn, dreizehn, zwölf. Zwei Zungen tanzen miteinander, nicht gerade kunstvoll, aber passioniert.

Der Bus fährt über eine Bodenwelle, und Polivka öffnet instinktiv die Augen. Durch das Rückfenster gewahrt er einen schwarzen Audi, der sich zügig nähert, um dann die Geschwindigkeit zu drosseln und gemächlich hinter ihnen her zu gondeln. Wie zum Abschied streicht Polivka über Sophies Wange und löst sich von ihr.

«Sie sind wieder da», sagt er ruhig.

Das Handy. Natürlich, es kann nur das Handy sein. Polivka könnte sich ohrfeigen, weil er nicht gleich daran gedacht hat. Wenn Gallagher Sophies Telefon entdeckt und die Anrufliste durchgesehen hat, ist er notgedrungen auf seine, auf Polivkas Nummer gestoßen. Und wer, wenn nicht die Firma *Smart Security Solutions* könnte im Handumdrehen den Standort eines Mobiltelefons ermitteln? Wahrscheinlich hat sich Gallagher inzwischen auch darüber informiert, mit wem er es hier eigentlich zu tun hat. Einen Wiener Kriminalbeamten im Besitz des heiklen Videos zu wissen, wird seine Stimmung kaum gehoben haben. Dann auch noch das Ferngespräch mit Oberst Schröck, das Gallagher womöglich abgehört hat. Hoffentlich, denkt Polivka, sind meine Lügen abwegig genug gewesen, um zumindest den verletzten Hammel vorerst aus der Schusslinie zu halten …

Sie nähern sich der Busstation am Place Général Meiser. Ein paar der anderen Passagiere machen sich zum Aussteigen bereit, und Polivka ist kurz versucht, sein Handy in die Manteltasche eines grau melierten Mannes gleiten zu lassen, der gerade den Halteknopf drückt. Dann aber wird ihm klar, was das bedeuten könnte: Gallaghers Mordbuben scheinen nicht lange zu fackeln, sie schießen zuerst und stellen, wenn überhaupt, erst dann die Fragen.

Nein, entscheidet Polivka, es muss noch andere Möglichkeiten geben, und seien die Chancen auch noch so gering. Er zieht das Telefon aus seiner Jacke, lässt es unauffällig auf den Boden gleiten, schiebt es dann, so weit es geht, mit seinem rechten Fuß unter den Sitz. Sophie, die sich von ihrem ersten Schreck erholt hat, dreht sich nach dem Audi um.

Der schwarze Wagen hat am Straßenrand gehalten; als der Bus nun die Station verlässt, setzt auch er sich wieder in Bewegung.

«Sie warten, bis wir rauskommen», sagt Polivka. «Sie wollen das Aufsehen vermeiden.»

Eine Handvoll Menschen ist am Place Général Meiser zugestiegen: ein älterer Mann mit Stock und Hut, ein Jugendlicher, dessen weite Jeans nur knapp über den Kniekehlen hängen, zwei muslimische, in lange weiße Khimars eingehüllte Frauen und ein untersetzter, glatt rasierter Mann im himmelblauen Overall, der ächzend einen großen Kunststoffsack auf einen der Sitze wuchtet. Er ist es, der Polivka aufmerken lässt.

«Der Zettel da …» Verstohlen deutet Polivka auf ein Papierschildchen, das an der Kante der Tragtasche angeheftet ist. In nüchternen blauen Lettern gedruckt, ist hier der Schriftzug *Blanchisserie Blanchard* zu lesen, darunter eine mit Filzstift geschriebene Zustelladresse. «*Le Nid d'amour de Mimi*», flüstert Polivka, «was heißt das?»

«*Mimis Liebesnest*. Wahrscheinlich ein Puff oder Stundenhotel.»

«Und *Blanchisserie Blanchard*?»

«*Blanchisserie* heißt Wäscherei …» Sophie verstummt mit offenem Mund. Auf einmal leuchten ihre Bernsteinaugen auf. Sie hat verstanden.

Die Busstation *Avenue de l'Optimisme* ist die vorletzte der Linie 63. An der nordöstlichen Brüsseler Peripherie gelegen, macht sie ihrem Namen alle Ehre: Wer hier aussteigt, ist noch nicht am Friedhof, sondern im verdinglichten sozialen Fegefeuer, das ja immer phantasierte Hoffnung mit faktischer Verelendung vereint. Inmitten trostlos flacher, lieblos angelegter Grünflächen ragen Plattenbauten in den Himmel, hoch genug, um nicht nur freie Sicht auf den städtischen Totenacker zu bieten, sondern auch auf den dahinterliegenden gewaltigen Komplex des NATO-Hauptquartiers. Der Optimismus drängt sich den Bewohnern dieser Häuser förmlich auf.

Es sind nur zwei Personen, die an der Station den Bus verlassen: zwei in weiße Tücher eingehüllte Frauen, offensichtlich jene beiden, die am Place Général Meiser eingestiegen sind. Wahrscheinlich Marokkanerinnen, die mit einem arbeitslosen Mann und vierzehn Kindern in einem der Wohnsilos leben. Sie gehen gemächlich die Straße entlang. Der Bus fährt wieder an, er überholt die Frauen und braust davon. Der schwarze Audi folgt ihm Richtung Friedhof.

16

«Haben Sie noch Kleingeld?», fragt Polivka, als er endlich eine desolate Telefonzelle am Straßenrand entdeckt. Seine eigenen Taschen sind leer, nachdem Sophie dem Wäschereiangestellten zwei Leintücher abgeschwatzt hat – schöne große Laken für die Doppelbetten von *Mimis Liebesnest*, glücklicherweise frisch gewaschen und perfekt geeignet, um sich damit zu vermummen. Zweihundertachtundvierzig Euro haben sie Polivka gekostet – ein Betrag, der nicht zu hoch gegriffen war, weil letztlich alle etwas von dem Handel hatten: Sophie und er ihr Leben, der Mann ein volles Portemonnaie und einen halb so schweren Plastiksack. Seine Ankunft im Liebesnest wird sich wohl eine halbe Stunde verzögern, wird ihn sein Weg doch zuvor noch in die Avenue Platon führen, um dort beim Textildiscounter zwei fabrikneue Laken zu erstehen: sechsunddreißig Euro, echte chinesische Ware. Falls Madame Mimi es überhaupt bemerken sollte, wird sie sich wohl kaum darüber echauffieren.

Sophie schenkt Polivka ein fragendes Lächeln, während sie einige Münzen aus ihrer Hosentasche kramt. «In Frankreich», sagt sie, «gibt es zwei gängige Arten, einander das *Du* anzubieten: Man trinkt miteinander – oder man küsst sich.»

«Das ist ... in Österreich nicht anders», murmelt Polivka verlegen.

«Umso besser. Wir haben beides getan. Also ...» Sie streckt ihm förmlich ihre Hand entgegen. «Ich heiße Sophie.»

Polivka zögert. «Ich ... bin der ...»

«Ja?»

Ein tiefes Seufzen. «Es tut mir leid», sagt Polivka. «Ich würde Ihnen gern ... Ich meine, *dir* ... Aber mein Name ist ...»

«So schlimm?»

Polivka nickt. «So schlimm. Ich frage mich oft, was meine Mutter sich dabei gedacht hat. Und wie mein Vater das zulassen konnte.»

Nachdenkliches Schweigen.

«Also wie soll ich dich nennen?», fragt Sophie nach einer Weile.

«Sagen wir ... Polivka?»

Sophie lacht auf. «In Ordnung, du Polivka. Schau her.» Sie hält ihm ihre Linke hin, in der die Münzen liegen. Aber Polivka wehrt ab und deutet auf die Telefonzelle.

«Das sollten besser Sie ... Das solltest besser du erledigen.

«Du meinst ... die Polizei anrufen?»

«Nein. Nur das Europaparlament. Den Stranzer.»

Eine Viertelstunde später hat Sophie bei der örtlichen Auskunft die Nummer des Europäischen Parlaments erfragt und sich in dessen Zentrale mit Stranzers Büro verbinden lassen. Sophie atmet durch. Sie konzentriert sich auf den Plan, den Polivka und sie gerade durchgesprochen haben.

«Bonjour, madame, hier das Büro von Generaldirektor Herr von Trappenberg von *Trappenberg Incorporated*. Herr von Trappenberg will mit Herrn Doktor Stranzer sprechen ... Ja, es drängt ... Ich warte.»

Polivka macht sich bereit; er rekapituliert den Text, mit dem er Tilman Stranzer ködern will – eine Geschichte, die Profit und Privilegien, Beziehungen und Renommee in Aussicht stellt, ein Märchen wie ein frischer Ochsenschwanz, dem sich ein Hund wie Stranzer kaum entziehen können wird. Und selbst wenn Stranzer bereits Kenntnis von den neuesten Entwicklungen haben sollte: Anders als Hervé und Gallagher ist er Sophie und Polivka noch nie begegnet, er bleibt also ihre letzte Hoffnung auf eine Spur zu Omar. Mit ein wenig Glück wird er den frischen Ochsenschwanz damit vergelten, dass er Herrn von Trappenberg von *Trappenberg Incorporated* auf die richtige Fährte führt.

«Ach ...», sagt Sophie jetzt. «Verstehe. Darf man fragen, wie er dort erreichbar sein wird? Wenn Sie mir nur seine Handynummer ... Wie, Sie können nicht ... Das wird Herr Generaldirektor Herr von Trappenberg nicht gerne hören ... Einen *was*? ... Mein Gott, sind Sie verletzt? ... Nein, meine Liebe, keine Angst, ich schweige wie ein Grab. Abgesehen davon, dass ich Ihnen auch von Herrn von Trappenberg so einiges erzählen könnte. Wir Bürodamen müssen zusammenhalten ... Eben. Vielleicht können Sie mir nur verraten, wann er fliegt ... Sie sind ein Schatz, ich danke Ihnen ... Ja, Sie auch, und halten Sie die Ohren steif.»

Sophie hängt ein. «Die Sekretärin war vollkommen aufgelöst», sagt sie zu Polivka. «Der Stranzer scheint ein furchtbarer Choleriker zu sein, er hat sich noch vor zehn Minuten aufgeführt wie ein Verrückter. Weißt du, womit er sie beworfen hat?»

«Vielleicht mit einem Laptop?», antwortet Polivka.

Sophie zieht überrascht die Augenbrauen hoch. «Ja! Woher weißt du ...?»

«Das war schon als Verkehrsminister seine Spezialität.

140

Pro Monat soll er bis zu fünf Computer zertrümmert haben. Es heißt, er kauft seine Notebooks en gros. Wo ist er jetzt?»

«Angeblich auf dem Weg zum Flughafen. Laut Sekretärin hat er vorher noch telefoniert und musste dann ganz unerwartet aufbrechen. Das war es auch, was ihn so aufgeregt hat.»

«Wohin fliegt er?»

«Wien. Mit der *Austrian*. Um zehn nach vier soll die Maschine starten.»

Kurz vor zwei steigen Sophie und Polivka am Airport Brüssel aus dem Bus. Sie könnten sich ebenso gut in New York oder Zürich befinden: Die Flughäfen der Metropolen dieser Welt sind mittlerweile so verwechselbar, dass sie eine monströse Reihenhaussiedlung ergäben, würde man sie aneinanderreihen. Sie scheinen allesamt vom selben (mit mehr Fleiß als Phantasie begabten) Architekten konzipiert zu sein, und es ist fast schon eine Gnade, diese Möchtegern-Science-Fiction-Bauten mit Legionen von Verbotsschildern und Piktogrammen zugeklebt zu sehen.

Innen ein Gewirr aus vielfarbigen Lichtern: Shopping Mall. Spirituosen, Schokolade und Tabak im Wettstreit mit Parfüms, Colliers und Spitzenunterwäsche – wer gewinnen wird, steht in Gesetzestexten und Entschließungsanträgen der freien Welt schon festgeschrieben. Topfit sei der Mensch, duftend und reich. Und also sei die Welt auf die Topfitten, Duftenden und Reichen zugeschnitten.

Hinter einer neongrün schimmernden Sushibar finden Sophie und Polivka den Schalter der *Austrian Airlines*, aus dem ihnen ein mohnrot gekleideter Herr entgegenlächelt.

«How are you, Sir? What can I do ...»

«Thank you, it could be better.» Zwar ist Polivka des Englischen einigermaßen mächtig, doch es ist ihm nie gelungen, sich von seinem breiten österreichischen Akzent zu lösen. Immerhin, so denkt er manchmal, könnte ich – im zweiten Bildungsweg – noch Gouverneur von Kalifornien werden.

«Ah, ein Landsmann. Womit kann ich Ihnen helfen?»

«Haben Sie noch zwei freie Plätze für den Flug nach Wien um zehn nach vier?»

«In der Business Class?»

«Economy, bitte.»

«Ein Momenterl, ich schau gleich nach …» Mit flinken Fingern tippt der rote Mann etwas in eine hinter dem Tresen verborgene Tastatur. «Ich kann Ihnen leider nur noch ein letztes Economy-Ticket anbieten», meint er dann bedauernd.

«Und Business?»

«Da wäre auch noch ein Platzerl frei.»

«Verstehe …» Polivka tauscht Blicke mit Sophie.

«Aber wenn Sie sich beeilen», raunt der Rote nun verschwörerisch, «können Sie's noch bei den Griechen probieren. Die Maschine der *Aegean Airlines* startet um drei viertel vier und dürfte noch halb leer sein.»

«Aha … Die ist dann also vor der *Austrian* in Wien?»

Der Rote schmunzelt. «Nicht direkt. Sie hat nämlich noch eine Zwischenlandung in Athen.»

«Ich nehme Ihre Tickets. Beide.» Polivka greift in seine Jacke und zieht seine Brieftasche heraus, als ihn ein jäher Schreck durchströmt: Wenn Gallagher ein Handy orten kann, ist auch eine Kreditkarte nicht vor ihm sicher. Keine zehn Minuten, und er wird im Bilde sein, wo seine Beute sich befindet und wohin sie zu reisen gedenkt.

«Wann müssen wir denn allerspätestens am Flugsteig sein?», fragt Polivka den Roten.

«Boarding ist fünfzehn Uhr vierzig. Da bleibt Ihnen noch

Zeit genug, um Ihr Gepäck bei einem unserer Luggage-Automaten einzuchecken.»

«Luggage-Automaten, bravo. Als entschiedene Gegner der Vollbeschäftigung würden wir das selbstverständlich gerne unterstützen, aber leider haben wir kein Gepäck.»

«In Anbetracht der Sicherheitskontrollen würde ich Ihnen aber raten, rechtzeitig ...»

«Wäre es möglich», unterbricht ihn Polivka, «die Tickets bis halb vier zu reservieren? Ich komme dann verlässlich und bezahle sie.»

Der Rote verzieht das Gesicht. «Sie sollten es vielleicht doch bei den Griechen versuchen ...» Er verstummt und starrt auf die Dienstmarke, die Polivka ihm vor die Nase hält.

«Kriminalpolizei.»

«Das geht schon klar mit Ihren Tickets, ich halte sie bis zum Abflug bereit.»

Eineinhalb Stunden ohne Geld auf einem internationalen Flughafen verbringen zu müssen, kommt für den normalen Reisenden den Qualen des Tantalus gleich:

Mitten im Teiche stand er, das Kinn von den Wellen bespület,

lechzte hinab vor Durst und konnte zum Trinken nicht kommen.

Doch Sophie und Polivka haben anderes im Kopf als *Prada*, *Gucci* und *Versace*. Sie treten ins Freie und gesellen sich zu den Rauchern, die in einem rot markierten Quadrat vor dem Gebäude stehen.

«Falls INDECT bereits in Betrieb ist», sagt Sophie und streift die unzähligen an der Wand montierten Kameras mit verstohlenen Blicken, «haben sie uns schon längst gefunden.»

«Ja. Dann wären sie aber auch schon hier», sagt Polivka.

Er zieht an seiner Zigarette. «Trotzdem sollten wir uns eine Ecke ohne Überwachung suchen.»

«Und wozu? Was willst du tun?»

«Zuerst das Haschisch loswerden, du weißt schon, das aus Jacques' Geheimversteck.»

«Eine entsetzliche Verschwendung, aber du hast recht. Und dann?»

«Dich küssen.»

Fünf vor vier. Seit einer Viertelstunde Boarding Time und immer noch kein Abflug-Gate in Sicht.

«Da vorne links!»

Sie jagen durch die lang gestreckten Korridore, als ginge es um das nackte Leben. Und das tut es ja wohl auch. Die augenblickliche Verspätung rührt nur daher, dass Sophie und Polivka seit ihrer Rauchpause nicht untätig gewesen sind. Sie haben

1. einander geküsst,

2. das Haschisch in die Toilette geworfen,

3. die zwei vorgeblichen Diamanten aus Jacques' Geige vor möglichen Zollkontrollen verborgen, indem sie sie hinter der Dienstmarke in Polivkas Brieftasche festklemmten,

4. einander geküsst,

5. sich um halb vier auf ihren Endspurt Richtung Flugsteig konzentriert. Sobald der rote Mann am *Austrian*-Schalter Polivkas Kreditkarte durch seinen Kartenleser ziehen würde, würde auch der Countdown laufen: Also zehn Minuten, um

6. die Flugtickets zu holen,

7. im Elektronikshop am Weg zur Sicherheitskontrolle zwei neue Wertkartenhandys zu kaufen,

8. sich durchleuchten, begrapschen und Polivkas Zahncreme berauben zu lassen,

144

9. einander zu küssen und

10. zum Gate zu hetzen.

Ein Spalier aus vorwurfsvollen Blicken erwartet die beiden, als sie Punkt vier Uhr den Airbus betreten. Vor allem Sophie, deren Sitz sich ganz hinten im Heck der Maschine befindet, muss einen Spießrutenlauf durch die Reihen der verärgerten Mitpassagiere absolvieren. Den teuren Platz im Vorderteil, den Polivka ihr edelmütig überlassen wollte, hat sie schon beim Kauf der Tickets abgelehnt. Mit einem strikten «Du bezahlst, ich wähle» hat sie ihm den Jackenaufschlag glatt gestrichen und hinzugefügt: «Dein neuer Anzug ist wie maßgeschneidert für die Business Class.»

Polivka muss nicht lange suchen: In der nur sechs Reihen umfassenden Kabine ist gerade noch ein letzter Gangsitz frei. Obwohl die Abstände zwischen den blauen, samtig weichen Sesseln groß genug sind, um als menschenwürdig durchzugehen, scheint der Mann am Fenster über das Erscheinen seines späten Nachbarn nicht erfreut zu sein. Ohne Polivkas Gruß zu erwidern, starrt er auf den Bildschirm eines nagelneuen Notebooks, das vor ihm auf einem Klapptisch steht.

Der Mann am Fenster ist kein anderer als Tilman Stranzer.

17

Seit dem Start bemüht sich Polivka, mit Stranzer ins Gespräch zu kommen, aber der – geschult durch Koalitionsverhandlungen, Interviews und Pressekonferenzen – blockt erfolgreich ab.

«Cheers», sagt Polivka, hebt sein Champagnerglas und prostet Stranzer zu. Ein kurzer Seitenblick, der Anflug eines

Nickens, und der Herr Europaabgeordnete starrt wieder auf sein Notebook. Kleingedrucktes flimmert dort über den Monitor, wahrscheinlich Brüsseler Gesetzestexte und Verordnungen.

«Already Luxemburg», sagt Polivka und deutet aus dem Fenster.

Stranzer konzentriert sich stirnrunzelnd auf seinen Laptop.

«Nice computer», sagt Polivka. «Looks quite new.»

Stranzer lässt ein unartikuliertes Grunzen hören.

Was würde wohl der Generaldirektor Herr von Trappenberg von *Trappenberg Incorporated* tun?, denkt Polivka. Vorhin am Telefon, da wäre es ein Kinderspiel gewesen, Stranzers Neugierde zu wecken, aber jetzt, als zufälliger Sitznachbar? Trotz allem kann es keine Hexerei sein, eine Unterhaltung anzuleiern: Wenn man den Society-Kolumnen der Boulevardpresse vertrauen darf, sind einander doch die Spitzen der Gesellschaft, die zusammen über fast ein Drittel der gesamten irdischen Besitztümer verfügen, freundschaftlich verbunden. Viele sind es ja auch nicht, gerade ein Prozent der Mitbürger. Man muss nur zeigen, dass man auch dazugehört ...

Resignativ greift Polivka zu einem Stapel internationaler Tageszeitungen, die ihm die Flugbegleiterin zuvor gebracht hat, und vertieft sich in ein Exemplar der *Reinen Wahrheit*.

Sehr viel Neues scheint sich nicht getan zu haben auf der Welt. Die Meldung mit der Schlagzeile *CHAOTEN FACKELN AUTOS AB* behandelt eine Reihe von europaweiten Brandanschlägen anarchistischer und *linkslinker* Rabauken, denen in den letzten Tagen vorwiegend Geländelimousinen (also so genannte SUVs) und andere Wagen der Luxusklasse zum Opfer gefallen sind. Weiter unten ein Artikel mit der Überschrift *DRAHTESEL LEBEN GEFÄHRLICH*. Hier wird Bezug auf eine

Studie genommen, der zufolge alle Radfahrer, die ohne Sturz-helm fahren, mit ihrem baldigen Tod zu rechnen haben. Auf-hänger der Story ist ein manifester Anstieg der letalen Fahr-radunfälle im Lauf der letzten Monate.

Polivka blättert um.

EUROPA GEHT DAS WASSER AUS, lautet die Headline auf der nächsten Seite. Von diversen technischen Errungenschaf-ten ist die Rede, die dem Klimawandel trotzen und die Wirt-schaftsproduktivität vor dem Verdursten retten sollen.

Polivka blättert um.

EXPERTEN WARNEN: NEUE PANDEMIE IM ANMARSCH! Ein mit fetten Lettern aufgemachter Beitrag warnt vor einem *Vogelgrippe-Supervirus*, das – von Asien kommend – bald auch in Europa Einzug halten werde. Wissenschaftler seien, so schreibt der Redakteur, schon intensiv darum bemüht, ein vorbeugendes Serum zu entwickeln.

Polivka blättert um.

DER KONGO MACHT UNS ERST MOBIL, ist auf der nächs-ten Seite zu lesen. Ein Bericht über die kongolesischen Boden-schätze, die – neben Gold, Diamanten und Kupfer – geschätzte achtzig Prozent der weltweiten Coltanvorkommen umfassen. Dieses Erz ist laut Artikel unverzichtbar für die Herstellung von Handys und Computern. Das Gerücht, es werde unter grausamen Bedingungen in Kinderarbeit abgebaut, sei, wie es in der *Reinen* heißt, von jenen notorischen Gutmenschen lanciert, die auch behaupten, dass die Förderung des kon-golesischen Coltans die letzten Lebensräume des bedrohten Berggorillas zerstöre oder dass der von der Elektronikindust-rie bezahlte Kaufpreis vorwiegend der Finanzierung kongole-sischer Guerillatruppen diene. Beim Handel mit afrikanischen Rohdiamanten hätten die Bemühungen der ewigen Sozialro-mantiker bereits zu einer Einschränkung des freien Markts geführt: Der sogenannte Kimberley-Prozess, ein internationales Abkommen, unterbinde den Import von Edelsteinen ohne offizielle Unbedenklichkeitsbescheinigung.

Polivka legt die Zeitung weg. Er hat eine Idee. Wie nebenher greift er zu seinem Portemonnaie und zieht die beiden Diamanten hinter seiner Dienstmarke hervor. Er wiegt sie in der Hand, examiniert sie, nimmt den größeren zwischen Daumen und Zeigefinger, hält ihn gegen das Licht, dreht ihn behutsam hin und her. Aus den Augenwinkeln kann er nun sehen, wie Tilman Stranzer aufblickt, wie sich seine Augen förmlich festsaugen an diesem kleinen Glitzersteinchen.

«Lovely», sagt Polivka. «Isn't it?»

Stranzer nickt und räuspert sich. In einem Englisch, das nicht einmal für den Bürgermeister von Gualala reichen würde, meint er: «Yes, very. Is it true? I mean, a really diamond?»

«Ach so, Sie sind ein Landsmann», sagt Polivka freudig. «Bitte wundern Sie sich nicht, ich höre so etwas sofort, wahrscheinlich, weil ich selbst mit meinem österreichischen Akzent zu kämpfen habe. Und Ihr Englisch ist, wenn Sie mir diese Anmerkung gestatten, brillant.»

«Das muss es ja wohl auch, in meiner Position», meint Stranzer und legt vor der Brust die Fingerspitzen aneinander – eine Pose aus dem staatsmännischen Körpersprachenlexikon: gewichtig, ernst, beherrscht.

«Und darf man fragen, welche Position das ist?»

Ein irritierter, gekränkter, beinahe schon waidwunder Blick. «Ja, kennen Sie mich nicht, als Österreicher und als Europäer? Fernsehen? Zeitungen? Man ist doch immer wieder in den Medien.»

Entschuldigend zuckt Polivka die Achseln. «Leider bin ich schon seit über zwanzig Jahren kein Europäer mehr. Ich habe mich seinerzeit in Pretoria angesiedelt, und da ist», er deutet auf die Zeitungen, «die *Reine Wahrheit* nur schwer aufzutreiben.»

«In Pretoria, Südafrika? Und darf man fragen, was Sie dort so machen?»

«Nun, ich habe eine kleine Bergbaufirma: *Trappenberg Incorporated*. Wir betreiben Minen in Südafrika, Namibia, Angola und – seit neuestem – im Kongo.» Polivka verstaut die Edelsteine in der Hosentasche und streckt Stranzer seine Hand entgegen. «Trappenberg, *von* Trappenberg. Bin sehr erfreut.»

«Ja, also ... Stranzer, *Doktor* Stranzer, Abgeordneter im Europäischen Parlament. Dann ... sind die Diamanten quasi Eigenproduktion?»

«Ja, aus dem Kongo. Eigentlich haben wir dort nach Coltan geschürft, Sie wissen schon ...»

«Coltan, natürlich ...»

«Aber dann sind wir auf ausgedehnte Diamantenvorkommen gestoßen. Auch kein Schaden», Polivka lacht auf, «man muss eben flexibel sein.»

«Flexibel, das ist gut», stimmt Stranzer in Polivkas Lachen mit ein. «Und was treibt Sie in die alte Heimat? Verwandtenbesuche?»

«Auch das, Herr Doktor. Aber nicht in erster Linie. Ich habe versucht, in Brüssel gewisse – rein berufliche – Probleme zu lösen. Leider dürfte es mir nicht gelungen sein.»

«Berufliche Probleme? Worum ist es denn gegangen, wenn ich fragen darf?»

Zwei kleine Brillanten, deren Echtheit mehr als fraglich ist, haben Stranzer, den mürrischen Pfau, in eine zahme, ja geradezu servile Elster verwandelt. Es ist ein Mirakel, Katharsis auf höchstem Niveau.

Um den so frisch dressierten Vogel nicht gleich wieder zu verschrecken, heuchelt Polivka ein kurzes Zögern vor. «Ja, also», sagt er, und: «Es ist vielleicht ein bisschen heikel.»

«Keine Sorge, Herr von Trappenberg, Sie können offen zu mir sein. Was immer Sie mir auch erzählen, bleibt unter uns. Das ist ja», Stranzer grinst, «die Grundlage meines Berufsbilds.»

«Danke, Doktor Stranzer. Es tut gut, sein Leid zu klagen, gerade jemandem, der sozusagen – Sie verzeihen den Ausdruck – in der Höhle des Löwen sitzt.» Polivka seufzt. «Wir haben es nicht leicht in Afrika, müssen Sie wissen. Schlechte Energieversorgung, mangelnde Sicherheitslage, ganz zu schweigen von der inferioren Arbeitsmoral der Dings, der Schwarzen, also ... unserer Mitarbeiter.»

«*Dings* ist gut.» Stranzers Grinsen wird breiter. «*Mitarbeiter* überhaupt.»

«Ich sehe, Sie verstehen mich. Ohne uns, und das ist nicht einmal rassistisch, sondern vielmehr kulturell gemeint, wären doch die Leute dort noch immer in der Steinzeit: keinen Anteil am globalen Fortschritt, keine Chance auf eine bessere Zukunft. Dabei sitzen sie auf einem ungeheuren Schatz an Rohstoffen, nach dem sich die gesamte zivilisierte Welt die Finger leckt. Wer hebt ihn, diesen Schatz? Doch niemand anderer als eine Handvoll Pioniere aus dem Westen ...»

«Wackere Leute wie Sie», wirft Stranzer ein und nickt.

«Genau. Und was passiert, wenn wir ihn erst gehoben haben und ihn in die Heimat bringen wollen, nicht zuletzt, um dort die Wirtschaft anzukurbeln?»

«Ich verstehe nicht ...»

«Ganz einfach: Die EU hat meine Steine mit einem Importverbot belegt.»

«Sie meinen ... Sie haben kein Zertifikat der kongolesischen Regierung?»

«Leider nein. Wir operieren in einer, sagen wir, politisch heiklen Gegend, da bezeichnen die Behörden jedes unschuldige Steinchen gleich als *Blutdiamant*.»

«Haben Sie es *so* probiert?» Stranzer reibt die Finger seiner Rechten aneinander: internationale Geste für – meist nicht ganz saubere – Geldtransfers.

«Bestechung? Damit brauchen Sie in Afrika erst gar nicht zu beginnen. Hinter jedem, der die Hand aufhält, stehen schon zehn andere, die das Doppelte verlangen. Diese ... Dings sind unersättlich.»

«Ich verstehe.» Stranzer schürzt die Lippen und legt seine Stirn in Falten, er markiert den Denkenden. «Vielleicht», sagt er nach einer Weile, «kann ich etwas für Sie tun. Gesetze lassen sich ja ändern, man muss nur an ein paar Rädchen drehen, ein wenig Überzeugungsarbeit leisten. Nächsten Montag bin ich wieder in Straßburg, da werde ich sehr maßgebliche Leute treffen, die mir – nebenbei – auch freundschaftlich verbunden sind. Verstehen Sie, Herr von Trappenberg? Wir müssten uns nur hinsichtlich der Konditionen einigen.»

«Sie meinen», flüstert Polivka und reibt nun seinerseits die Finger aneinander, «eine Art ... Bestechung?»

«Gott behüte, nein!», ruft Stranzer. «Wir sind doch hier nicht bei den Wilden! Nennen Sie es meinetwegen *Politikberatung*, schließlich geht es ja um die Beratung meiner Amtskollegen im Europaparlament. Das ist ein ganz normales demokratisches Procedere, das täglich Brot des Volksvertreters: Ich vertrete Ihre Interessen, Sie entlohnen mich dafür.»

«So einfach?»

«Ja, so einfach.» Stranzers Augen glitzern jetzt, als wären es die Diamanten in Polivkas Hosentasche.

«Gut ... Und Ihr Beraterhonorar? Mit welcher Summe muss ich ...»

«Hunderttausend», sagt Stranzer wie aus der Pistole geschossen. «Hunderttausend jährlich.»

«Ist das nicht ... ein bisschen viel?»

«Das kostet's halt bei mir. Sie müssen die Verantwortung bedenken, die ich auf mich nehme. Stellen Sie sich vor, wie Sie mit einer Lockerung der Importverordnung finanziell performen könnten.»

Polivka wiegt nachdenklich den Kopf. «In Ordnung», meint er dann. «Was mich betrifft, Herr Doktor, sind wir im Geschäft. Wie wollen wir es vertraglich halten? Falls es Ihnen recht ist, können wir ...»

«Vertraglich sollte uns ein Handschlag reichen, Herr von Trappenberg. Wenn man in unseren Kreisen kein Vertrauen mehr zueinander haben kann, ist diese Zivilisation am Ende.»

«Besser kann man es nicht ausdrücken», nickt Polivka.

«Es gibt natürlich trotzdem manches zu besprechen: eine Branchenanalyse und ein kleines Briefing Ihrerseits, um die strategischen Optionen zu sondieren. Hier vorab meine Visitenkarte.» Wie ein Taschenspieler – sozusagen aus dem Nichts – hat Stranzer jetzt ein weißes Kärtchen hergezaubert; er drückt es Polivka in die Hand. «Die Kontodaten werde ich Ihnen lieber mündlich übermitteln.» Ein verschmitztes Zwinkern.

«Ich verstehe», zwinkert Polivka zurück. Er tastet seine Jackentaschen ab und meint dann mit dem Ausdruck des Bedauerns: «Meine Karte kann ich Ihnen leider erst nach unserer Ankunft geben, die hat nämlich meine Sekretärin. Sie sitzt irgendwo dahinten.» Mit einer abfälligen Handbewegung deutet Polivka Richtung Economy-Klasse.

Beifälliges Nicken Stranzers. «Man darf seine Mitarbeiter

nie vergessen lassen, wo ihr Platz ist», sagt er. «Aber jetzt, mein lieber Herr von Trappenberg, wollen wir ein Glaserl auf die afrikanisch-europäische Freundschaft trinken. Champagner?»

«Gern», gibt Polivka zurück. «Wenn Sie mich kurz entschuldigen ...»

Während Stranzer eine Flugbegleiterin herbeiwinkt, hastet Polivka auf die Toilette. Diesmal treibt ihn etwas anderes als das Verdauungsfeuer. Die schweißnasse Stirn auf die Hände gestützt, so kniet er wenig später vor der Kloschüssel, um sich zu übergeben.

Stranzer, denkt er auf dem Rückweg, ist im Grund ein armes Schwein. Man könnte meinen, dass Menschen wie er unter einem entsetzlichen Trauma leiden, einem schrecklichen Erlebnis, das ihnen jeglichen Ethos ausgetrieben und durch eine unstillbare Gier nach Geld und Macht ersetzt hat. Wie die Leute, die in ihrer Kindheit Hungerqualen erlitten haben und die seither tonnenweise Lebensmittel bunkern.

Vielleicht liegt es aber auch an der Erziehung, grübelt Polivka. Ein chronischer Mangel an Anerkennung, ein uneingelöstes Versprechen von Liebe, kurz: eine verstümmelte Seele, die man nun – gleichsam prothetisch – mit gesellschaftlichem Einfluss und privaten Reichtümern zu komplettieren versucht. Die Erde hat genug für jedermanns Bedürfnisse, aber nicht für jedermanns Gier: ein Spruch Mahatma Gandhis, den der gute Doktor Singh des Öfteren zu zitieren pflegt.

Auf seinem Platz erwartet Polivka bereits ein Glas Champagner. Tilman Stranzer sitzt daneben, den Kopf gesenkt und zum Fenster gewandt. Er brummelt leise vor sich hin, als sei er in ein Selbstgespräch vertieft.

«Was soll das heißen, hier an Bord?», raunt er, und: «Sie sind schuld daran, dass er mich überhaupt zu sich zitiert. Weil Sie mit diesen beiden Amateuren nicht fertigwerden.»

Jetzt erst sieht Polivka das Telefon in Stranzers Hand. «Von mir aus auch ein Kriminalbeamter, trotzdem sind es Amateure!», hört er Stranzer in den Hörer zischen. «Ihr empfangt sie hoffentlich in Wien? ... Wie jetzt? Die Wiener Filiale ist nicht eingeweiht? ... Wie sollen wir sie dann ... Verdammt, John! Muss ich Ihnen wirklich Ihren Job erklären? Lassen Sie die beiden wenigstens verfolgen! Geben Sie halt vor, es geht um, was weiß ich, um einen Seitensprung! ... Okay. Wann kommen Ihre Leute? ... Abendflieger, gut ... Natürlich können Sie mir gleich die Fotos schicken ... Ja, per MMS. Ich werde aber trotzdem nicht durch die Maschine laufen, um die zwei zu finden; das ist Ihre Arbeit ...»

Höchste Zeit zu handeln. Polivka macht auf dem Absatz kehrt und packt die Stewardess am Arm, die eben Richtung Cockpit zu entschwinden droht.

«Verzeihen Sie, aber ... Können Handys nicht die Elektronik der Maschine stören?»

«Ja, mein Herr. Sie müssen ausgeschaltet sein.»

«Der Mann dort, schauen Sie ...»

«So ein Starrsinn», wettert Stranzer, während er das (auf die wiederholte und zunehmend resolute Anweisung der Flugbegleiterin abgeschaltete) Smartphone auf die Ablage zwischen den Sitzen wirft. «Als ob diese grotesken Sicherheitsbestimmungen auch für die erste Klasse gälten.»

«Eine Frechheit», nickt Polivka mitfühlend. «Man hat es heutzutage wirklich schwer in unseren Kreisen. Aber lassen wir uns doch die gute Laune nicht verderben. Prost.» Er hebt sein Glas.

«Gesundheit», murmelt Stranzer und zeigt auf das Telefon. «Wenn diese blöde Fuchtel Richtung Holzklasse verschwindet, schalte ich es wieder ein. Ich habe Probleme zu lösen und warte auf wichtige Informationen.»

«Waren das vorhin etwa schlechte Nachrichten, Herr Doktor?»

«Nur ein kleines Ärgernis. Ein Mann und eine Frau, die mich seit einiger Zeit ... mit Anrufen und Drohbriefen verfolgen. Offensichtlich sind sie mit an Bord.»

«Das ist ja furchtbar. Kann ich irgendetwas für Sie tun?»

«Nicht nötig, Herr von Trappenberg. Die beiden Stalker werden schon in Wien erwartet.»

«Von der Polizei?»

«Na, sagen wir, von ein paar Sicherheitskräften.» Stranzer wirft Polivka einen vertraulichen Blick zu. «Deshalb schlage ich vor, dass wir dem Trubel ausweichen, es könnte immerhin zu Tätlichkeiten kommen.»

«Ausweichen? Und wie sollen wir das machen?»

«Großräumig.» Mit einer nonchalanten Handbewegung klopft sich Stranzer auf die linke Brust. «Mein Diplomatenpass. Mit dem kann ich mich auf fast allen Flughäfen diskret durch einen VIP-Ausgang empfehlen. Sie und Ihre Sekretärin sind natürlich meine Gäste.»

«Danke», lächelt Polivka. «Das nehme ich gerne an.» Er streckt die Hand aus, um ein weiteres Mal zu seinem Glas zu greifen – und verfehlt es. Eine fahrige Bewegung, wie um sein Versehen korrigieren zu wollen, eine kurze Kollision der Fingerknöchel mit der Sektflöte, und schon ist es passiert: Acht Zentiliter Piper-Heidsieck Brut ergießen sich über Stranzers Mobiltelefon.

«Herrje!», ruft Polivka entsetzt.

Die Gesichtszüge Stranzers versteinern. Drei Sekunden

lang lässt sich der Kampf erahnen, der gerade zwischen seinem limbischen System (verantwortlich für die Entwicklung des Triebverhaltens, Leitstelle für Emotionen) und seinem präfrontalen Cortex (Zentrum der Erregungs- und Affektkontrolle, in dem langfristige Zielorientierungen die animalischen Impulse regulieren) tobt. Anders gesagt: In Stranzers Schädel liegen sich der kleine jähzornige Tilman und der große gierige Herr Doktor in den Haaren. Hier die rasche Triebabfuhr, dort hunderttausend Euro jährlich …

«Halb so schlimm», presst Stranzer zwischen den Zähnen hervor. «Ich werde mir eben ein neues besorgen.»

Er ist schon ein Mann von Welt, der Herr Europaabgeordnete.

Teil 3

HERRNBAUM-GARTEN

18

Im Schutz von Stranzers Diplomatenpass hat sie der Flughafen in Schwechat wie ein unhörbares Lüftchen durch die Hintertür des VIP-Terminals direkt in Stranzers Dienstwagen gefächelt. Nun gleiten sie auf der Autobahn in Richtung Wien, der frühe Abend dämmert, der Mercedes schnurrt, die Ledersitze duften.

Am Volant sitzt der Chauffeur, ein blasser, stummer Mann mit Goldrandbrille, daneben Tilman Stranzer, ein (wahrscheinlich in diversen Medienseminaren angefertigtes) Designerlächeln auf den Lippen. Auf der Rückbank haben sich Sophie und Polivka gemütlich eingerichtet – oder besser: Herr Friedhelm von Trappenberg und seine Sekretärin Elsje Swanepoel. Ihre Hände berühren einander im Schatten der Armlehne.

Polivka ist sehr zufrieden.

Nach der Landung hat er Stranzer seine Sekretärin mit den Worten «Meine Assistentin aus Pretoria» vorgestellt, und die geschickte, raffinierte, die anbetungswürdige Sophie hat nicht nur gleich begriffen, welchen Fisch er in der Business Class geangelt hat, auch die Beschaffenheit des Köders war ihr auf der Stelle klar. Noch ehe Polivka sich einen adäquaten Namen für sie einfallen lassen konnte, ist sie ihm bereits ins Wort gefallen: «Swanepoel», hat sie mit starkem niederländischem

Akzent geflötet, «aber Friedhelm, also Herr von Trappenberg sagt zu mich immer Elsje. So Sie wollen, können Sie auch.»

«Sehr erfreut, Fräulein Elsje.» Stranzer hat Polivka beifällig zugegrinst. «Dann dürfte ich jetzt vielleicht Ihre Karte haben?»

«Aber selbstverständlich. Die Visitenkarten, Elsje!»

«Onmiddellik, Herr von Trappenberg ...» Sophie hat zusehends nervös in ihren Taschen gekramt, um schließlich händeringend zu vermelden: «So ein Schande ... Mein Börsje is weg, aber», triumphierend hat sie einen Bleistift hochgehalten, «ich kann schreiben mit die Hand.»

«Tun Sie das bitte.» Ohne eine Miene zu verziehen, ist Polivka an Stranzers Seite getreten und hat ihm ins Ohr geraunt: «Ich kann mich glücklich schätzen, dass sie so vergesslich ist. Das rettet schon seit Jahren meine Ehe.»

Worauf Stranzer sich geschüttelt hat vor Lachen.

Später, in der VIP-Lounge, wurde es noch einmal brenzlig für Sophie und Polivka. Da fragte Stranzer, der sich mittlerweile seinen Koffer hatte bringen lassen, wo denn ihr Gepäck geblieben sei.

«Natürlich im Hotel», gab Polivka zurück. «Ich lasse diese Dinge immer schon im Voraus regeln; man umgibt sich ohnehin mit viel zu viel Bagage auf solchen Linienflügen.» Aus den Augenwinkeln konnte Polivka beobachten, wie sich Sophie gesenkten Kopfes auf die Lippen biss: Sie stand nun ihrerseits gefährlich knapp davor, in Lachen auszubrechen. Also wechselte er rasch das Thema: «Übrigens, Herr Doktor, bleiben wir nur eine Nacht in Wien. Es wäre also praktisch, wenn wir heute Abend noch die informellen Formalitäten unseres kleinen Deals besprechen könnten.»

«Heute noch?», rief Stranzer aus. «Ich fürchte, dass sich das bei mir nicht ausgehen wird.» Er warf – pro forma – einen

Blick auf seine Armbanduhr. «Ich hab nämlich um acht schon wieder einen wichtigen Termin in der Provinz, gut eine Autostunde von der Stadt entfernt. Der wird sich kaum verschieben lassen.»

Da, mit einem Mal, hat Polivka die Chance gewittert – eine kleine Chance freilich, aber eine Chance. Nach fünfzig Teufelchen, die ihn von Brüssel Richtung Wien geritten hatten, saß ihm jetzt Mephisto höchstpersönlich im Genick.

«Probieren Sie es», versetzte er streng und drückte Stranzer sein Mobiltelefon in die Hand. «Bei uns in Afrika sind wir gewohnt, Geschäfte zügig abzuschließen – wenn uns etwas daran liegt. Also verschieben Sie Ihr Treffen.»

Wenig später sah er Stranzer, der sich ans andere Ende der Lounge begeben hatte, eine Nummer in das Handy tippen, eine Weile warten und dann in den Hörer sprechen. Stranzers Körperhaltung wirkte anfangs noch gefasst und selbstbewusst, dann aber zunehmend bedrückt und unterwürfig. Sein heiseres Murmeln versiegte, bald schon stand er schweigend und gebeugt und nickte wie die kleinen Plüschhunde, mit denen in den späten Siebzigern die meisten Autohutablagen dekoriert gewesen waren.

Es wurde kein langes Gespräch. Nach zwei Minuten kehrte Stranzer zu Sophie und Polivka zurück, zwar ohne Nicken, aber immer noch als Hund.

«Es tut mir furchtbar leid, Herr von Trappenberg, aber ich habe beim besten Willen nichts ausrichten können. Mein Kunde ... also meine anderen Geschäftspartner, die warten schon seit Wochen auf den heutigen Termin. Was uns betrifft, so könnten wir vielleicht noch morgen Vormittag ...»

«Unmöglich», fiel ihm Polivka ins Wort, «völlig unmöglich. Elsje kann Ihnen meine Agenda aufzählen, morgen bleibt mir kaum die Zeit zum Atmen. Aber», setzte er versöhnlich nach, «wir werden schon zusammenkommen, schließlich bin ich noch zehn Tage in Europa. Nächste Woche Straßburg, würde Ihnen das passen?»

«Wunderbar!», rief Stranzer aus.

«Dann rufe ich Sie an. Ich bräuchte dazu nur mein Handy wieder ...»

«Selbstverständlich, bitte um Verzeihung!» Stranzer streckte Polivka das Telefon entgegen.

Der bedachte das Gerät mit einem liebevollen Blick, bevor er es in seine Hosentasche schob. «Ich weiß schon, dieses Ding ist reiner Schrott: ein kurzfristiger Notkauf. Leider ist mir nämlich vorgestern mit meinem Smartphone etwas Ähnliches passiert wie heut mit Ihrem. Allerdings war es kein Piper-Heidsieck, sondern eine Flasche Taittinger, soweit ich mich erinnere.»

Ja, Polivka ist sehr zufrieden. Mit der Rechten streichelt er Sophies samtweiche Hand und mit der Linken seine Hosentasche: Wohlverwahrt steckt dort das Handy, dessen Speicher jetzt die Nummer des geheimnisvollen Omar birgt.

«Wo darf ich Sie denn absetzen?», fragt Stranzer von vorne. «Ich muss, glaube ich, am Knoten Prater Richtung Norden abfahren.» Er streift den Chauffeur mit einem fragenden Blick und erntet ein wortloses Nicken.

«Am Stadtpark. Hotel Intercontinental», sagt Polivka trocken.

«Gut, okay. Dann ... fahren wir eben einen kleinen Umweg.»

Kurz nach sieben stehen Sophie und Polivka vor dem Hotel und schauen den Lichtern des Mercedes nach, die sich im Stau des frühen Abends mit zahllosen anderen vereinigen. Es wäre schön, denkt Polivka, wenn Herr von Trappenberg und Elsje Swanepoel jetzt an die Rezeption des Intercontinental treten würden, um sich ihren Zimmerschlüssel ...

«Schon ein bisschen schade, Friedhelm», unterbricht Sophie seine Gedanken, «dass wir keine Zeit haben, uns jetzt in unsere Suite zurückzuziehen.»

«Und kein Geld», sagt Polivka. «Wir werden also schwarzfahren müssen, Fräulein Elsje.» Er verbeugt sich, bietet ihr den Arm, sie hakt sich unter, und gemeinsam queren sie die Straße, gehen hinüber zur U-Bahn-Station. Es hat zu nieseln begonnen.

Auf der Fahrt bis zur Rossauer Lände schildert Polivka in kurzen Worten, was sich zwischen ihm und Stranzer zugetragen hat. Und er vermerkt mit stiller Freude, dass seine Geschichte bei Sophie auf Wohlwollen, Zustimmung, ja auf Begeisterung stößt.

«Du hast den Scheißer hinters Licht geführt, sein Handy ruiniert und dich dafür auch noch von ihm nach Wien kutschieren lassen», meint sie lachend. «Polivka, vor dir muss man tatsächlich auf der Hut sein; du bist mit allen Wassern gewaschen.»

«Ich hatte eine sehr charmante Lehrerin.»

«Charmant? Wo ist sie? Zeig sie mir, ich kratze ihr die Augen aus.»

«Das tust du nicht. Nicht diese Bernsteinaugen.»

Gerade noch ein paar Sekunden Zeit für einen Kuss: Schon fährt der Zug in die Station Rossauer Lände ein.

«Wir müssen raus», sagt Polivka.

«Wohin denn eigentlich?» Sophie hält ihn am Jackenärmel fest. «Falls du in deine Wohnung willst: Die wird wahrscheinlich überwacht.»

«Das glaube ich nicht. Noch nicht. Laut Stranzers Telefongespräch mit Gallagher besteigt der Brüsseler Killertrupp gerade erst den Abendflieger, und die Wiener *Smart-Security-Solutions*-Leute scheinen in der Sache ziemlich unbedarft zu sein.» Polivka zieht sein Handy aus der Hosentasche. «Ich will aber sowieso nicht in die Wohnung, sondern ins Präsidium. Nachdem der Stranzer so entgegenkommend war, uns Omars Nummer hier hineinzutippen, sollte der Polizeicomputer in der Lage sein, der Nummer einen Namen und dem Namen eine Postadresse zuzuordnen.»

Neunzehn Uhr dreißig. Das Gebäude der Kriminaldirektion in der Berggasse ist zwar noch hell erleuchtet, doch die Gänge liegen ausgestorben. Polivka steigt mit Sophie bis in den zweiten Stock und zieht sie dann den Flur entlang, in dem mit einem Mal erregte Männerstimmen laut werden.

«Geh bitte, Alter, haben sie dir ins Hirn geschissen?»

«Was? Da war ja gar nichts!»

«Mitten in die Eier! Der Franzos is eine Sau!»

«Na und? Der depperte Gerrard hat eh schon Kinder ...»

«Jetzt pfeif schon, du Itakeroasch!»

«Ich sag's euch, den hat der Franzos geschmiert!»

Durch einen Türspalt spähen Sophie und Polivka in die Amtsstube, aus der die Stimmen dringen. Das schummrige Licht einer Schreibtischlampe, das Flimmern eines kleinen Bildschirms, und davor die versammelte Truppe der den Abenddienst verrichtenden Kollegen: Kripo-Beamte in Aufruhr. Die Europameisterschaft scheint keinen kaltzulassen – keinen außer den Bezirksinspektor Polivka.

«So ein Mist», flüstert nun auch Sophie, «heut spielt ja Frankreich gegen England, und ich hab's versäumt!»

Sie schleichen weiter, bis zu Polivkas Büro, das dunkel und verlassen am Ende des Ganges liegt. Noch dunkler, noch ver-

164

lassener als Polivkas Schreibtisch wirkt jener von Hammel; er scheint regelrecht geschrumpft zu sein: ein kleiner blinder Fleck in der hintersten Ecke des Raums.

Polivka schiebt Hammels Stuhl zur Seite, bückt sich, stößt sich an der Tischplatte den Kopf, ertastet den Computer und drückt auf den Einschaltknopf. Mit einem jämmerlichen Ächzen nimmt die klapprige Maschine ihre Arbeit auf.

«Da tut sich nichts.» Polivka starrt auf den schwarzen Monitor.

«Du musst ihn extra einschalten.» Sophie betätigt eine Taste an der Seite des Computerbildschirms. «Voilà: Es werde Licht», sagt sie pathetisch.

Und es wird auch Licht – nicht nur am schimmernden Geviert des Monitors, nein, gleich im ganzen Zimmer. Frostig flackern am Plafond die Neonröhren auf.

«Schau einer an», schnarrt Oberst Schröck nicht minder frostig. «Kriegt zehn Tage Urlaub und taucht gleich am ersten im Büro auf. Übrigens: Enchanté, madame, je suis le patron de votre fiancé. Jetzt sagen S' einmal, Polivka, wie ist das Wetter in Paris? Oder sollte ich doch eher nach den meteorologischen Bedingungen in Brüssel fragen?»

Die Zeit der Märchen ist vorbei. Es hat jetzt keinen Sinn mehr, weitere Ausflüchte zu suchen, schon alleine deshalb, weil sich der Herr Oberst offenbar am letzten Stand befindet, was die Odyssee des Herrn Bezirksinspektors anbelangt: Er weiß zumindest, dass Sophie und Polivka geradewegs aus Brüssel kommen. Fragt sich nur, woher? Was weiß der Alte noch? Man muss der Sache auf den Grund gehen, sei es auch um den prekären Preis der Wahrheit. Also: Karten auf den Tisch, es hilft nichts. Außerdem: Was hat sich Polivka schon groß zuschulden kommen lassen?

1. Hausfriedensbruch (insofern zu vernachlässigen, als das Delikt nicht in Österreich stattgefunden hat. Mildernd kommt ihm außerdem zugute, dass der Hausbesitzer tot ist und dass dessen Witwe ihn im Anschluss an die Straftat wiederholt geküsst hat. Der Strafrahmen in Frankreich beträgt bis zu einem Jahr Freiheitsentzug).

2. Suchtmittelbesitz (insofern zu vernachlässigen, als das Delikt nicht in Österreich stattgefunden hat. Im Gegensatz zu Belgien, wo der Besitz geringer Mengen Cannabis nicht mehr geahndet wird, weil es sich eben doch nur um ein Rausch-, aber kein Suchtgift handelt, kann man dafür allerdings in Frankreich bis zu zehn Jahre lang eingesperrt werden).

3. Diebstahl (insofern zu vernachlässigen, als das Delikt nicht in Österreich stattgefunden hat. Die Strafe für die *arglistige Entwendung* – so heißt es im französischen Strafgesetzbuch – der Pflegertracht aus dem Spital beträgt bei den Franzosen bis zu drei Jahre Gefängnis).

4. Zechprellerei (insofern zu vernachlässigen, als das Delikt nicht in Österreich stattgefunden hat. Mildernd ist zudem der Umstand, dass Polivka in Bezug auf die beiden im *Delirium Tremens* konsumierten Cappuccini durchaus zahlungswillig war, bevor er von den unbekannten Heckenschützen aus der Impasse de la Fidelité vertrieben wurde. Gleichwohl stehen in Belgien bis zu drei Monate Haft auf Zechprellerei).

5. Sachbeschädigung (hat leider über österreichischem Staatsgebiet stattgefunden. Erschwerend kommt hinzu, dass die Zerstörung von Tilman Stranzers Handy ohne Zweifel vorsätzlich erfolgt ist. In Österreich ist dafür eine Freiheitsstrafe von bis zu sechs Monaten zu verhängen).

Was also hat sich Polivka schon groß zuschulden kommen lassen? In erster Linie Folgendes:

6. Nichterfüllung einer Dienstanweisung Oberst Schröcks.

Nach österreichischem Recht kann dies zu einer Ermahnung, einer Abmahnung oder auch der sofortigen Kündigung führen.

«Das Video», sagt jetzt Sophie, «zeig deinem Chef das Video.» Sie zieht Jacques' Speicherkarte aus der Tasche.

«Ah, Sie sprechen also Deutsch, Madame. Bemerkenswert. Nicht einmal sechs Prozent aller Franzosen beherrschen das Deutsche, während immerhin vierzehn Prozent aller Deutschen Französisch ... Wie auch immer. Jedenfalls bin ich nicht hergekommen, um mit Ihnen fernzusehen.»

«Aber Herr Oberst ...», wagt Polivka einzuwerfen.

«Herr Bezirksinspektor», schneidet Schröck ihm barsch das Wort ab, «ich will weder fernschauen noch mit Ihnen diskutieren. Ich bin nur hier, um Ihren Urlaub zu verlängern. Sagen wir, auf unbestimmte Zeit – am besten gleich für immer.»

«Wenn Sie wüssten, Herr Oberst ...»

«Was ich weiß, genügt mir, Polivka. Ich weiß zum Beispiel, dass ich heut am frühen Nachmittag ein denkbar unerquickliches Telefonat mit unserem Polizeipräsidenten hatte. Warum unerquicklich? Weil ich mich von ihm darüber informieren lassen musste, dass sich einer meiner Mitarbeiter in gewisse internationale Angelegenheiten mischt, die seine jämmerlichen Kompetenzen mehr als überschreiten. ‹Mit Verlaub, Herr Präsident›, hab ich darauf gesagt, ‹der Polivka ist in Paris, als Krankenpfleger, Urlauber und Bräutigam.› Worauf mir der Herr Präsident – gewissermaßen durch den Hörer – mit dem nackten Hintern ins Gesicht springt. ‹Wenn Sie keine Ahnung haben›, brüllt er, ‹dass der Kerl gerade in Brüssel ist und sich dort aufführt wie ein Elefant im Porzellanladen, dann sollten Sie sich auf der Stelle überlegen, Ihren Hut zu nehmen! Oder glauben Sie, ich lass mich vom Innenminister zur Sau machen, weil meine Dienststellenleiter ihrer Arbeit nicht gewachsen sind?›»

«Vom Innenminister», murmelt Polivka. Sein Schädel arbeitet auf Hochtouren. Kann es sein, dass Tilman Stranzer beim Minister interveniert hat? Dass er die Farce von Herrn von Trappenberg und Elsje Swanepoel bereits durchschaut, die beiden als Sophie und Polivka identifiziert und geradewegs im Ministerium angerufen hat? Nein, dazu ist seit dem Abschied vorm Hotel zu wenig Zeit vergangen. Stranzer kann noch nicht einmal ein neues Handy haben, abgesehen davon, dass der arme Schröck ja schon am frühen Nachmittag vom Polizeipräsidenten aus seinem beschaulichen Dauerzustand gerissen wurde. Auch John Gallagher scheidet als Aufwiegler aus: Der Chef einer Brüsseler Sicherheitsfirma mag sich vieles leisten können, aber bestimmt keine dreiste Einflussnahme auf ein österreichisches Regierungsmitglied. Nein, einen Minister kann man sich nur leisten, wenn man selbst den Spitzen der Gesellschaft angehört ...

«Um es kurz zu machen, Polivka», schnarrt Schröck jetzt weiter, «weder unser Herr Minister noch unser Herr Präsident wollen über Ihre Blödheit stolpern. Schließlich hat man eine Familie zu ernähren. Auch ich ... Na ja, zumindest eine Katze. Irgendwer wird aber stolpern müssen, Herr Bezirksinspektor. Also schlag ich vor, Sie räumen jetzt in aller Ruhe Ihren Schreibtisch aus. Dann Urlaub, wie gesagt, und so in ein, zwei Monaten, wenn Gras über die Angelegenheit gewachsen ist, versetze ich Sie in den Innendienst. Und bittschön keine Widerrede: Wenn sich Ihre reizende Frau Mutter nicht wie eine Löwin für Sie eingesetzt hätte, könnten Sie sich heut noch bei der Post bewerben.»

«Meine ... Meine *Mutter*?» Polivkas Verdauungsfeuer, von der Standpauke des Obersten zu einem Schwelbrand angefacht, lodert nun vollends auf. «Was soll das heißen, meine Mutter!»

«Spielen S' mir da jetzt nicht den wilden Mann», gibt Schröck unwirsch zurück. «Nachdem Sie es ja vorgezogen haben, durch die Weltgeschichte zu flanieren und auch auf Ihrem Handy nicht erreichbar waren, hab ich die Klinik ausfindig gemacht, in der der Hammel liegt – Ihr schwer verwundeter Kollege, falls Sie sich an ihn erinnern. Irgendjemand muss sich schließlich um ihn kümmern. Also ruf ich in Paris an, lass mich von der Concierge ins Krankenzimmer durchstellen, und wer geht dort an den Apparat?»

Polivka schweigt – Schröcks Frage ist ja sowieso eine rhetorische gewesen.

«Schätzen Sie sich glücklich, dass Sie eine solche Mutter haben, die nicht nur ihren Sohn auf Händen trägt, sondern bis nach Paris fährt, um dort seinen kranken Amtskollegen zu betreuen. Da frag ich mich dann schon nach der statistischen Verteilung von genetischen Disparitäten, wenn sich aus so einer entzückenden Mama ein solcher Bub herausmendelt.»

Kaum hat der Oberst diese ungeheuerliche Frechheit ausgesprochen, wandelt sich mit einem Mal sein Mienenspiel: Gerade noch geringschätzig und boshaft, schlägt sein Ausdruck jählings in Bestürzung um, gerade so, als würde er dem Sensenmann ins Auge blicken.

Und das tut er in gewisser Weise auch, der Oberst Schröck.

Seiner Gardinenpredigt überdrüssig, hat Sophie die Speicherkarte in den Computer geschoben und das Video gestartet. Auf dem Bildschirm ist Hervé Guillemain im Zugwaggon zu sehen, wie er gerade einem Unbekannten das Genick bricht.

«Mon dieu!», ertönt Jacques' Stimme aus den Monitorboxen.

«Mein Gott!», ächzt Schröck.

Dann lässt er sich auf einen Sessel sinken.

19

Schröcks kurzfristige Paralyse gibt Sophie und Polivka die Möglichkeit, nun auch einmal zu Wort zu kommen. Und so schildern sie dem Alten (unter Auslassung diverser dramaturgisch unwichtiger Fußnoten wie Diebstahl, Suchtmittelbesitz und Sachbeschädigung), was ihnen in den letzten Tagen widerfahren ist.

Der Oberst lauscht und sitzt und nickt und starrt ins Leere; seine gelben Tränensäcke flattern wie die Flügel einer Pekingente auf der Schlachtbank. Schröck wirkt resigniert, ja zunehmend verzweifelt, aber weniger, weil ihn Gewissensbisse gegenüber dem so voreilig gerügten Polivka quälen, als vielmehr, weil er sich ganz persönlich vor einem genierlichen Dilemma sieht: zerrissen zwischen menschlicher Integrität und diplomatischem Kalkül, zwischen innerem Schweinehund und öffentlichem Amtsschimmel (ein Zwiespalt übrigens, der meistens in Berufen auftritt, die mit Po beginnen, seien es nun Pontifizes, Politiker oder eben Polizisten).

Es wäre aber nicht der Oberst, wenn er diesen seelischen Konflikt nicht lösen könnte, dazu ist er schon zu lang auf seinem Posten. Kaum haben Sophie und Polivka ihren Bericht beendet, schließt er seine welken Lider und seufzt herzzerreißend. «Polivka, Polivka», murmelt er traurig, «da haben Sie mir aber eine veritable Scheiße eingebrockt. Was schlagen Sie jetzt vor?»

«Ich schlage vor, Herr Oberst, dass wir diese Mörder dingfest machen. Das ist schließlich unsere Arbeit.»

«Sicher, Polivka, da haben Sie nicht ganz unrecht. Leider ist nur Ihre Arbeit eine völlig andere als meine: Sie sind gleichsam die Patrone, ich bin quasi die Pistole. Aber ich kann auch nicht einfach schießen, wie und wann ich will. Die Hand, in der ich liege, ist der Herr Polizeipräsident, und das Gehirn, das wiederum die Hand lenkt, ist der Herr Innenminister.»

«Soll das heißen, Sie wollen gar nichts tun?», lässt sich Sophie vernehmen. «Sie wollen einfach kuschen?»

«Aber nein, mein gnädiges Fräulein. Was ich deutlich machen will, ist nur, dass ich in dieser Sache machtlos bin – im Gegensatz zu Ihrem Herrn Verlobten ...»

«Weder bin ich Ihr gnädiges Fräulein, Herr Oberst, noch ist der Herr Bezirksinspektor mein Verlobter.»

«Schade.»

«Was ist schade?»

«Zweiteres, gnädige Frau. Dem Polivka tät hin und wieder eine starke Hand nicht schaden.»

Wieder so ein Übergriff, so eine Frechheit. Polivka wird langsam klar, warum sich Schröck von seiner Mutter so begeistert zeigt.

«Sie müssen es ja wissen», gibt Sophie dem Obersten zurück. «Sie haben ja Ihren Präsidenten.»

Fabelhaft gekontert, findet Polivka. Er spürt, wie sein Verdauungsfeuer Funken schlägt, die wie ein Schwarm beschwipster Glühwürmchen durch seinen Solarplexus tanzen. Diese Bernsteinaugen. Und die Blitze, die sie Schröck entgegenschleudern ...

«Gnädige Frau, wir wollen uns doch nicht streiten», lenkt der Oberst ein. «Es geht nur darum, dass es die Ermittlungen gefährden würde, wenn ich mich zu diesem Zeitpunkt übermäßig exponiere. Deshalb schlage ich vor, dass ... diese kleine Unterredung niemals stattgefunden hat. Sie tun ganz einfach, was Sie tun zu müssen glauben, und ich weiß von nichts.»

«Das heißt, wir haben keine offizielle Rückendeckung?»

«Ja, das könnte man so sagen. Aber dafür haben Sie – und das bleibt natürlich unter uns – meinen privaten Segen, jedenfalls solang Sie sich bei Ihren Untersuchungen dezent verhalten. Stellen Sie sich vor, ich würde mich jetzt zu sehr aus dem Fenster lehnen: Morgen säße schon ein anderer an meiner Stelle, und Sie hätten gar nichts mehr.»

«Du bist fürwahr mit einem noblen, aufrechten und großherzigen Chef gesegnet», sagt Sophie zu Polivka.

«Sie können mich mit Ihrer Ironie nicht treffen ...»

«Sicher nicht. Wie sollte ich Sie treffen können, wo doch diese kleine Unterredung gar nicht stattfindet?»

Ein weiterer Seufzer Schröcks. «Wenn Sie mit unserem Beamtenapparat ein bisserl vertrauter wären, gnädige Frau, dann wüssten Sie, dass der Anteil der niemals geführten Gespräche in den österreichischen Behörden bei durchschnittlich siebzig Prozent liegt. Je höher der Dienstgrad, desto weniger wird geredet. Oben in den Ministerien herrscht meistens absolute Stille, überhaupt in den Besprechungszimmern.»

Zugegeben, Schröcks Replik war geistreich, und Sophie belohnt sie mit dem Anflug eines Schmunzelns. «Danke für die Aufklärung, die Sie mir selbstverständlich nie gegeben haben. Falls uns da draußen etwas zustößt», fügt sie – wieder ernst – hinzu, «werden wir also nicht auf Ihre Hilfe zählen können.»

«Was sollte Ihnen zustoßen, Madame? Wir sind in Wien, bei uns, da herrschen Recht und Ordnung, dafür bürgt die Polizei.» Der Oberst mustert Polivka mit einem müden Blick. «Ich hoffe, dass wir uns verstehen, Herr Bezirksinspektor: Diskretion ist oberstes Gebot. Ah ja, und noch zwei Kleinigkeiten: Erstens tun S' mir den Gefallen, in längstens fünf Minuten aus dem Haus zu sein. Ich hab Sie nicht gesehen, seit Freitag nicht, ich weiß nicht, wo Sie sich herumtreiben, und kann Sie leider telefonisch nicht erreichen. Fünf Minuten,

Polivka, ich hoffe, dass wir uns verstanden haben. Zweitens melden Sie sich doch einmal beim Hammel. Der ist nämlich wieder wach und tät sich sicher über Ihren Anruf freuen – und grüßen S' mir auch Ihre Frau Mama. Seien Sie gefälligst nett zu ihr, sonst kriegen Sie's mit mir zu tun.» Schröck steht von seinem Sessel auf und wendet sich zur Tür.

«Herr Oberst?», hält ihn Polivka zurück.

«Was ist denn noch?»

«Haben Sie vielleicht eine Ahnung, um wen es sich bei diesem Omar handeln könnte?»

«Ahnungen, Herr Bezirksinspektor, sind nicht mein Revier. Schon gar nicht, wenn sie mutmaßliche Günstlinge unseres Innenministers betreffen. Also tun S' mich nicht schon wieder langweilen. Habe die Ehre, Polivka. Au revoir, madame.»

Die Worte sind noch nicht verhallt, da hat sich Oberst Schröck bereits verflüchtigt, ähnlich diesen dreidimensionalen Avataren in Science-Fiction-Filmen, wenn auf dem Holodeck der Strom ausfällt.

«Was für ein Arschloch», sagt Sophie. «Aber ein interessantes Arschloch.»

Fünf Minuten.

Fieberhaft tippt Polivka auf Hammels Tastatur herum, zwängt sich mit Passwörtern und Zahlencodes immer tiefer in die virtuellen Innereien des polizeilichen Ermittlungsapparates. Seit die rot-schwarze Koalition eine Novelle des Sicherheitspolizeigesetzes abgesegnet hat, das – in Erfüllung einer diesbezüglichen EU-Richtlinie – die Telekommunikationsanbieter zur Speicherung aller Telefon- und Internetverbindungsdaten, des gesamten österreichischen Mailverkehrs und aller Handystandorte verpflichtet, könnte er so manches andere in Erfahrung bringen als den bloßen Namen des geheimnisvollen Omar. Und er müsste Omar nicht einmal im Nachhinein von seiner Überwachung informieren, selbst wenn diese Überwachung offiziell und ganz legal stattfände. Aber dazu fehlen ihm schlicht die Zeit und Hammels Fingerfertigkeit.

«Na bitte», Polivka zeigt auf den Monitor, «Geheimnummer. Im Telefonbuch hätten wir die lange suchen können.»

Drei Minuten.

«So ein Mist!»

«Was ist denn?», fragt Sophie.

«Hier steht kein Name, also jedenfalls nicht der einer Person. Die Nummer ist auf eine Firma angemeldet: *OMA* Handelsgesellschaft ...»

«*OMA* wie Omar! Das ist doch kein Zufall, das passt doch!»

«Ja, phonetisch zumindest.»

«Was ist mit der Postadresse?»

«Dafür muss ich noch in eine andere Datenbank.»

Und wieder neue Kennwörter und Codes. Polivkas Finger schmerzen.

Eine Minute.

«So, da haben wir's: *OMA Limited* ... Der Firmensitz befindet sich ... Herrgott, das kann doch keiner lesen!»

«Lass mich einmal sehen ... Das ist griechisch, Polivka: Xanthis Xenierou 33, Lefkosia, Kypros.»

«Und was heißt das?»

«Dass der Firmensitz auf Zypern ist, in Nikosia. Warum haben die in Österreich ein Handy angemeldet?»

«Weil ich meinen Arsch darauf verwette, dass es trotzdem eine österreichische Firma ist», knurrt Polivka. «Zypern ist zwar Mitglied der EU, aber zugleich ein Hort der Seligkeit für Steuerflüchtlinge. Meine Kollegen von der Wirtschaftskriminalität haben selbst schon überlegt, sich ein Büro dort einzurichten.»

Zehn Sekunden.

«Schau, da steht der Name des Geschäftsführers ... Nein, weiter rechts!» Sophie deutet aufgeregt auf den unteren Rand des Bildschirms.

Eine Sekunde.

Dann liest Polivka den Namen.

«Scheiße», sagt er mit belegter Stimme. «Scheiße ...»

20

Könnt ihr wirklich nicht die großen Gauner sehen,
die statt ins Gefängnis in die Sauna gehen?
Habt ihr nicht genug von diesen satten Räubern?
Wann wollt ihr die Welt von diesen Ratten säubern?

Diese Zeilen aus einer Moritat des Wienerlied-Ensembles *Trio Lepschi* kommen Polivka in den Sinn, während er mit Sophie auf schnellstem Weg das Polizeipräsidium verlässt. Sie fallen ihm jedes Mal ein, wenn er an diverse *Leistungs- und Entscheidungsträger* denkt, die sich bedenkenlos und ungehindert an der Staatskasse bereichern. Und so spuken ihm die Reime regelmäßig, ja beinahe täglich durch den Kopf – man liest ja Zeitung.

«Also sag schon, wieso *Scheiße?*», fragt Sophie, sobald sie auf die Straße treten. Sie hält Polivka am Arm zurück und streicht ihm sanft über die Wange. «Du schaust aus, als hättest du so eine Art Gespenst gesehen. Wer ist denn dieser OMA-Typ, dieser Geschäftsführer – wie war jetzt gleich sein Name?»

«Oppitz-Marigny», sagt Polivka, immer noch heiser. «Olaf Markus Oppitz-Marigny.»

«O-Mar O-Mar», murmelt Sophie.

«Genau. Ein Omar zum Quadrat … Komm, lass uns etwas trinken gehen.»

«Und womit sollen wir bezahlen?»

«Im Umkreis von fünfhundert Metern rund ums Polizeipräsidium habe ich die Lizenz zum Anschreiben.»

Es gibt kaum einen Österreicher, der Fürst Olaf Markus Oppitz-Marigny nicht aus den Medien kennt. Obwohl von seinem Aussehen und Gebaren her alles andere als eine schillernde Figur, steht Oppitz schon seit längerem im Rampenlicht des alpenländischen Provinztheaters: Fernsehanstalten und Zeitungsredaktionen interessieren sich ebenso für ihn wie Staatsanwälte, Richter, Nationalratsabgeordnete und ganz normale Bürger. Letztere wahrscheinlich deshalb, weil der Fürst all das ist, was sie selber gerne wären: jovial, gemütlich, adelig und unermesslich reich.

Dass Oppitz ins Visier der österreichischen Justiz geraten ist, liegt freilich nur am Neid. An jenem Neid, den die – per se missgünstigen – Spießbürger und Proleten gegenüber jedem an den Tag legen, der so ist, wie sie selber gerne wären. Im Sinne des sozialen Friedens muss die Obrigkeit zuweilen auch auf die kleinen Leute hören, also lädt sie den Verdächtigen zur Einvernahme oder vor den einen oder anderen Untersuchungsausschuss, steckt ihn eventuell sogar ein bisserl in Untersuchungshaft – und lässt ihn wieder laufen, sobald genügend Wasser die Donau hinuntergeflossen ist.

«Die irische Justiz», sagt Polivka, «ist im Vergleich mit unserer geradezu pragmatisch. Dort hat unser Oppitz nämlich auch schon einmal sechs gezählte Tage lang auf Staatskosten logiert. Die irische Regierung hat sich dann aber dazu entschlossen, die Ermittlungen einzustellen – nicht aus Mangel an Beweisen, sondern weil ihr ein mit Oppitz eng verbundener Konzern – ganz offiziell – vierhundert Millionen Euro für die Niederschlagung des Verfahrens überwiesen hat. Der arme Fürst: Da sitzt er eine Woche hinter Gittern, stell dir vor, wie viel er in der Zeit verdienen hätte können. Aber Gott sei Dank hat die Gerechtigkeit gesiegt. Die Iren haben ihm, kaum dass er frei war, eine Haftentschädigung zuerkannt: fünfhunderttausend Euro, wegen des Verdienstausfalls. Verstehst du? Eine halbe Million für sechs verschissene Tage!» Polivka schnaubt auf; er greift zu seinem Krügel Bier und trinkt. Wenn er es könnte, würde er dabei vor lauter Zorn die Zähne fletschen.

«Worum ging es denn in dem Verfahren? Ich meine, was macht Oppitz überhaupt beruflich?», fragt Sophie.

«Er macht so gut wie alles, aber trotzdem immer nur das eine. Er ist Schieber, Lobbyist und Geldbote – ein zugegeben virtuoser Geldbote. Bei den Ermittlungen in Irland ging es um die Lieferung von Kampfflugzeugen, militärischen Radarsystemen und Raketen in den Nahen Osten und nach Afrika. Natürlich alles ganz legal: Verkauf von Kriegsgerät an völkerrechtlich anerkannte Staaten, wo man sicher sein kann, dass man es mit unbestechlichen, integeren Beamten und Regierungen zu tun hat.»

«Weißt du, Polivka, ich kann deinen Sarkasmus gut verstehen, trotzdem würde es mir leichter fallen, die Zusammenhänge zu begreifen, wenn ich wüsste, was du ernst meinst und was nicht.»

«Natürlich, du hast recht. Entschuldige.» Polivka hebt sein Glas, nimmt einen Schluck und atmet durch. «Der internationale Waffenhandel», sagt er dann, «ist einer der korruptesten Geschäftszweige auf unserem schönen freien Markt – verzeih, das war schon wieder zynisch ... Also wenn zum Beispiel irgend so eine Bananenrepublik beschließt, für zwei Milliarden Euro neue Abfangjäger anzuschaffen, ist es gang und gäbe, dass die wetteifernden Rüstungsfirmen den Entscheidungsträgern ihre Wahl erleichtern. Aber nicht, indem sie ihre Waffenkollektionen rühmen, sondern hauptsächlich mit sogenannten *informellen Kaufanreizen*. Wer dabei am höchsten pokert, der gewinnt. Zum Beispiel fünf Prozent der Auftragssumme, das macht hundert Millionen Schmiergeld für ein paar Politiker, die über die Verteilung der bananenrepublikanischen Steuereinnahmen bestimmen. Selbstverständlich kann man ihnen diese kleine Spende aber nicht so einfach überweisen. Nein, es braucht ein undurchschaubares globales Netzwerk aus karibischen und Schweizer Nummernkonten, Briefkästen in Panama und auf den Jungferninseln, Stiftungen in Liechtenstein und Luxemburg ...»

«Und Firmensitzen, unter anderem auf Zypern», sagt Sophie. Sie ist ein bisschen blass geworden.

«Richtig. Hier läuft Oppitz-Marigny zur Höchstform auf. Durch, sagen wir, fünfzehn seiner Unternehmen lässt er Rechnungen an die Rüstungsfirma ausstellen, für Geschäftsanbahnungs-, Marketing- und Konsulententätigkeiten, nie gemachte Reisen, nie gegebene Empfänge, nie verzehrte Abendessen. So was läppert sich. Auf die Art hat er seine hundertdreißig Millionen bald beisammen ...»

«Aber es waren doch nur hundert!»

«Und wovon soll Oppitz leben? Also hundertdreißig. Diesem Geld spendiert er eine ausgedehnte Weltreise: von Wien in die Karibik, dann nach Panama, Monaco, Dubai, Jersey ... Und sobald die Herkunft der Millionen nicht mehr nachvollziehbar ist, werden sie – verpackt in ein paar schwarzen Lederkoffern, die der Fürst natürlich von der Steuer absetzt

– den bananenrepublikanischen Amtsträgern bei Kaffee und Kuchen überreicht.»

«So funktioniert das also.»

«Ja, und nicht nur in der Waffenbranche. Wo immer staatliche Entscheidungen getroffen werden, die mit großen Mengen Geld zu tun haben – und welche hat das nicht? –, schneidet sich Oppitz seinen Teil vom Kuchen ab, indem er die Budgetverantwortlichen auch mitnaschen lässt – nur nicht die Steuerzahler, ohne die es das Budget erst gar nicht gäbe. Immobilienprivatisierungen, Fusionen in der Energiewirtschaft, Glücksspiel- und Funklizenzen: Oppitz macht da keine Unterschiede, er vermittelt, wenn es sein muss, auch Insektenspray …»

«Insektenspray?»

«Insektenspray. Kennst du die asiatische Tigermücke?»

«Nie gehört.»

«Vor knapp zwei Jahren ist eine Meldung in den österreichischen Medien lanciert worden, bei der es um die Ausbreitung von neuen Tier- und Pflanzenarten in Mitteleuropa ging. Du weißt schon, Klimawandel und so weiter. Unter anderem war da natürlich auch von neuen Krankheiten die Rede, die uns à la longue ins Haus stehen werden, insbesondere vom Knochenbrecherfieber …»

«Klingt ja gruselig.»

«Das soll es auch, du weißt ja, wie die Presse funktioniert. Wenn der Herr Redakteur ganz einfach *Denguefieber* schreibt – das ist nämlich die gängige Bezeichnung –, dann rasseln die Verkaufszahlen in den Keller. Also dieses Knochenbrecherfieber …»

«Lass mich raten. Es wird von der Tigermücke übertragen. Und die Tigermücke ist dabei, Europa zu erobern.»

«Bravo. Allerdings wird sie erst in geschätzten dreißig Jahren bei uns heimisch werden. Gegen das Fieber gibt es bisher keine Therapie, auch keine Schutzimpfung; das Einzige, was hilft, ist, dass man sich nicht stechen lässt.»

«Und was hat Oppitz jetzt damit zu tun?»

«Er hat zum Segen unseres Volkes ein Geschäft zwischen dem österreichischen Gesundheitsministerium und einem bayerischen Chemiekonzern vermittelt: Die Ministerin hat bei den Deutschen acht Millionen Dosen Mückenspray gekauft, für jeden Österreicher eine, um das Land gegen die drohende Pandemie zu wappnen. Wenn nämlich in dreißig Jahren die Tigermücke kommt, dann könnten sich Versorgungsengpässe ergeben. Dumm nur, dass die Haltbarkeit des Mittels mit zwei Jahren begrenzt ist. Also muss die ganze Lieferung noch heuer fachgerecht entsorgt werden.»

«Unglaublich.»

«Nein, nur österreichisch.»

«Wie viel hat das Zeug gekostet?»

«Zwölf Millionen Euro, davon gingen gut fünfhunderttausend an den Fürsten, der ganz offiziell auf der Gehaltsliste der Lieferfirma stand. Eine vergleichsweise geringe Summe, aber dafür musste er auch keinen Cent an das Gesundheitsministerium weiterleiten.»

«Und warum?»

Auf Polivkas Gesicht macht sich ein Lächeln breit. Kein warmherziges Lächeln, sondern eine regelrecht sardonische Grimasse. «Weil es ohnehin in der Familie bleibt», meint er mit süffisantem Unterton. «Weil nämlich unsere verehrte Frau Ministerin die Ehegattin von Fürst Omar ist.»

Die Stille senkt sich schwer über den Tisch im Gasthaus *Puttinger*, an dem die beiden sitzen. Wortlos greift Sophie zu ihren Gauloises und steckt sich eine an. Im Halbdunkel löst sich der Wirt, der alte Puttinger, von seinem Platz hinter der

Theke und schlurft träge durchs Lokal, um einen Aschenbecher auf den Tisch zu stellen.

«Ich hab da jetzt ein Rauchverbot. Zu viele Anzeigen», bemerkt er trocken.

«Heute Abend stehen Sie unter meinem Schutz, Herr Puttinger», entgegnet Polivka und hält ihm seine Zigarettenschachtel hin. «Wollen S' auch eine?»

«Die Firma dankt, Herr Kommissar.» Der Alte nestelt eine Zigarette aus der Packung, lässt sich Feuer geben. «Es ist eh schon wurscht, ob ich den Laden zusperren muss, weil ich die Strafen nimmer zahlen kann, oder deshalb, weil die Stammgäste nicht mehr kommen.» Puttinger zeigt auf den leeren Gastraum. «Dabei hab ich eh so eine große Lobby.» Achselzuckend wendet sich der Alte ab und geht zur Schank zurück.

Erst jetzt findet Sophie die Sprache wieder. «Deshalb also … Deshalb diese ganze Aufregung mit deinem Obersten. Weil Omars Frau in der Regierung sitzt …»

Polivka nickt. «Verglichen mit dem Oppitz ist der Stranzer eine armselige Witzfigur. Korrupt und schmierig, ja, aber nicht annähernd so einflussreich. Der Fürst ist zehnmal schlauer, zehnmal mächtiger, zehnmal gefährlicher. Du hast es ja gesehen: Es kostet ihn nur einen Anruf, um das Innenministerium, das Polizeipräsidium und meinen Chef in Angst und Schrecken zu versetzen.»

«Wenigstens kann er für sich in Anspruch nehmen, kein Politiker zu sein: Er gibt nicht vor, die Interessen seiner Wähler zu vertreten.»

«Stimmt schon, aber erstens muss er sich auf diese Art nicht exponieren – er kann in aller Ruhe aus dem Hintergrund die Fäden ziehen –, und zweitens hat er keinen Posten zu verlieren. Sein Ruf ist ihm egal, solang ihm kein integrerer, sprich: autoaggressiver Staatsanwalt die Tour vermasselt.»

«Und was soll das jetzt für eine Tour sein, wahllos irgendwelche Leute in der Bahn umbringen zu lassen?»

«Weiß ich auch nicht …», murmelt Polivka. «Ich weiß nur eines, nämlich dass uns dieser Schuh ein paar Nummern zu groß ist.»

Schweigend senkt Sophie den Kopf. Dann dämpft sie kurz entschlossen ihre Zigarette aus. «Sei ehrlich … Willst du die Sache beenden?»

«Sicher will ich sie beenden. Aber aufgeben will ich sie nicht. Ganz abgesehen davon, dass wir sowieso nicht mehr zurückkönnen. Die werden uns nicht in Ruhe lassen, bis wir …»

Polivka kann seinen Satz nicht mehr zu Ende bringen. Zärtlich gräbt Sophie die Finger in den grauen Pelz auf seinem Hinterkopf, zieht ihn an sich und küsst ihn. Küsst ihn lang und voller Leidenschaft im warmen Schimmer einer 60-Watt-Glühbirne, die hier schon seit Jahren von der Decke baumelt: mahnendes Relikt aus einer Zeit, in der die Welt noch schlecht, der Mensch noch unbedacht, gewissenlos und egoistisch war.

«Wo, denkst du, steckt er?», fragt Sophie gefühlte zehn Minuten später. «Wie sollen wir ihn aufspüren?»

Polivka weiß nicht sofort, wovon sie spricht; er fühlt sich immer noch benommen. Diese intensive Küsserei schlägt sich nun einmal auf den Kreislauf, man ist schließlich keine siebzehn mehr, man geht nicht mehr zum Tanzen, sondern zur Diätberaterin, und das, was man am schnellsten hochkriegt, ist der Blutdruck. Trotzdem trägt man seine toten Wurzeln bisher nur im Mund, das gute alte Druckventil ist nach wie vor intakt. Woran es mangelt, ist ein ruhiges Plätzchen, eine Tür, die sich von innen zusperren lässt, ein paar Quadratmeter Intimsphäre, um mit Sophie ganz ungestört die große

Forschungsreise durch gemeinsame Intimsphären antreten zu können. Insofern hat sich nicht viel geändert, seit Polivka siebzehn war. Im Gegenteil, die Lage hat sich eher noch verschlechtert: Wenn die Eltern nämlich einen Abend außer Haus verbrachten oder gar auf Reisen waren, hatte er das, was man *sturmfreie Bude* nennt, und damals konnte er die Bude auch nach Lust und Laune nutzen, ohne gleich über den Haufen geschossen zu werden.

Jetzt ist seine Mutter in Paris, das Haus steht leer, und er, der Fünfzigjährige, muss einen großen Bogen darum machen.

Verflucht seien Gallagher und Stranzer und Hervé, denkt Polivka, verflucht seien Oberst Schröck, der Polizeidirektor und die ganze niederträchtige Ministerbrut. Von allen am gründlichsten verflucht sei aber *er*, sei ...

«Oppitz.» Laut vollendet Polivka seinen Gedankengang. «Du meinst, wo Oppitz steckt?»

«Wir haben seine Adresse nicht.»

«O doch, die haben wir. Er ist ein Fürst – sogar in Österreich, wo Adelstitel seit fast hundert Jahren verboten sind, nennt man ihn so –, und Fürsten residieren in Schlössern. Seine Ländereien sind in Stadlwald, im Weinviertel, ganz oben an der tschechischen Grenze.»

«Ländereien hat Omar auch?»

«Zweihundert Hektar Wiesen, Ackerland und Wald, auf denen sich die Hasen und Fasane tummeln. Und die Jäger: Wirtschaftskapitäne, Aufsichtsräte, Abgeordnete und Landeshauptleute ... Was man sich halt so einlädt, wenn man seine Wochenenden auf der Pirsch nicht ganz allein verbringen will.»

«Wie sollen wir denn dort hinkommen? Hast du ein Auto?»

«Nein. Kein Auto, keinen Cent für eine Busfahrkarte, keine

Unterkunft und keinen Plan. Die Frage ist außerdem, was wir anstellen sollen, wenn wir einmal dort sind.»

«Ihn ... zur Rede stellen», gibt Sophie ein wenig zögerlich zurück. «Ich meine, etwas in der Art ...»

«Zur Rede stellen? Der Mann hat eine Schrotflinte, Sophie. Ganz abgesehen von der ekelhaften Donnerbüchse, die mit ihm das Bett teilt.»

«Die Ministerin?»

«Weißt du, was sie getan hat, um die Medien von ihrem Coup mit dem Insektenmittel abzulenken? Einen Parlamentsantrag hat sie gestellt, auf zeitgemäßes *Gender-Mainstreaming* des Arztgelöbnisses. Unsere frischgebackenen Mediziner sollten also nicht mehr schwören, sich ihrer ‹Patienten› anzunehmen, sondern ihrer ‹Patientinnen und Patienten›. Oder ihrer ‹PatientInnen› mit Binnen-I. Da waren auf einmal alle ganz begeistert von der Frau Ministerin, auch die, die ihr noch kurz davor das Knochenbrecherfieber an den Hals gewünscht haben. So viel Ethos, so viel Feingefühl, so viel *Political Correctness!* Und mit einem Schlag waren auch die zwölf Millionen Steuergeld vergessen, die sie den Auftraggebern ihres Mannes in den Arsch geschoben hat. Verstehst du? Solche Leute *kann* man nicht zur Rede stellen.»

«Und was schlägst du stattdessen vor? Zur Presse gehen? Du hast es heute Mittag schon im Bus gesagt: Wir haben nichts, um unsere Geschichte zu beweisen, nur ein Video, das meinen Bruder hinter Gitter bringen kann.»

Polivka schweigt. Er mustert sein geleertes Bierglas, kratzt sich an der Schläfe, wendet seinen Blick dann zu den Fenstern. Draußen auf der Straße haben die Laternen ihre Arbeit aufgenommen; die Kolonnen der geparkten Autos stehen stumm in ihrem fahlen Licht.

«Okay, dann fahren wir nach Stadlwald», nickt Polivka.

«Und wie?» Sophie ist seinem Blick gefolgt. «Sag bloß, du willst ... ein Auto stehlen.»

«Von *wollen* kann keine Rede sein.»

«Hast du in Wien keine Verwandten oder Freunde, die uns einen Wagen leihen können?»

«Nein, aber ...», ein Grinsen zieht sich plötzlich über Polivkas Gesicht, «ich habe einen Pathologen.»

21

Der Nieselregen hat inzwischen aufgehört, behäbig ruht die Stadt im lauen Juniabend. Mit ein Grund dafür, dass Polivka sich einen Treffpunkt ausgesucht hat, der Sophie und ihn zu einem zehnminütigen erfrischenden Spaziergang zwingt. In erster Linie aber war es eine (durchaus als neurotisch zu bezeichnende) Allüre, eine abergläubische Affinität zum Dramaturgischen, die ihn dazu bewogen hat, ausgerechnet das Barockpalais des Fürsten Liechtenstein zum Ausgangspunkt der Fahrt nach Stadlwald zu wählen: von einem Schloss zum anderen, von Fürst zu Fürst gewissermaßen – wenn das nicht ein gutes Omen für die Reise war ...

Und deshalb hat er Doktor Singh am Telefon darum gebeten, sich mit seinem Auto vor dem Prachtbau in der Fürstengasse (denn wie könnte sie schon anders heißen?) einzufinden.

«Wir in Indien», hat Singh gemeint, nachdem ihm Polivka in knappen Worten sein Problem geschildert hatte, «wir in Indien pflegen zu sagen: Wer sich auf die Jagd nach einem Tiger macht, muss damit rechnen, einen Tiger zu finden. Nicht, dass Sie mich falsch verstehen, Herr Bezirksinspektor: Selbstverständlich leihe ich Ihnen gerne meinen Wagen.»

«Du kennst ihn ja bereits», sagt Polivka, «es ist der kleine Inder vom Franz-Josefs-Bahnhof.»

«Wirklich nett von ihm, jetzt um ...», Sophie sieht auf die Uhr, «halb zehn noch herzukommen.»

«Ärzteschicksal.»

«Auch bei einem Leichenarzt?»

Ein leiser Wind hat eingesetzt, er flüstert in den Bäumen, haucht die letzten Wolken Richtung Osten, und der Mond tritt auf die Himmelsbühne. Hinter Sophie und Polivka erglänzt das Palais Liechtenstein wie eine silberne Kulisse.

«Stranzer müsste jetzt schon längst bei Oppitz sein», bemerkt Sophie. «Was die wohl zu bereden haben ...»

«Reden wird wahrscheinlich nur der Fürst. Er wird dem Herrn Europaabgeordneten eine gehörige Standpauke halten.»

«Weil wir noch am Leben sind?»

«Und weil er weiß, dass wir's inzwischen bis nach Wien geschafft haben. Er kann unseren Atem schon im Nacken spüren.»

«Das ist doch eigentlich die Schuld von Gallagher, nicht die von Stranzer.»

«Aber Stranzer ist das nützlichere Bauernopfer. Oppitz überlegt schon jetzt, wem er die Sache in die Schuhe schieben kann, falls etwas in die Hose geht. Dem österreichischen Politiker, bei dem die Leute einen Heidenspaß dran haben, wenn er von der Presse in der Luft zerrissen wird, oder dem unscheinbaren Brüsseler Geschäftsführer, den keiner kennt ...»

«Glaubst du, dass Stranzer ihm von uns erzählt? Ich meine, von seiner Begegnung mit Herrn von Trappenberg und Elsje Swanepoel?»

«Den Teufel wird er tun. Ein unverhofftes, vielversprechendes Südafrikageschäft hängt er nicht an die große Glocke,

186

sonst will Oppitz sich am Ende noch ein Scheibchen davon abschneiden ... Obwohl ...»

«Obwohl?»

«Obwohl es auch ganz anders kommen könnte.» Polivka verstummt, er spürt ein unvermitteltes Gefühl der Leere, ein inneres Vakuum, wie es sich einstellt, wenn man aus dem Haus geht und den Schlüsselbund daheim vergessen hat. Er horcht in sich hinein, versucht, die Strategie des Feindes Schritt für Schritt nachzuvollziehen. Als er weiterspricht, klingt seine Stimme angespannt: «Vor eineinhalb Stunden, gegen acht am Abend, ist Stranzer im Weinviertel angekommen. Oppitz weiß von Gallagher, dass wir denselben Flug nach Wien genommen haben, also fragt er Stranzer unverzüglich, ob er uns am Flughafen oder an Bord der Maschine gesehen hat. ‹Nein›, sagt Stranzer, ‹ich weiß gar nicht, wie die beiden ausschauen – Gallagher wollte mir gerade die Fotos auf mein Handy schicken, aber just in dem Moment hat das Scheißding den Geist aufgegeben.›»

«Daraufhin», nimmt jetzt Sophie den Faden auf, «zeigt Oppitz ihm die Bilder, die er längst von Gallagher erhalten hat, und Stranzer fällt die Kinnlade herunter: Auf den beiden Fotos sieht er ...»

«Herrn von Trappenberg und Elsje Swanepoel», nickt Polivka. «Und langsam, wie bei einer Energiesparlampe, geht das Licht in seinem habgierigen Schädel an, das Licht nämlich, dass wir ihn hinter selbiges geführt haben. Plötzlich steckt er in der Zwickmühle: Wenn er dem Fürsten beichtet, dass er uns nicht nur unbehelligt aus dem Flughafen geschmuggelt, sondern auch noch bis nach Wien kutschiert hat, kann er sich auf eine Explosion gefasst machen, dagegen war der Ausbruch des Vesuv ein Kinderspiel. Wenn er ihm aber unsere Begegnung verschweigt, dann leistet er uns ganz gehörig

Schützenhilfe, und er schneidet sich damit ins eigene Fleisch. Er ist ja immerhin der Letzte, der uns zu Gesicht bekommen hat, mit seiner Hilfe kann der Trupp von *SSS* unsere Spur bis zum Hotel Intercontinental verfolgen.»

«Außerdem», ergänzt Sophie, «muss Oppitz davon unterrichtet werden, dass wir jetzt seine Nummer haben – und damit vermutlich seine Personalien herausbekommen können ... Aber jetzt pass auf», Sophie packt Polivka am Arm, «wenn Stranzer Oppitz angerufen hat, mit deinem Handy, dann ... dann hat der Fürst doch jetzt auch *deine* Nummer! Und dann können die uns wieder orten!»

Polivka erstarrt. Seine latente Ahnung, etwas Wesentliches übersehen zu haben, wandelt sich schlagartig zur Gewissheit. Ja, Sophie hat eindeutig den Nagel auf den Kopf getroffen.

Auf den Kopf wird Polivka auch noch von etwas anderem getroffen, kaum dass er das Telefon herauszieht, um es fortzuschleudern. Das Letzte, was er sieht, ist das verräterische Handy, das in hohem Bogen durch die Nachtluft segelt, und das Letzte, was er hört, ein heiseres, fernes Motorengeräusch, das sich vom Norden her der Fürstengasse nähert. Das Letzte, was er denkt, ist – *Sophie* ...

Dann schwinden ihm die Sinne.

Wie wir stampfen, wie wir stampfen, unten in der Kratersohle.

Wie wir stampfen, eine Heerschar nackter Sklaven, in den Nebeln grauer Vorzeit an die Ufer des Vulkans gespült.

Wo unsre Wiege stand, ist längst vergessen, unsre Wurzeln haben wir zu Nichts zerstampft. Wir wurden nicht, wir haben nicht, wir wissen nicht, wir denken nicht, wir herrschen nicht.

Wir stampfen.

Gleichschritt, Gleichschritt, Tag für Tag für Nacht für Nacht. Wir stampfen und wir schmieden, schmieden Ketten, schmieden

*unsre eignen tonnenschweren Eisenketten. Lava schlägt uns gegen
Bauch und Beine, perlt ab, verschorft die Haut.*

Wir klagen nicht. Wir wünschen nicht.

Wir stampfen.

*Von den schwarzen Wänden hallen Befehle wider, hohl und
dumpf im Rhythmus unsrer unsterblichen Herzen. Kein Erinnern,
kein Verlöschen, kein Entkommen.*

Schweigend kreisen wachsame Flamingos in der Krateröffnung.

Wir stampfen.

Wie wir stampfen ...

«Wie wir stampfen ... stampfen ...», so ächzt es in Polivka.
Sein Mund ist ausgetrocknet, seine Zunge klebt am Gaumen,
teigig und gequollen. Durch den malträtierten Hinterkopf
marschieren nach wie vor die nackten Sklaven, unaufhörlich
branden Lavawellen gegen seine Schädelwände.

Dieser Schmerz.

In seinem Nacken steckt ein Marterpfahl, in seinen Seh-
nerven pulsieren die grellen Blitze einer inwendigen Heavy-
Metal-Lichtorgel. Er weiß: Wenn er die Augen öffnet, wird
sein zerebraler Krater überkochen – eine Explosion, dagegen
war der Ausbruch des Vesuv ein Kinderspiel.

Der Ausbruch des Vesuv. Ein Kinderspiel ...

Mit einem Schlag erinnert er sich wieder.

Durch den Liechtensteinpark müssen sie gekommen sein,
die Häscher, geradewegs vom Flughafen, wo sie bei ihrer Ankunft von der frohen Nachricht erwartet worden waren: Die
zwei Gesuchten waren wiederaufgetaucht, man hatte ihre neue
Handynummer eruiert, sodass nun einer aussichtsreichen
Jagd nichts mehr im Wege stand. Wahrscheinlich war die Te-
lefonpeilung in Brüssel vorgenommen worden, und so konnten sich die Männer – von John Gallagher über die aktuellen
Standortdaten informiert – umgehend auf die Pirsch begeben.

Warum haben sie Polivka nicht gleich erschossen? Ihre Waffen werden sie ja wohl aus Brüssel mitgenommen haben – wenn schon nicht im Handgepäck, so doch im Frachtraum der Maschine. Allerdings – das dürfte auch der Grund für die Zurückhaltung der Männer sein – darf man nur registrierte Feuerwaffen mit dem Flugzeug transportieren, sie sind also für eine Hinrichtung im Herzen Wiens entsprechend ungeeignet.

Der im Polizeijargon so oft erwähnte *stumpfe Gegenstand* hat seinen Zweck ja schließlich auch erfüllt. Dass so viel Schmerz in einen Schädel passt ...

Und so viel Angst.

Sophie, denkt Polivka. *Sophie* ...

Er atmet zweimal kräftig durch und zwängt die Augenlider auf. Der Stich fährt ihm in die Pupillen, zuckt ihm durch das Rückenmark bis in den Unterleib. Dabei umgibt ihn ohnehin nur ein diffuses Dämmerlicht: der bläulich-blasse Schimmer eines Armaturenbretts.

Polivka liegt seitlich auf der Ladefläche eines Kastenwagens, die gerippte Bodenplatte gegen Hüften und Gesicht gepresst. Als er versucht, sich aufzurichten, merkt er, dass er seine Arme nicht bewegen kann. Die Handgelenke sind am Rücken festgebunden, auch die Beine sind gefesselt, offenbar mit Klebeband, wie ihm ein leises Knistern nun verrät.

Sophie ...

Sie liegt auf der anderen Seite des Laderaums und rührt sich nicht. Zwischen ihren geschlossenen Augen sickert schmal ein dunkles Rinnsal über Stirn und Nase, tröpfelt sämig aufs Metall.

«Sophie ...» Seine Stimme ist tonlos, ein klägliches Stöhnen. Er winkelt die Beine an, probiert, sich ein Stück näher zu ihr hin zu schieben. Es gelingt ihm nicht. Er liegt nun wieder regungslos und lauscht ins Zwielicht, in der Hoffnung, ihren

Atem zu vernehmen, doch das Stampfen seines Herzens ist zu laut, als dass er etwas anderes hören könnte. Polivka wird zusehends von Panik übermannt, er ringt nach Luft: ein jämmerliches Stück geknebelte Verzweiflung.

Dann aber setzt sein Herzschlag einen Augenblick lang aus: Ein kurzes, jähes Knirschen dringt an seine Ohren, und die Hecktüren des Wagens schwingen auf.

Der Mann, der aus dem Mondlicht auf die Ladefläche steigt, ist schlank und hoch gewachsen; rötlich braun glänzt seine militärisch kurz geschnittene Frisur. Seine Bewegungen sind sparsam und geschmeidig, ähnlich denen mancher giftiger Insekten. Eine menschliche Ameise …

Ohne Polivka eines Blickes zu würdigen, kniet er sich vor Sophie. Er beugt sich über sie, legt ihr zwei Finger an die Halsschlagader, wischt ihr dann mit einer Hand das Blut aus dem Gesicht.

«Hervé …», ächzt Polivka.

Der andere zeigt keine Reaktion.

Hervé ist schwerhörig, entsinnt sich Polivka; Sophie hat ja von der Granatenexplosion erzählt, die ihrem Bruder in Afghanistan ein Trommelfell zerrissen hat.

«Hervé Lavoix!», probiert er es noch einmal, und jetzt wendet sich der andere endlich um.

Der Anblick ist erschütternd.

Polivka weiß nicht, was er erwartet hat. Vielleicht die glatte Stirn Sophies, ihr ebenmäßiges Gesicht und ihre wachen Bernsteinaugen? Oder doch die hämisch-kalte Fratze, die man – wider besseres Wissen – generell bei gnadenlosen Mördern vorzufinden glaubt?

In keinem Fall jedoch hat er damit gerechnet, dass ihm ein verhärmter, welker Mann entgegenblickt, der nicht wie ein Gewaltverbrecher, sondern wie der Tod persönlich aussieht.

Er erinnert Polivka an alte Birkenrinde, blass und brüchig und zerfurcht; vom aufgeweckten und verspielten Buben, den Sophie ihm vorgestern beschrieben hat, kann keine Rede sein. Wären da nicht seine Haarfarbe und seine Körperhaltung – wie Sophie, wenn sie gerade in Gedanken ist, hält er den Kopf ein wenig schief –, Polivka würde ihn im Leben nicht für ihren Zwillingsbruder halten.

Nicht im Leben ...

Leblos liegt sie da, und zwischen ihnen kniet der Tod.

In Polivka wallt wieder Panik hoch. Der Zorn hat längst den Schmerz besiegt, jetzt siegt die Angst gegen den Zorn. «Was ist mit ihr?» Ein ungewolltes Flehen schwingt in seiner Stimme mit. «Ist sie ...?»

Hervé mustert ihn stumm. Wie nebenher ballt er die linke Hand, holt aus und – zögert. Er verharrt für einen Augenblick mit erhobener Faust und lässt den Arm dann wieder sinken.

«Non. Elle n'est pas morte. Sie ist nicht tot, sie ist nur, wie sagt man ... unbewusst.» Hervé klingt überraschend sanft und leise; vielleicht liegt das ja an seinem ausgeprägten französischen Akzent, der Polivka an Charles Aznavour erinnert. «Wenn sie wäre tot, man müsste sie nicht binden.»

Jetzt erst fallen Polivka die hellen Streifen auf, die sich um Sophies Knöchel winden: silberfarbenes Klebeband. Er hätte nicht gedacht, dass es ihn einmal so erleichtern würde, sie in Fesseln zu sehen.

«Aber Sie, Monsieur Polivka», spricht Hervé nun weiter, «werden tot sein. Bald. Ich werde froh sein, das zu machen. Ohne Sie», er deutet auf Sophie, «das alles wäre nicht geschehen.»

«Ohne mich?» Polivka weiß nicht, ob er schreien oder lachen soll. «Ich kann mich nicht erinnern, Ihre Schwester bewusstlos geprügelt zu haben. Das scheint doch eher *Ihr* Spezialgebiet zu sein, Monsieur Lavoix.»

«Ich bin das nicht gewesen. Ich war *das* hier.» Unsanft schlägt Hervé mit der Hand auf Polivkas Schläfe. Die Schmerzen im Hinterkopf, gerade etwas abgeklungen, flammen wieder auf. «Ein kleiner Beule, weiter nichts.»

«Natürlich nicht», stöhnt Polivka. «Drei unschuldige Tote zählen ja nicht, und mein Kollege, dem Sie einfach so ein Auge ausgeschlagen haben, ist genauso eine Bagatelle wie die Schüsse auf Sophie und mich.»

«Non, non, Monsieur Polivka. Die Aktion in Brüssel war von meine Kameraden. Ich war gar nicht da, ich war noch auf der Reise von Paris, weil in der Nähe hatte ich ein *accident*, ein Unfall mit dem Motorrad, vielleicht erinnern Sie.»

«Und trotzdem haben Sie Gallagher und Ihre Mordkumpane auf Sophie gehetzt!»

Hervé neigt seinen Kopf zur Seite und verfällt in Schweigen. Erst nach einer Weile sagt er nachdenklich: «Ich liebe meine Schwester, Monsieur Polivka, aber ich bin Soldat. Zuerst Soldat, und dann erst Bruder. Gallagher in Brüssel weiß das. Sonst er hätte mich nicht mit nach Wien geschickt zu lösen der Problem. Also, wo ist der Film?»

Jacques' Video, denkt Polivka. Blitzartig dringt ihm ins Bewusstsein, dass Sophie und er bei ihrem turbulenten Abgang aus dem Kommissariat die Speicherkarte nicht an sich genommen haben; sie muss immer noch im Polizeicomputer stecken.

«Der Film», gibt er zurück, «befindet sich an einem sicheren Ort, wie man zu sagen pflegt. Sie können mich natürlich auch durchsuchen, aber finden werden Sie nichts. Im Übrigen bin ich ein wenig – kitzelig.»

«Ich werde Sie durchsuchen, wenn Sie nicht mehr kitzlig

sind.» Mit einem kühlen Lächeln ballt Hervé ein weiteres Mal die Hand zur Faust. Er spricht jetzt so verhalten, dass ihn Polivka fast nicht verstehen kann: «Jacques war ein Idiot. Und Sie sind auch ein Idiot. Und Ihr Kollege ist ein Idiot. Wenn er mir diese Violine gegeben hätte, in Méru, man hätte alles lösen können.»

«Lauter Idioten also. Nur Monsieur Lavoix, der große Held, der durch Europa zieht, um irgendwelchen ahnungslosen Leuten das Genick zu brechen, und der sich zu allem Überfluss vom Exmann seiner Schwester dabei filmen lässt, ist ein Genie. Erklären Sie es doch bitte einem Idioten: Warum tun Sie das? Wozu?»

«Das ist ...», Hervé verzieht geringschätzig den Mund, «kein Frage. Nicht für ein Soldat. Man hat Befehle und gehorcht ...»

«Und man kassiert», fügt Polivka hinzu.

«C'est vrai. Wir werden gut bezahlt.»

«Und Ihr Gewissen? Kennen Sie das Wort: *Gewissen?*»

«Es gibt Sieger und Verlierer. Das ist alles. Warum soll ich ein Verlierer sein, nur weil ich habe ein Gewissen?»

Drohend schwebt Hervés geballte Faust vor Polivkas Gesicht, und plötzlich dringen durch die halb geschlossenen Türen zwei Männerstimmen in das Wageninnere:

«Hervé? What's up in there?»

«Komm raus, Mann!»

«We are done, wir ... haben fertig hier!»

«Lass uns was übrig von der Kleinen!»

Gegenüber, auf der Ladefläche, regt sich etwas. Eine winzige Bewegung nur: Sophie schlägt die Augen auf.

Hervé aber schlägt zu.

22

Polivka erwacht in einer kühlen Brise, auf den Lippen frischen Salzgeschmack. Er atmet ruhig und lauscht der Brandung seiner Schmerzen. Grillen zirpen. Etwas Kleines krabbelt seinen Hals hinauf, erklimmt den Kiefer und bewegt sich leichtfüßig in Richtung Mund. Wahrscheinlich eine Ameise.

Er bläst sie fort und blinzelt in den Himmel.

Polivka sieht Sterne.

Über sich den Großen und den Kleinen Wagen und die Kassiopeia.

Neben sich Sophie. Auf ihren Wangen glitzern Tränen.

«Musst ... nicht weinen ...» Selbst das Flüstern fällt ihm schwer. Er tastet mit der Zungenspitze über seine Schneidezähne – einer fehlt. «Das lässt ... sich reparieren.»

Sophie will etwas sagen, ringt um Worte, wendet sich dann schweigend ab. Man müsste seine Hände frei haben, denkt Polivka, um sie zu trösten.

«Und was macht ... dein Kopf?»

Die Antwort kommt sehr spät, sehr leise. «Eine Platzwunde wahrscheinlich. Es ist halb so schlimm ... Das wirklich Schlimme war ... Ich habe schon geglaubt, du bist ...»

«Ich auch, Sophie. Vorhin, im Wagen.»

Aus der Ferne hört man jetzt die dumpfen Schläge einer Kirchenglocke. Es ist elf.

«Das alles», sagt Sophie, «war *er*. Mein Bruder.»

«Nein. Er hat nur mich ...»

«Er hat uns beide ausgeliefert.»

«Noch sind wir am Leben.»

Rundum tanzt das Gras im lauen Wind, der Mond scheint auf die Felder und die sanften Hügel. Ein, zwei Kilometer weiter drehen sich behäbig die gigantischen Rotoren eines Windparks. Polivka hat keinen Zweifel: Sie befinden sich im Weinviertel, abseits der Straße zwischen Mistelbach und Poysdorf, keine Viertelstunde von Schloss Stadlwald entfernt.

Er fragt sich, wo Gallaghers Männer sind. Vermutlich beim Auto, das – man kann es an den fahl erhellten Scheiben sehen – auf einem Feldweg etwa fünfzig Meter abseits parkt.

«Vielleicht», raunt Polivka, «kann ich dein Klebeband mit meinen Zähnen lösen.»

«Aber deine Zähne …»

«Siebenundzwanzig hab ich noch, das dürfte reichen. Ich versuche einmal, auf die Knie zu kommen.» Kurz entschlossen presst er seine Arme in die feuchte Erde, stößt sich ab und wälzt sich auf die Seite, weiter auf den Bauch. Den Kopf am Boden, winkelt er die Beine an und zieht, so weit es geht, die Knie zur Brust. Mit Schwung drückt er die Stirn noch vorn … Sein Körper schwingt nach hinten, schlingert, schwankt – und findet endlich doch das Gleichgewicht.

«Geschafft. Und jetzt …»

Mehr sagt er nicht. Er kniet nur da und starrt auf einen Erdhaufen, in dem zwei Spaten stecken. Beiderseits des Haufens wird das Mondlicht von zwei schwarzen Umrissen verschluckt. Es sind zwei längliche, frisch ausgehobene Gräber.

«Polivka, was ist da hinten? Was …» Sophie verstummt. Durchs Gras nähern sich schwere Schritte. Männerstimmen werden laut.

«Und er will nicht dabei sein?»

«No, he … Well, es ist sein Schwester.»

«Kaum zu glauben, wenn man sie so ankuckt. Geile Titten, lecker Arsch … Wir könnten …»

«What?»

«Wir könnten sie noch 'ne Weile am Leben lassen.»

«You're a rutting pig, dude. Immer denken mit dein Schwanz.»

«Man gönnt sich ja sonst nichts. Es wäre doch schade drum.»

«And what about Hervé?»

«Hervé? Der ist 'ne taube Nuss, der hört uns nicht.»

Die beiden Männer – einer schwarzhaarig und einer blond – sind bei den Gräbern angelangt; der Blonde tritt zu Polivka und zieht ihn an den Haaren nach hinten, bis er auf den Rücken kippt. «How touching», säuselt er in mitleidsvollem Tonfall. «Eine Cop, das betet an sein eigenes Grab.»

Der Schwarze beugt sich breitbeinig über Sophie. Sie spuckt ihm ins Gesicht, der Mann lacht auf. Er hebt sie an den Achseln hoch und schleift sie zu den Gräbern, wuchtet sie dort rücklings auf den Erdwall. Als sie schreien will, stopft er ihr eine Handvoll Erde in den Mund. Er presst ihr seinen linken Ellenbogen auf die Brust, um sie am Boden zu fixieren, während er ihr mit der anderen Hand die Hose aufknöpft. Seine routinierten, fast gelangweilten Bewegungen zeugen von jahrelanger Kriegserfahrung. Mit geübtem Griff reißt er Sophie die Bluse auf.

«Isn't she lovely ...», summt sein blonder Kamerad, der Polivka halb aufgerichtet und – die Finger nach wie vor in dessen Haaren vergraben – gegen seine Schienbeine gelehnt hat. «Look at her, my darling. Aber nur ein bisschen, nicht zu viel; du wirst sonst passen nicht in deine Grab.» Mit seiner freien Hand greift er nach Polivkas Gesicht und zieht ihm die geschlossenen Augenlider hoch.

Polivkas Kehle ist wie zugeschnürt. Mehr als ein mattes Röcheln bringt er nicht hervor.

Das leise Klirren einer Gürtelschnalle. Und die raschen, flachen Atemzüge von Sophie. Der Mann vor ihr klappt jetzt

ein Messer auf. Er bückt sich und durchtrennt das Klebeband
an ihren Knöcheln, zerrt ihr dann die Hose und den Schlüpfer
von den Hüften, drückt ihr mit den Knien die Schenkel aus-
einander. «Banzai, Baby …»

Eine Wolke schiebt sich vor den Mond. In ihrem Schatten
blitzt ein Funke auf, ein dumpfer Knall zerreißt die Nacht.

Der Schwarze stutzt, die Hand an seinem erigierten Glied.
Er stößt ein Seufzen aus und bricht über Sophie zusammen.
Mit der Trägheit eines Sandsacks rollt er seitlich weg und
stürzt ins linke der zwei Gräber.

Fast synchron kippt Polivka zur Seite: Sein Bewacher hat
ihn losgelassen, um sich – den Geräuschen seiner Schritte
nach zu schließen – in das andere der beiden Erdlöcher zu
flüchten.

Die Wolke zieht nach Osten weiter, und der Mond tritt
wieder auf den Plan. Sein Schimmer streicht über Sophies
entblößte Lenden, über ihre weiße Brust und ihren lehmver-
schmierten Mund. Er streicht auch über Polivka, den kalten
Schweiß auf seiner Stirn, die tiefen, dunklen Augenringe.

Und er streicht über Hervé, der mit gestrecktem Arm vor
ihnen steht. Die schallgedämpfte Glock-Pistole, die er in der
Hand hält, funkelt auf, als würde sie vom Mond geküsst.

Hervé geht wortlos zu Sophie und schließt die Bluse über
ihrem nackten Oberkörper, zieht ihr notdürftig die Jeans
hoch, greift dann hinter sie und löst das Klebeband von ihren
Armen. Rechts von ihm schiebt sich ein blonder Haarschopf
aus der Grube, eine Hand und eine Waffe …

«Achtung!», hört sich Polivka mit heiserer Stimme brüllen. Doch zu spät: Sein Schrei wird überdeckt von einem weiteren Blitz, von einem weiteren Knall.

Mit einem Hechtsprung schnellt Hervé nach vorn und landet auf dem Boden. Er sucht aber keine Deckung hinter seiner

Schwester, sondern wirft sich schützend zwischen sie und das Pistolenfeuer. Noch im Sprung reißt er die Glock hoch und drückt ab. Er scheint den roten Fleck nicht zu bemerken, der sich direkt über seinem Bauchnabel gebildet hat.

Stakkatoartig dröhnen jetzt die Schüsse durch die Nacht, die Luft ist rauchgeschwängert. Nach nur wenigen Sekunden hat Hervé das halbe Magazin geleert – vergeblich: Seine Projektile bleiben schmatzend in der Erde stecken, denn der Gegner hockt gut abgeschirmt im Schützengraben. Als der Kugelhagel kurz darauf ein Ende findet und Hervés Pistole nur noch ein paar hohle Klickgeräusche von sich gibt, dringt ein zufriedenes Lachen aus der Grube. Siegessicher richtet sich der Blonde auf.

Der Fleck auf Hervés Hemd hat sich inzwischen ausgedehnt, er ist auf Tellergröße angewachsen.

«Pardonne-moi …» Mehr als ein leises Stöhnen ist es nicht, und doch kann Polivka es hören. «Pardonne-moi, ma sœur.»

Der Blonde grinst. Er hebt den Arm und richtet seine Waffe auf Hervé. In seinem Rücken steigt ein Lichtreflex zum Himmel, nimmt dort wie von Zauberhand den Umriss eines Spatenblattes an und kracht auf seinen Schädel nieder.

Das metallische Geräusch klingt lange nach: ein heller, leicht vibrierender Gesang. Noch ehe er verhallt ist, sackt der Blonde, eine ungestellte Frage auf den Lippen, in sein Grab.

«Wo Elefanten sich bekämpfen, hat das Gras den Schaden.» Doktor Rakesh Singh nickt Polivka bedauernd zu. Er rammt den Spaten wieder in den Erdwall, bückt sich nach dem schwarzen Arztkoffer zu seinen Füßen und begibt sich, Polivka ein weißes Lächeln schenkend, zu Hervé.

23

«Leider, Herr Bezirksinspektor.» Singh zuckt mit den Achseln, während Polivka den Blick hinüber zu den Gräbern wandern lässt, hinüber zu Sophie, die dort am Boden sitzt und ihren Bruder in den Armen hält. «Da ist nichts mehr zu machen: seine Bauchschlagader. Bis wir ihn ins Krankenhaus verfrachtet haben, ist er längst verblutet. Mehr als fünf Minuten gebe ich ihm nicht, bei aller ärztlichen Zurückhaltung. Man kann ihn nur noch Abschied nehmen lassen.»

«Und ... die beiden anderen?»

«Der Schwarzhaarige», Singh deutet nach links, «hat einen glatten Herzschuss abbekommen. Knapp am achten Brustwirbel vorbei und in die linke Herzkammer. Präzise Leistung.» Singh macht eine kurze Pause, zeigt dann auf das rechte Grab und setzt eine zerknirschte Miene auf: «Der Blonde hat es auch nicht überlebt. Soweit ich durch die Platzwunde an seinem Hinterkopf erkennen konnte, hat er an der Schädelbasis eine Längsfraktur erlitten. Ich bin offenbar ein bisschen aus der Übung, und ein Spaten ist kein ...»

«Wie, ein bisschen aus der Übung?»

«Nun ... Als ich ein junger Mann war, seinerzeit in Rajasthan, da habe ich mich eine Zeitlang in den klassischen, von meinen Ahnen tradierten Kampfkünsten versucht. Sie müssen wissen, dass ich der erhabenen Kriegerkaste der Rajputen entstamme, bei denen der Umgang mit traditionellen Waffen immer schon ein Teil der Brauchtumspflege war. Am liebsten habe ich damals mit dem *Gorz* trainiert, das ist ein schlanker Streitkolben mit einem stahlklingenbesetzten Schlagkopf. Aber wie ich eben sagen wollte: So ein Spaten ist kein *Gorz*; es ist mir nicht gelungen, sein Gewicht mit einer adäquaten Drosselung der Schlagkraft auszugleichen, daher: Exitus.»

«Wir werden keinen Richter brauchen, Doktor Singh», sagt Polivka. Noch immer fühlt er diese Mischung aus Entsetzen, Schock und Todesangst, noch immer drücken dicke Tränen gegen seine Augen, und wenn Singh nicht so ein wackerer Rajputenkrieger wäre, würde er ihm jetzt aus lauter Dankbarkeit die Wangen küssen. «Wie haben Sie uns eigentlich gefunden?», fragt er den Doktor stattdessen.

«Nun, ich bin gerade in die Fürstengasse eingebogen, als die drei Ganoven Madame Guillemain und Sie in dieses Lastauto verfrachtet haben. Also habe ich natürlich die Verfolgung aufgenommen. Innerhalb der Wiener Stadtgrenzen war das ein Kinderspiel. Die vielen Ampeln, das gesteigerte Verkehrsaufkommen: kein Problem für meinen Wagen, mit den Gaunern Schritt zu halten. Aber dann sind sie die Brünner Straße nach Norden gebraust. Zum Glück haben sie die neue Autobahn vermieden, höchstwahrscheinlich, um den häufigeren Polizeikontrollen zu entgehen. Natürlich sind sie mir auch so davongefahren, aber bei gemäßigter Geschwindigkeit kann man die Augen besser offen halten.»

«Gute Augen haben Sie.»

«Das schulde ich meinem Namen, Herr Bezirksinspektor. *Rakesh* bedeutet im Indischen *König der Nacht*. Bei der Abfahrt nach Mistelbach jedenfalls fürchtete ich schon, ich hätte Sie verloren. Ich bin dann noch weiter bis Poysdorf, habe dort gewendet, bin die Strecke noch einmal zurückgefahren und war im Begriff, die Suche abzubrechen, als ich plötzlich abseits der Straße dieses Licht gesehen habe: die Fenster eines Kleinbusses, die Armaturenbeleuchtung. Also habe ich meinen Wagen abgestellt und mich nach Art der Vorväter herangeschlichen.»

«Gott sei Dank sind Sie Rajpute.»

«Gegen unsere Wüste Thar ist so ein Rapsfeld wie ein Billardtisch gegen einen Golfplatz.»

«Aha», sagt Polivka. Er denkt noch über Doktor Singhs kuriose Worte nach, als sich beim Hügel zwischen den zwei Gräbern etwas rührt. Sophie lässt ihren Bruder auf den Boden gleiten, beugt sich über ihn und drückt ihm sanft die Lippen auf die Stirn. Dann steht sie auf und kommt mit unsicherem Schritt zu Polivka und Singh herüber. Ihr Gesicht, das schmal und grau im Mondlicht schimmert, ähnelt jetzt erst wirklich jenem von Hervé, wie Polivka erschüttert feststellt. So gern würde er sie in die Arme nehmen, sie umfangen, halten, trösten, doch er zögert: Hat ein alter, schwacher Mann, den sie erst seit vier Tagen kennt, denn überhaupt die Macht, ihr angesichts des Todes ihres Bruders Trost zu spenden? Kann sie seine Zuwendung, seine Berührung überhaupt ertragen, jetzt, nachdem man sie um Haaresbreite vergewaltigt hat? Er konnte ihr nicht helfen, konnte sie vor all dem Grauen nicht bewahren, ist nur dagelegen, nutzlos und verzweifelt.

Helden sehen anders aus.

Sophie bleibt stehen und starrt an ihm vorbei ins Leere. Nach gut zehn Sekunden erst hebt sie den Kopf und sieht ihn an. «Wie geht es dir?», fragt sie ganz leise.

Unmöglich, seine Tränen noch zurückzuhalten. Wie der Saft aus einer überreifen Frucht quellen sie aus ihm hervor und strömen über seine Wangen. Polivka schluchzt auf, er bebt am ganzen Körper.

Und Sophie schließt ihn behutsam in die Arme.

Drei Führerscheine und drei Telefone liegen auf dem Tisch im Presshaus, und drei Augenpaare starren auf das mittlere der Handys, das gleich einem umgekippten Mistkäfer über die Tischplatte tanzt. Auf seinem giftgrünen Display leuchtet ein Schriftzug auf.

«Gallagher», sagt Polivka. «Ich hoffe, ich kriege das hin.»

Er betrachtet noch einmal den mittleren Führerschein, auf dem das Bild des toten Schwarzhaarigen klebt. Dann greift er nach dem Handy, um den Anruf anzunehmen.

Es ist ein Uhr zwanzig.

Eine ganze Weile sind Sophie und er so dagestanden, eng umschlungen, einer in den anderen versunken, während Doktor Singh diskret den Rückzug antrat. Er ging wieder zu Hervé, um sich – gewissermaßen amtlich – seines Ablebens zu vergewissern, stieg dann in die Gräber, nahm den Toten ihre Waffen, Ausweise und Telefone ab und deponierte sie – fein säuberlich getrennt – in seinem Arztkoffer.

«Was machen Sie da?» Polivka war zu ihm getreten, partiell beunruhigt, aber insgesamt ein wenig aufgemuntert.

«Ordnung», erwiderte der Doktor.

«Wäre das nicht ... Sache der Behörden?»

«Die Behörden sind schon da», gab Singh zurück.

«Im Ernst, wir müssen doch ...»

«Wenn ich Sie recht verstanden habe, Herr Bezirksinspektor», unterbrach der Doktor, «ist die Angelegenheit noch nicht erledigt. Wer viel spricht, hat keine Zeit zum Denken, pflegen wir in Indien zu sagen. Wollen Sie die nächsten Tage wirklich mit Befragungen und Protokollen verbringen?»

«Nein.»

«Dann helfen Sie mir bitte. Wenn der Bruder von Madame Guillemain auch alles andere als ein Lämmchen war, hat er es letztlich nicht verdient, sein Lager mit den Wölfen teilen zu müssen.»

Also hoben sie den toten Blonden mit vereinten Kräften aus dem rechten Grab und zerrten ihn nach links, zu seinem schwarzhaarigen Kameraden. Als die eine Leiche auf die andere sackte, war ein leises Furzgeräusch zu hören.

«Wieder so ein Vata-Typ», meinte Polivka trocken.

«Bravo, Herr Bezirksinspektor, rasch gelernt.»

Sie hievten Hervé in die leere Grube und begannen, ihn mit Erde zu bedecken.

Auch Sophie kam nun herbei. Sie hatte sich mit einer Flasche Mineralwasser aus Singhs Beständen das Gesicht gewaschen, jetzt sah sie der Szene schweigend zu. Erst als die Männer beide Gräber zugeschaufelt hatten, sagte sie ein leises: «Danke.»

Es war kurz vor Mitternacht, und Polivka schlug vor, im nahen Poysdorf nach einem geöffneten Lokal zu suchen, um sich bei einem Achtel Wein (tatsächlich hatte er ein Achtel Schnaps im Sinn) und einem Imbiss (seit dem Flug am Nachmittag hatten Sophie und er nichts mehr gegessen) von den Vorfällen zu erholen. Dem Doktor freilich legte er ans Herz, nach Wien zurückzufahren, sei er doch in diese grauenhafte Odyssee hineingeschlittert wie die sprichwörtliche Jungfrau in die unbefleckte Schwangerschaft. Sein Auto herzuleihen, sei eine Sache, einen Mann zu töten und zwei Menschen vor dem Tode zu bewahren, eine völlig andere. Singh habe weiß Gott genug getan, sein Karma werde ihm, wenn nicht in diesem, so im nächsten Leben überreiches Glück bescheren.

«Ein anständiger Wagen würde mir schon reichen», erwiderte Doktor Singh. «Und auf das Achtel will ich auch nicht bis zum nächsten Leben warten. Abgesehen davon, dass Sie, wenn ich recht verstehe, keinen Cent mehr in der Tasche haben. Jemand muss die Zeche zahlen, und dieser Jemand hat den größten Durst.» Mit diesen Worten nahm er am Volant des Kastenwagens Platz und bedeutete Sophie und Polivka, sich neben ihn zu setzen.

Sie rumpelten zur Bundesstraße, um – kurz vor der Einmündung – ein kleines neongelbes Ding mit Rädern zu passieren, das dort am Rand des Feldwegs stand.

«Mein *Tata*», sagte Singh mit einem leicht verzagten Achselzucken. «In Indien kostet er zweitausend Euro: das günstigste Auto der Welt, solange man keine Verfolgungsjagden damit unternehmen muss.»

Nach fünf Minuten hatten sie Poysdorf erreicht, doch statt den Wagen vor einem der wenigen um diese Uhrzeit noch beleuchteten Gasthäuser zu parken, bog der Doktor ab und fuhr durch eine Seitengasse nach Nordosten.

«Wohin wollen Sie denn?», stieß Polivka hervor. «Ich hoffe, nicht nach Stadlwald – für heut hab ich genug von dieser Brut!»

Schon lag die Stadt in ihrem Rücken, und sie tauchten in die dunkle, abgeschiedene Hügellandschaft des Weinviertler Grenzlandes ein.

«Nur keine Angst», lächelte Singh. «Wir fahren zum besten Achtel hier im Viertel.»

Wie der Doktor nun berichtete, war er ein Freund des herben Weins und daher ein begeisterter Besucher dieser Gegend, die er als den ungeschliffenen Koh-i-Noor unter den (an Juwelen durchaus nicht armen) österreichischen Weinbaugebieten bezeichnete. Auf einem seiner Ausflüge war er vor sechs Jahren in dem unscheinbaren Dorf Herrnbaumgarten gestrandet, das sich zwei Kilometer südlich der Oppitz'schen Ländereien befand. Schon in der Ortseinfahrt waren ihm die kuriosen mehrsprachigen Schilder aufgefallen, die rechts neben der Straße standen. Offenbar in Anspielung auf den jahrzehntelangen Kärntner Streit um deutsch–slowenische Ortstafeln fanden sich hier türkische, russische, chinesische und isländische Übersetzungen des Namens *Herrnbaumgarten*. Auch das englische *Master's tree garden* fehlte nicht, im Gegensatz zur indischen Bezeichnung, wie Singh bedauernd feststellen musste. Die Enttäuschung hielt aber nicht lange an, denn schon zog etwas anderes sein Augenmerk auf sich: eine rot-weiß-rot gestrichene Parkbank, auf der – selbst aus dem Auto gut erkennbar – die Beschriftung *Österreichische Nationalbank* angebracht war.

Die Seltsamkeiten mehrten sich, das ganze Ortsbild schien von marginalen anarchistisch anmutenden Spuren durchsetzt zu sein, die Singh an sogenannte Gaunerzinken denken ließen, also an Geheimsymbole subversiver Krimineller.

Er beschloss, der Sache auf den Grund zu gehen, und nahm im Dorfwirtshaus ein Zimmer. Es war früher Nachmittag, und Singh war hungrig, also setzte er sich in die leere Gaststube und bat die Wirtin um ein Achtel Wein und eine Portion Cremespinat mit Spiegelei, so wie sie in der Jausenkarte angeboten wurde. Wenig später starrte er auf einen runden Teller, der von einem senkrecht auf das Porzellan geklebten Spiegel in zwei Kreishälften geteilt wurde. Auf der dem Doktor zugewandten Seite steckte ein noch ungeschältes, hart gekochtes Ei in einem Klecks Spinat. Das Spiegelbild verdoppelte die mickrige Portion zu einer optisch ausreichenden Mahlzeit und verwandelte zudem das hart gekochte Ei in ein – zumindest polysemantisches – Spiegelei.

Wie Singh schon bald herausfand, war der Ort Herrnbaumgarten ein merkwürdiges Mittelding aus Schilda und gallischem Dorf, die Eingeborenen entpuppten sich als lebensfrohe, trinkfeste, bisweilen ruppige, zumeist aber charmante Querköpfe. Indem sie ihr – durchaus pointiertes – Narrentum kultivierten, trotzten sie den Unbilden des harten bäuerlichen Grenzlandlebens. So begnügten sie sich auch in ihrem Festkalender nicht mit altbekannten folkloristischen Belustigungen (Blasmusikkonzerte, Jahr- und Bauernmärkte, Maibaumkraxeln und so weiter), sondern führten ständig neue Bräuche ein. Das Vierundzwanzig-Stunden-Weinbergschneckenrennen beispielsweise, das von den (kurzfristig rekrutierten) Rennschnecken und von den (lange ausharrenden) Zuschauern nur unter reichlicher und oftmaliger Flüssigkeitszufuhr bewältigt werden konnte. Oder den an feiner Poesie kaum überbietbaren Nachtwandertag: Zu diesem meist an einem lauen Sommerabend stattfindenden Anlass zogen die mit Schlafröcken und Nachthemden bekleideten Herrnbaumgartner von Hof zu Hof, um sich mit Wein und Gutenachtgeschichten in den Schlaf wiegen zu lassen.

Unweit des Gasthauses stand ein alter, malerischer Winzerhof, der einem Mann gehörte, wie ihn wohl nur diese Gegend formen konnte, nämlich dem Weinbauern, Heurigenwirten und Bildhauer Ottfried Gutmaisch. Neben all der Arbeit, die er ohnehin schon zu verrichten hatte, werkte Gutmaisch auch als Tiefbaumeister: Seit Jahrzehnten kaufte er die ausgedienten, oftmals ungenutzten Kellerröhren an, die unter der Ortschaft verliefen, und verband sie zu einem immensen unterirdischen Gewebe. Die zahllosen Höhlen und Treppen, Winkel und Gänge baute er mit Lehm und Ziegeln zu geradezu okkulten mittelalterlichen Weihestätten aus. Das Kellerlabyrinth des Ottfried Gutmaisch war inzwischen – ähnlich einem jener unsichtbaren, angeblich hektargroßen Pilzgeflechte – derart angewachsen, dass man tatsächlich Gefahr lief, sich in seinen Tiefen heillos zu verirren. Verdursten konnte man dort unten freilich nicht: Aus Hunderten in die Gewölbe gemauerten Nischen blitzten einem Myriaden gut gefüllter Weinflaschen entgegen. Dessen ungeachtet pflegte Gutmaisch seinen Gästen ein Skelett zu präsentieren, das er, wie er fest behauptete, vor Jahren bei seinen Grabungen entdeckt habe. Es waren die Knochen einer mittelgroßen Ente, deren erster Halswirbel mit einem zusätzlichen Kopf versehen war: zweifellos historische Gebeine, nämlich die des 1918 ausgestorbenen Habsburger Doppeladlers.

Als der Pathologe Singh die Vogelknochen untersuchte, um nach Abschluss seiner Analyse feierlich zu konstatieren, es handle sich hier in der Tat um das Gerippe eines Exemplars der Gattung *aquila duplex vulgaris*, also des gemeinen Doppeladlers, legte er den Grundstein für seine inzwischen langjährige Freundschaft mit dem sonderlichen Winzer. Einer Freundschaft, die nun auch Sophie und Polivka zugutekommen sollte.

Kaum war Singh mit seiner Schilderung am Ende, tauchten schon die vielsprachigen Schilder aus der Dunkelheit, und ein paar hundert Meter weiter erfassten die Scheinwerferkegel das kalkweiße Gehöft des Ottfried Gutmaisch. Dem Wagen entstiegen, traten die drei durch ein mächtiges Holztor in den Vierkanthof. Polivka konnte den großen, arkadenumsäumten, mit Bäumen und Blumen bewachsenen Garten nur erahnen, wurden dessen Schemen doch von einem schmalen, warmen Lichtstrahl übertönt, der aus einer der hinteren Ecken des Gebäudes drang.

«Das Presshaus», sagte Singh.

Ein schummriger, mit Holztischen möblierter Raum, über den sich – gleich einem Himmel aus Eiche – der Kelterbaum einer gewaltigen Weinpresse spannte. Links eine Schank, mit Dutzenden Gläsern und Flaschen bedeckt. Dahinter ein kleiner und drahtiger, rund sechzigjähriger Mann mit runden, schalkhaften Augen, äußerst hoher Stirn und grauem Vollbart: Ottfried Gutmaisch.

«Ja schau, der Herr Doktor!» Mit einem breiten Lächeln hinkte Gutmaisch hinter der Budel hervor, um seine Gäste zu begrüßen.

«Wieder Probleme?», fragte Singh und deutete auf Gutmaischs leicht gekrümmte Beine.

«Ja, das Knie vom rechten Hax», gab der zurück. «Links hab ich eh schon eines aus Titan, und demnächst steht im Krankenhaus der nächste Schnitzkurs an. Wenn du mich einmal auf den Tisch bekommst, Rakesh, kannst du mich mit dem Schweißbrenner sezieren. Dann bin ich so was wie der *Ironman* des Weinviertels.» Schmunzelnd wies er zum Stammtisch gleich unter dem Balken der Weinpresse. «Jetzt setzts euch einmal hin, ich schau gleich, ob sich noch ein Flascherl im Keller findet. Hunger?»

Nach nur fünf Minuten hatte Gutmaisch eine mächtige, mit Schinken, Wurst und Speck, diversen Aufstrichen und Käsesorten, Eiern, Zwiebeln, Paprika und Gurken versehene Platte auf den Tisch gezaubert. Dazu ein paar Bouteillen Weißwein verschiedener Sorten und Jahrgänge: die Grundausstattung hier im Presshaus, wie der Doktor mit dem Stolz des Routiniers vermerkte. Extras stellten nur die sieben Flaschen selbst gebrannter Trebernschnäpse dar, deren Verkostung Polivka sogleich in Angriff nahm.

Gesättigt und vom ersten Alkohol entkrampft, wandte sich die Gesellschaft den Problemen zu, die es zu lösen galt. Trotz aller Dankbarkeit (und trotz des Umstands, dass er sich schon bald mit Gutmaisch duzte) hielt es Polivka für angebracht, sich vorab der Loyalität des Wirten zu versichern. Deshalb kam er scheinbar beiläufig auf Stadlwald zu sprechen, auf das Schloss und auf den Fürsten Oppitz-Marigny.

«Der Oppitz ist ja sicherlich ein Segen für die Gegend», meinte Polivka, «von wegen Arbeitsplätze und so weiter ...»

Gutmaisch grinste hintergründig. «Der Herr Fürst? Bei uns da zeigt er sich so gut wie nie. Sein Personal holt er sich drüben in Tschechien, das kommt ihn billiger. Aber solange seine exquisiten Jagdgäste nicht zwischen unseren Reben wildern, kann er tun und lassen, was …»

In diesem Augenblick verstummte Gutmaisch, denn mit einem Poltern war die Tür zum Innenhof geöffnet worden. Zwei Uniformierte traten in den Raum – ein Mann und eine Frau in dunkelblauen Polizeimonturen. Sie musterten die Sitzenden mit argwöhnischen Blicken. Polivka ließ seine Hand schon zum Verschluss des Arztkoffers wandern, den der Doktor mit hereingenommen hatte und in dem die Waffen der drei toten Söldner steckten. Ehe er jedoch den Koffer öffnen konnte, nickten die zwei Polizisten in die Runde und bedeuteten dem Wirten, ihnen an die Schank zu folgen. Dort entspann sich ein erregt-verhaltenes Gespräch, ein fieberhaftes Tuscheln, dessen Inhalt Singh, Sophie und Polivka verborgen blieb. Nach einer Weile aber schienen sich die beiden Ordnungshüter zu beruhigen.

«Nicht einmal ein Achtel?», fragte Gutmaisch.

«Leider nein, wir müssen weiter», gab der Mann zurück.

«Und außerdem sind wir im Dienst», fügte die Frau hinzu. Sie lachten.

«*Der* war gut», sagte der Mann.

Sobald die Beamten das Presshaus verlassen hatten, kehrte Gutmaisch zum Stammtisch zurück. Auf Singhs und Polivkas fragende Blicke meinte er nur: «Die waren wegen meiner Brennanlage da.»

«Zum Kontrollieren?», fragte Singh.

«Zum *Destillieren*», grinste Gutmaisch. «Letzten Montag haben sie meinen Kessel ausgeborgt, um sich privat ein bissel was zu brennen, und jetzt haben sie mich darum gebeten, ihn noch ein paar Tage behalten zu dürfen.»

«Aber warum die Geheimnistuerei?» Es war Sophie, die schweigsame und traurige Sophie, die diese Frage stellte.

«Weil Schwarzbrennen in Österreich verboten ist», erklärte Polivka, der Singhs Enthusiasmus für den Ort Herrnbaumgarten und seine Bürger mehr und mehr zu teilen begann.

«Die Obrigkeit ist gern ein bisserl nervös», ergänzte Gutmaisch, «jedenfalls, solang sie nicht die oberste der Obrigkeiten ist. So wie ihr dasitzts, könntets ihr ja auch so Zoll … so Zoll … beamte …» Gutmaisch gähnte. Seine Stimme wurde leiser und versiegte; seine Augenlider, vorher schon ein wenig flatterig, schlossen sich nun vollends. An das dunkle Holz der Weinpresse gelehnt, die Arme vor der Brust verschränkt, sank er, vom Tagewerk erschöpft, in einen tiefen Schlaf.

Ein müder alter Engel ging durchs Presshaus.

«Was sollen wir jetzt tun?», durchbrach Sophie die Stille.

«Der Gesunde hat viele Wünsche, der Kranke nur einen.» Singh zog seinen Arztkoffer zu sich, um ihm die Ausweise und Handys der drei Toten zu entnehmen. «Was wir am dringendsten brauchen, ist Zeit, Madame Guillemain, und Ruhe. Das betrifft uns alle, aber ganz besonders Sie. Ich schlage daher vor, den Feind in Sicherheit zu wiegen. Jeden Augenblick wird dieser Mann aus Brüssel, dieser …»

«Gallagher», warf Polivka ein.

«Dieser Gallagher die Nummer eines dieser Handys wählen. Er sitzt da drüben sicher schon auf Nadeln, weil er auf die Nachricht Ihres Todes wartet. Also wird er sie bekommen, die Vollzugsmeldung. Von uns.»

Sollte das Telefon des Blonden läuten, sagte Singh, so wolle er den Anruf selbst beantworten. Sein Englisch sei zwar indisch, aber britischer als das des Österreichers Polivka. Der Herr Bezirksinspektor solle seinerseits den schwarzhaarigen Deutschen imitieren. Sein Norddeutsch sei zwar Wienerisch, doch allemal germanischer als das eines gebürtigen Rajputen. Falls der Apparat Hervés anschlagen sollte, würde man ihn läuten lassen, denn trotz ihres durch und durch französischen Französisch könne Madame Guillemain wohl schwerlich als ihr Bruder durchgehen.

Drei Führerscheine und drei Telefone liegen auf dem Tisch im Presshaus, und drei Augenpaare starren auf das mittlere der Handys. *GALL.*, so leuchtet es auf seinem grünen Display auf.

Polivka mustert den Führerschein, auf dem das Bild des toten Schwarzhaarigen klebt. Er spürt noch einmal all die Angst, den Hass, die Abscheu in sich auflodern. Dann greift er nach dem Handy.

«Ja?»

«Was ist mit euch, verdammt?», tönt Gallaghers Stimme aus dem Hörer. «Warum meldest du dich nicht?»

«Alles okay», sagt Polivka. «Problem gelöst.»

«Wo habt ihr sie entsorgt?»

«Wie vorgesehen.»

«Auf dem Acker?»

«Ja.»

«Und diese Speicherkarte?»

«Positiv. Der Bulle hatte sie in seiner Hosentasche.»

«Bingo», seufzt Gallagher erleichtert auf. «Wie hat sich Lavoix gehalten?»

«Gut.»

«Ich will ihn sprechen.»

«Negativ. Der ist gerade kacken.»

«Und wo seid ihr jetzt?»

«Am Weg, bei so 'ner Raststation.»

«In Ordnung. Also dann bis morgen; ich erwarte euch um neun Uhr dreißig im Büro. Seht zu, dass ihr den Abflug nicht verschlaft.»

«Geht klar.»

Mit einer zittrigen und doch entschlossenen Bewegung schaltet Polivka das Telefon ab, legt es auf den Tisch und greift geradewegs zu seinem Schnapsglas. Höllisch scharf und himmlisch klar läuft ihm der Weinbrand durch die Kehle.

Rechts von ihm gibt Ottfried Gutmaisch, nach wie vor in tiefem Schlummer, ein verträumtes Schmatzgeräusch von sich. Die Augen fest geschlossen, zieht er seine Arme enger um den Körper, legt den Kopf zur Seite, kuschelt sich ans Eichenholz der alten Kelter. Wie ein Wal zum Atmen an die Wasseroberfläche steigt, so scheint er jetzt in seichtere Schlafgefilde aufzutauchen.

«Könntets ihr ja auch so Zollbeamte sein», beendet er murmelnd den Satz, den er vor zwanzig Minuten begonnen hat.

24

Die Schwalben fliegen hoch an diesem Morgen. Ihre fernen Rufe schwirren durch die Luft, der Himmel, hellblau über dem vom Tau noch feuchten Garten, kündigt einen Tag zum Heldenzeugen an.

Trotz seiner kurzen Nacht erstaunlich ausgeruht, tritt Polivka aus den Arkaden. Nicht, dass die Erlebnisse des Vortags keine Spuren hinterlassen hätten: Seine Glieder schmerzen, und sein Oberkiefer fühlt sich an, als würde ihm der gestern ausgeschlagene Schneidezahn gerade erst gezogen. In der Beule auf dem Hinterkopf pocht ungestüm das Blut, und dennoch: In den inneren Regionen seines Schädels herrscht ein unverhofftes Wohlbefinden, ungeachtet der fünf Achtel und

sechs Schnäpse, die ihn gegen zwei Uhr nachts ins Bett begleitet haben.

Polivka hat wundersamerweise keinen Kater.

Eine halbe Stunde nach dem Telefongespräch mit Gallagher
hat Doktor Singh Sophie und ihn quer durch den Hof zu einer
unscheinbaren Tür geführt. Dahinter lag eine spartanisch
ausstaffierte Wohnung, in der Gutmaisch, wie der Doktor
kurz erläuterte, seine zuweilen nicht mehr fahrtüchtigen Gäste übernachten ließ, sofern es sich bei diesen Gästen auch um
Freunde handelte. Die Fahruntüchtigkeit sowohl des Herrn
Bezirksinspektor als auch Madame Guillemains sei evident,
so fügte Singh hinzu, und auch die Freundschaft mache sich
bereits bemerkbar: Gutmaisch gebe seinen legendären abendlichen Schlafattacken nur in Gegenwart von Menschen nach,
die sein Vertrauen genossen.

Küche, Klo und Bad, ein Wohnzimmer, ein Schlafraum,
und darin – ein Bett.

Sophie und Polivka verweigerten sich dem Diktat der Kör-
perpflege. Bis auf ihre Unterwäsche ausgezogen, schlüpften
sie stattdessen gleich unter die Decke. Polivka umfing Sophie
von hinten, tauchte sein Gesicht in ihre Haare. Zwei Minuten
lang war alles gut. Dann schlief er ein.

«Ja, schau, der Herr Inspektor! Haben wohl geruht?»

Erst jetzt bemerkt er Ottfried Gutmaisch, der gemeinsam
mit Sophie und Singh an einem Tisch im Garten sitzt und
einen riesenhaften Brotlaib durch die Luft schwenkt. «Frühstück wäre angerichtet!»

Brot und Semmeln, Käse, Eier und Kaffee, so frisch wie
die noch kühle Luft, das satte Grün des Grases und die ersten Sonnenstrahlen, die am Dachfirst lecken. Eine Szenerie,

die Polivka, mag er sich auch dagegen sträuben, insgeheim in Schwärmerei geraten lässt. Natürlich ist das alles nur ein Trick, so denkt er beinah ärgerlich, nichts anderes als die bauernschlaue Inszenierung einer Posse namens *Landleben*. Er weiß ja, dass die ihres harten Alltags überdrüssige Provinzbevölkerung den Gästen aus der Stadt eine Idylle vorgaukelt, die langfristig nicht halten kann, was sie verspricht. Auf diese Weise steigert man nicht nur die Zahl der Nächtigungen und der abgesetzten Waren, sondern auch die Immobilienpreise und das Selbstbewusstsein. *Landleben*: welch eine Farce aus Ruhe, Schlichtheit und Natur, aus Weite, frischer Luft und selbst gemachtem Wein.

Apropos Wein und Immobilienpreise: Manche Trauben hängen nun einmal zu hoch für einen kleinen Kriminalbeamten, dessen rustikale Zukunftsträume schon seit jeher an der Umrechnung von Landhäusern in Burenwürste scheitern. Also lieber nicht mehr davon phantasieren, das Leben in der Großstadt hinter sich zu lassen, lieber dieses ländliche Idyll als das bezeichnen, was es ist: ein Trick, ein hübsches Gaukelwerk, eine Kulisse.

Auch Sophie passt gut ins Bühnenbild. Sie wirkt zwar immer noch ein wenig angeschlagen, aber im Vergleich zu gestern Abend regelrecht vergnügt. Als Polivka an ihrer Seite Platz nimmt, schenkt sie ihm ein kurzes und verschmitztes Lächeln.

«Besser?», fragt er.

«Besser, ja. Nur dass ich ziemlich hart gelegen bin.»

«Ich habe die Matratze eher weich gefunden.»

«Aber geh, wer redet denn von der Matratze …»

Einzig Doktor Singh sieht heute angeschlagen aus. Wie sich herausstellt, ist er noch um zwei Uhr nachts zu einer Rundfahrt mit dem Kastenwagen aufgebrochen, die ihn über Hollabrunn und Tulln zurück nach Wien geführt hat. Die drei

Handys hat er mitgenommen, um sie auf der Reise an verschiedenen Stellen zu deponieren. Eines auf dem Parkplatz einer Raststätte bei Hollabrunn, hinter der Ladeplane eines Trucks, der offenbar nach Tschechien unterwegs war. Eines an der Schiffsanlegestelle Tulln, im Tauwerk eines Lastkahns, der auf seine Weiterfahrt nach Budapest und Belgrad wartete. Das dritte schließlich auf dem Wiener Westbahnhof, in einem der Waggons des Frühzugs Richtung Zürich. Wenn John Gallagher begreifen würde, dass sein Mördertrupp verschollen war, und wenn er also seine Brüsseler Bespitzelungsmaschinerie anwerfen würde, um die drei zu orten, wären die Telefone schon in alle Himmelsrichtungen verstreut. Der Doktor wusste zwar, dass sich die Standorte – dank Vorratsdatenspeicherung – auch rückwirkend ermitteln ließen, aber dazu brauchte Gallagher vor allem Zeit, und diese Zeit durfte man ihm nicht lassen. Auf dem Rückweg nach Herrnbaumgarten hat Singh den Kastenwagen wieder auf dem Acker an der Brünner Straße abgestellt und ist in seinen gelben Tata umgestiegen. Gegen fünf Uhr früh erst war er wieder auf dem Hof, im Osten ließ sich schon die Morgendämmerung erahnen. Auf dem Sofa in der Gästewohnung hat er dann noch eine Stunde Schlaf gefunden, der listige Krieger, der arme, zerknitterte König der Nacht.

Frühstück im Grünen also.

Mag der Himmel heute noch so klar sein, sitzt man doch im Schatten einer dunklen Wolkenwand. Sophie und Polivka im schwarzen Zentrum dieses Schattens, Gutmaisch an der diesigen Peripherie und Singh dazwischen, irgendwo im düsteren Niemandsland. Sie alle ignorieren die Wolke möglichst lange, weil sie diese gute, ruhige Morgenstunde nicht verderben wollen.

Es ist Sophie, die sich dem Unvermeidlichen als Erste

stellt. «Wir können ihm nichts anhaben», sagt sie zu Polivka, doch so, dass auch die anderen sie hören können.

«Wem?», fragt Polivka.

«Dem Fürsten. Gestern Nacht, als ich ... also, bevor es aus war, habe ich Hervé nach ihm gefragt.» Sophie hält inne. Greift zu ihren Zigaretten auf dem Tisch und steckt sich eine an. «Hervé ist Oppitz nur ein einziges Mal begegnet, oben im Schloss Stadlwald. Das war im letzten Frühling, da hat Oppitz eine Art Empfang gegeben, offiziell als Dankeschön an ausgewählte Mitarbeiter von *Smart Security Solutions*, deren Aktien ihm satte Gewinne beschert hatten, inoffiziell als Auftakt für ein zukunftsweisendes *Geheimprogramm*. Der Fürst hat aber nichts konkretisiert, er hat nur gelächelt und Hände geschüttelt, Sekt und Wildpasteten auffahren lassen und das Weitere den Herren Gallagher und Stranzer übertragen, die natürlich auch anwesend waren. Vom Stranzer ist dann aber nicht viel mehr gekommen als ein schiefes Grinsen und das übliche Politikergewäsch. Er hat sich bald entschuldigt und den Raum verlassen, also ist die Sache letztendlich an Gallagher hängen geblieben. Seine Instruktionen waren klar und einfach: Für ein unverschämtes Honorar sollten die Auserwählten eine Reihe von Spezialaktionen im Gebiet der Europäischen Union durchführen. Exakte Anweisungen würden ihnen anonym per Postfach zugestellt; die Dokumente wären nach der Durchsicht unverzüglich zu vernichten.»

«Oppitz hat sich also – rein juristisch – abgesichert», murmelt Polivka. «Er hat die beiden anderen vorgeschoben. Und der Stranzer hat sich dann ganz staatsmännisch am Gallagher abgeputzt. Hat dir dein Bruder auch gesagt, wie viele Leute damals angeworben wurden?»

«Ja.» Sophie zieht an der Zigarette. «Vierzehn.»

«Vierzehn? Vierzehn Mörder?»

«Ob sie alle Mordaufträge hatten, weiß ich nicht. Sie sind einander nur das eine Mal in Stadlwald begegnet. Erst am Montag hat Gallagher Hervé und die zwei anderen höchstpersönlich auf uns angesetzt. ‹Befehl von oben›, das waren seine Worte.»

«Fragt sich nur, warum», sagt Polivka. «Jacques' Video lässt keine Rückschlüsse auf Oppitz oder Stranzer zu, noch nicht einmal auf Gallagher.»

«Weil sich mein Bruder abgesichert hat, um nicht am Ende selber auf die Abschussliste zu geraten. Schließlich hatten die ja Angst, er könnte auspacken, falls wir den Film an die Behörden oder an die Medien weitergeben. Also hat er Gallagher erzählt, dass Jacques vor seinem Tod behauptet habe, über das *Geheimprogramm* im Bild zu sein. Er habe diesen Mord in Spanien nicht zufällig gefilmt, sondern sei ihm, Hervé, schon länger auf der Spur gewesen. Auf der Speicherkarte seien daher noch andere Informationen, die die Hintermänner der Aktion beträfen.»

«Kluger Schachzug», nickt Polivka. «Das heißt, es hätte nichts gebracht, Hervé zu liquidieren, weil man auf der Speicherkarte ohnehin die viel brisanteren Indizien vermutet hat.»

«Es heißt noch etwas anderes», mischt Singh sich ein. «Für einen echten Maharaja kannst du hundert Elefanten kaufen, und für hundert vorgetäuschte Elefanten einen Maharaja.»

«Von Mahatma Gandhi ist das aber nicht», grinst Gutmaisch, der der bisherigen Unterhaltung etwas ratlos, aber still gefolgt ist.

«Nein, von meinem Urgroßvater. Als er starb, war er ein reicher Mann.»

«Sie meinen also», Polivka legt nachdenklich die Stirn in Falten, «dass wir Oppitz mit der Speicherkarte ködern sollten, mit belastenden Beweisen, die wir gar nicht haben ... Ja, das könnte funktionieren. Ist es schwierig», wendet er sich jetzt an Gutmaisch, «ins Schloss Stadlwald hineinzukommen?»

Gutmaisch wiegt den Kopf. «Na ja», sagt er, «wenn man dort eingeladen ist ... Ansonsten tät ich's nicht versuchen: Der Herr Fürst hat seine Leibwächter, und wenn seine verehrte Gattin, unsere Frau Ministerin, bei ihm heraußen ist, dann kommen noch zwei Herren von der Staatspolizei dazu.»

«Was einmal mehr beweist, dass man nur mit Gewalt behalten kann, was man schon mit Gewalt gewonnen hat», meint Singh belehrend. «*Das* ist jetzt von Gandhi.»

«Warum müssen wir denn überhaupt ins Schloss?» Sophie drückt ihre Zigarette aus. «Holen wir das Schwein doch aus dem Stall.»

Nur zehn Minuten braucht es, Ottfried Gutmaisch, dem Sophie und Polivka inzwischen ausreichend vertrauen, in die Vorgeschichte einzuweihen, und nach einer weiteren halben Stunde haben sie mit seiner Hilfe einen groben Plan skizziert.

Man wird

1. nach Poysdorf fahren, um keine digitalen Spuren zu hinterlassen, und aus einer öffentlichen Telefonzelle den Fürsten anrufen.

2. Oppitz ein Geschäft vorschlagen (denn die Sprache, die er wahrscheinlich am besten beherrscht, ist die Geschäftssprache): Für einen ordentlichen, aber nicht zu hohen Geldbetrag wird man ihm die Beweise anbieten, die Jacques Guillemain gesammelt hat.

3. zur Übergabe einen Treffpunkt in Poysdorf vereinbaren, um allfällige Rollkommandos auf die falsche Fährte zu locken.

4. die Bedingung stellen, dass Oppitz unbewaffnet und allein erscheinen muss. Es gilt nur eine Ausnahme: Falls Tilman Stranzer noch im Schloss ist, hat er Oppitz zu begleiten.

5. nach Herrnbaumgarten zurückkehren.

6. mit Hilfe einiger Freunde Gutmaischs auf der Straße zwischen Stadlwald und Poysdorf eine Absperrung errichten, um den Fürsten so zu einem Umweg durch Herrnbaumgarten zu zwingen (denn das ist die einzig mögliche Alternative, um nach Poysdorf zu gelangen).

7. die fürstliche Karosse in die Schindergasse lotsen, eine unbewohnte, zwischen steilen Lösshängen versteckte Kellergasse im Osten des Ortes.

«Und dann?», fragt Doktor Singh.

«Dann wird man sehen», gibt Polivka zurück.

In größeren Städten mag es noch halb neun Uhr früh sein, hier am Land ist es bereits halb neun Uhr vormittags. Die Bienen summen, die Traktoren brummen, und Sophie und Polivka bekommen endlich, was sie schon seit gestern Abend wollen: die Schlüssel von Singhs Tata. Bald schon schieben sie sich mit der Kunststoffkapsel durch die Landschaft wie eine enorme neongelbe Weinbergschnecke.

Poysdorf ist zwar keine Metropole, aber trotzdem eine Stadt, die ihrem Status insofern gerecht wird, als sie um drei viertel neun noch hinlänglich verschlafen wirkt. Auch auf dem Postamt herrscht Beschaulichkeit: Hinter dem Schalter trinkt ein hagerer Mann Kaffee, die beiden Telefonzellen sind frei.

Sophie, die sich von Doktor Singh ein wenig Geld geliehen hat, kramt eine Handvoll Münzen aus der Hosentasche, dann nimmt sie den Hörer ab. Entschlossen, wenn auch etwas zittrig, tippt sie Oppitz' Nummer in das Tastenfeld des Apparats. Dicht neben ihr steht Polivka auf Zehenspitzen und versucht, von außen etwas durch den Hörer zu erlauschen.

Freizeichen. Dann eine freundliche, sonore Männerstimme: «Ja, hallo?»

220

«Fürst Oppitz-Marigny?» Sophie spuckt diesen Namen aus wie etwas Giftiges, Verfaultes.

«Je nachdem, von wo Sie anrufen», ertönt die Stimme aus dem Hörer. «So ein Fürstentitel ist ja nicht mehr überall gestattet. Mit wem hab ich das Vergnügen?»

«Guillemain. Sophie Guillemain.»

Das Schweigen zieht sich lange hin, so lange, dass Sophie zur Sicherheit noch einen Euro in den Münzschlitz schiebt.

«Verzeihung, aber ... sollten wir einander kennen?» Oppitz klingt verunsichert, er liegt jetzt auf der Lauer, und die Lackschicht seiner Freundlichkeit weist erste kleine Schrammen auf.

«Kennen? Nein. Nur voneinander wissen. Ich verstehe, dass es schwierig ist, sich all die Leute namentlich zu merken, die man so im Lauf der Zeit ermorden lässt, aber ...»

«Frau Guillemain», fällt Oppitz ihr ins Wort, «ich kann Ihnen nur raten, sich ein bisserl vorzusehen: Verleumdung wird in Österreich mit bis zu einem Jahr bestraft.»

Er schaltet schnell, denkt Polivka.

«Aber ich bin nicht tot», beendet Sophie ihren Satz. «Genauso wenig wie mein Partner.»

Mein Partner ... Polivka muss unwillkürlich lächeln.

«Hören Sie, meine Gnädigste, ich habe keine Ahnung ...»

«Erstens», zischt Sophie, «bin ich nicht Ihre Gnädigste. Und zweitens schlage ich vor, dass wir die Spielchen lassen.»

«Wenn ich spiele, Frau Guillemain, dann an der Börse, aber sicher nicht am Telefon.»

Der Fürst ist vorsichtig, denkt Polivka. Er wagt es nicht, zum Punkt zu kommen, weil er die Methoden fürchtet, derer er sich selbst bedient: Vor angezapften Telefonen ist nicht einmal er gefeit.

«Jetzt sagen Sie einmal», fährt Oppitz fort, «ist Ihr Herr

Partner vielleicht auch zugegen? Weil dann tät ich's vorziehen, das Gespräch mit ihm zu führen. Nichts für ungut, Frau Guillemain, aber mit Ihnen komm ich, glaube ich, auf keinen grünen Zweig.»

«Baise-toi, connard!», sagt Sophie zum Abschied und gibt den Hörer an Polivka weiter.

«Polivka hier.»

«Grüß Gott, Herr Kommissar.»

«Bezirksinspektor. Momentan beurlaubt, wie Sie ja wahrscheinlich wissen werden.»

«Ferien hat man eh so selten. Also schauen Sie, dass Sie ihn genießen, Ihren Urlaub, spannen Sie ein bisserl aus. Das tät auch der Frau Guillemain nicht schaden, vielleicht wär sie dann nicht gar so bissig. Können Sie Französisch, Herr Inspektor? Wissen Sie, was sie mir gerade mitgeteilt hat?»

«Leider nein, Herr Oppitz. Aber …»

«Dass ich eine weibliche Körperöffnung bin und mich gewissermaßen selbst begatten soll.»

«Dann schauen Sie, dass Sie es genießen.» Polivka schenkt Sophie einen verliebten Seitenblick. «Ich will Sie ohnehin nicht lange aufhalten.»

«In Ordnung, machen wir es kurz. Was wollen Sie?»

«Eine halbe Million», sagt Polivka. «Für meinen Urlaub. Und Ihr Ehrenwort, dass Madame Guillemain und ich fortan nicht mehr behelligt werden.»

«Jedes meiner Worte ist ein Ehrenwort, Herr Inspektor. Fragt sich nur, was Sie mir zu verkaufen haben?»

«Ihre Freiheit, Herr Oppitz. Ihre Freiheit in Form einer Speicherkarte, die Sie lebenslänglich hinter …»

«Schweigen Sie!», fällt Oppitz Polivka ins Wort. «Wie stellen Sie sich das vor? Wie soll ich so viel Geld …»

«In einem Ihrer legendären schwarzen Lederkoffer», unterbricht nun Polivka seinerseits den Fürsten. «Heute Abend gegen sechs, rechtzeitig zu den Hauptnachrichten, geben wir die Karte an das Fernsehen weiter – falls wir vorher nicht mit Ihnen ins Geschäft gekommen sind. Es wäre also nur in Ihrem Interesse, uns um, sagen wir, sechzehn Uhr zu treffen.»

«Wo?»

«In Poysdorf, ganz in Ihrer Nähe. Auf dem Kirchberg oben.»

«Gut ... Ich werde schauen, was sich machen lässt.»

«Und noch etwas, Herr Oppitz: keine faulen Tricks. Soll heißen, dass Sie unbewaffnet und ohne Eskorte kommen, wenn ich bitten darf. Wir wollen die Sache ganz zivilisiert über die Bühne bringen. Ist der Doktor Stranzer noch bei Ihnen?»

Oppitz räuspert sich. «Der ist gerade auf dem Sprung zum Flughafen.»

«Bedauerlich. Sonst hätt er gleich mit Ihnen kommen können. Schließlich hat er einen prominenten Anteil an den ganzen Schweinereien auf der Speicherkarte, also wär's nur recht und billig, ihn an unserem kleinen Handel zu beteiligen.»

«Das müssen S' mir nicht zweimal sagen. Selbstverständlich kommt der Stranzer mit, und wenn ich ihn mit nassen Fetzen auf den Kirchberg prügle. Soll er halt erst später fliegen.»

«Also dann um vier, Herr Oppitz. Sie und die zwei Koffer.»

«Zwei?»

«Der Lederkoffer und der Doktor Stranzer.»

In die kurze Pause, die Polivkas Worten folgt, mischt sich ein unterdrücktes Schnaufen: Oppitz lacht, auch wenn er diesen ungewollten Heiterkeitsausbruch zu kaschieren versucht.

«Verzeihung, Herr Inspektor ... Ja, dann machen wir es so. Um vier in Poysdorf. Ich und die drei Koffer.»

«Drei?»

«Ja, wissen Sie, man hat zwar ein paar Autos, aber leider keinen Führerschein. Das ist das traurige Los der Hilfsbedürftigen, die immer auf die Dienste von Chauffeuren angewiesen sind. Und was die Fahrkünste vom Doktor Stranzer anbelangt, so mag ich denen weder mich noch irgendwelche Gelder anvertrauen. Ich werde also auch noch meinen Fahrer mit im Wagen haben.»

Polivka sieht fragend zu Sophie, die dem Gespräch, so gut es ging, gefolgt ist. Schweigend nicken sie einander zu.

«In Ordnung, Herr Oppitz.»

«Habe die Ehre, Herr Bezirksinspektor.»

Schon hat Oppitz aufgelegt.

«Das ging mir viel zu glatt.» Sophie blickt Polivka stirnrunzelnd an. «Normalerweise sagen doch Erpressungsopfer, dass das Geld unmöglich in so kurzer Zeit herbeizuschaffen ist.»

«Normalerweise?»

«Ja. Im Fernsehen.»

Polivka schmunzelt. «Stimmt. Da sagen sie auch solche Sachen wie … Wie war das noch, das mit der Körperöffnung?»

«Baise-toi, connard.»

«Klingt hübsch, so auf Französisch …» Polivka hält Sophie die Tür auf, und sie steuern auf den vor dem Postamt abgestellten Tata zu. «Natürlich ist er ein *connard*, natürlich will er uns verschaukeln. Man hat förmlich hören können, wie sein Hirn perfide Pläne wälzt. Das Einzige, worum er sich mit Sicherheit nicht kümmert, ist die halbe Million. Wahrscheinlich schickt er seine Leute gerade auf den Kirchberg, das Terrain sondieren und irgendwelche Fallen stellen.»

Im Gehen greift Sophie nach seiner Hand. Die Sonne glänzt auf ihrem kupferroten Haarschopf. «Wollen wir sehen, wer hier die besseren Fallen stellt», sagt sie grimmig.

25

Als die beiden nach Herrnbaumgarten zurückkehren, finden sie das Dorf von einer seltsamen Geschäftigkeit ergriffen: Beiderseits der Straße treten Menschen aus den Häusern oder paradieren bereits in kleinen Grüppchen Richtung Presshaus. Eigenartig sind nicht nur die vorherrschenden Farben ihrer Kleider, auch die Fahnen, die nicht wenige von ihnen schwenken, strahlen in Rot und Weiß und Blau, den Farben Tschechiens. Es ist das Bild einer vollkommen deplacierten Schar von Schlachtenbummlern. Deplaciert, weil sie nicht nur an einem denkbar falschen Ort, sondern – es ist schließlich erst zehn Uhr vormittags – zu einer denkbar falschen Zeit auftauchen.

«Tschechien spielt heut Abend gegen Griechenland», erklärt Sophie. «Das müssen Fans sein.»

«Und die wohnen alle hier?»

«Vielleicht hat sich ihr Bus verfahren.»

«Wo findet es denn statt, das Spiel?»

«In Breslau.»

Auf dem Parkplatz vor dem Presshaus ändert sich der kollektive Farbton, er verschiebt sich hin zu einem dunklen Blau. Rund zwanzig Männer in den schneidigen Monturen der Freiwilligen Feuerwehr haben sich hier versammelt, sie umringen einen roten, tadellos polierten Spritzenwagen, der nach Polivkas Einschätzung aus den fünfziger Jahren des vergangenen Jahrhunderts stammen dürfte. Feuer oder Rauch sind aber nirgendwo zu sehen, und die Männer strahlen weniger Nervosität als vielmehr eine Art von freudiger Erregtheit aus. Sie plaudern, kichern, rauchen und posieren für das eine oder andere Handyfoto.

Als Sophie und Polivka aus ihrer gelben Schnecke steigen, kommen vom Eingang des Hofs zwei Polizisten auf sie zu.

«Da können Sie nicht stehen bleiben!», ruft der eine.

«Und schon gar nicht mit so einem lächerlichen Plastikkübel!», schimpft der andere. «Allein der Anblick ist ja hochgradig verkehrsgefährdend!»

Polivka ist sprachlos ob der Unverschämtheit der Beamten. Aber ehe er die Worte wiederfindet, haben sich die zwei so weit genähert, dass er die Gesichter unter den Baretts erkennen kann.

«Da staunen Sie», lacht Doktor Singh und bleckt die weißen Zähne.

«Leihe deine Brennanlage her», sagt Gutmaisch, «und du wirst dafür zwei Uniformen kriegen. Könnte fast vom Gandhi sein. Was sagen Sie zu unserem Spritzenwagen?», wendet er sich an Sophie. «Ein Prachtstück, oder?»

«Ja. Wie aus dem Bilderbuch.»

«Wir haben uns zwar im letzten Frühling einen neuen angeschafft, aber der ist uns leider», Gutmaisch grinst verschämt, «bei einer Übung abgebrannt. Die Wege des Herrn sind unergründlich.»

Einer der tschechischen Schlachtenbummler, ein älterer und wohlbeleibter Mann mit einem stattlichen Schnurrbart, tritt auf Gutmaisch zu: «Wie geht's jetzt weiter, Friedl?»

«Na, bei mir drin. Lagebesprechung.»

Zehn Minuten später haben sich gut achtzig Menschen im sonnendurchfluteten Hof des Presshauses versammelt. Es herrscht Volksfestatmosphäre: Man trinkt Wein und isst belegte Brote, scherzt und lacht und schwenkt die rot-weiß-blauen Fahnen, die sich auf den zweiten Blick als notdürftig bemalte und an Besenstielen befestigte Leintücher entpuppen. Nur ein Grüppchen junger Frauen hat sich in strahlendes Weiß und helles Blau gekleidet. «Griechenland!», skandieren sie «Hilfe für die Griechen!»

Während sich Sophie und Polivka in Poysdorf aufgehalten haben, sind die Herren Singh und Gutmaisch also alles andere als untätig gewesen: Sie haben die Herrnbaumgartner aus ihren Weingärten geholt, aus Kellern und aus Küchen, ja sogar aus der Gemeindeschule: Allgemeiner Jubel brandet auf, als eine von zwei resoluten Damen angeführte Kinderschar in Gutmaischs Hof marschiert. Ein Teil der Kinder hat ein längliches Objekt geschultert, eine gut drei Meter lange Kunststoffrolle.

«Was ist *das*?», fragt Polivka, der – leicht verwirrt und völlig überwältigt – neben Gutmaisch steht.

«Eine der wertvollsten Errungenschaften unserer Gemeinde, Endergebnis jahrelanger Forschungsarbeit und unzähliger Versuchsreihen», schmunzelt Gutmaisch. «Ein transportabler, ausrollbarer Zebrastreifen. Die Kleinen haben ihn im Verkehrsunterricht gebastelt.»

Es dauert eine Weile, bis die Menge sich so weit beruhigt hat, dass der Hausherr die Zusammenkunft eröffnen kann. Er bläst ein paar Mal in die Trillerpfeife, die er in der Uniformjacke gefunden hat, und holt zu einer etwas umständlichen, aber launigen Begrüßung aus, bevor er Doktor Singh an seine Seite bittet. «Freunde unserer Freunde sind auch unsere Freunde, und wer freundlich zu den Freunden unserer Freunde ist, zu dem werden auch die Freundesfreunde dieser Freunde freundlich sein. Na ja, egal, man muss das nicht verstehen, was zählt, ist, dass wir heute unseren Spaß haben werden. Unser Freund und Helfer, Illuminationsexperte und Herrnbaumgartner Gedankenaußenstellenoberoffizial Rakesh wird euch den Einsatzplan erklären.»

Hat Gutmaisch die Versammlung dazu gebracht, die Ohren aufzusperren, so ist es Doktor Singh, der diese Ohren nun mit Inhalt füllt. Er präsentiert sich als begabter Redner und Stratege, teilt die Gruppen ihren Einsatzorten zu, beschreibt die ihnen zugedachten Aufgaben, lässt in den Köpfen seiner Zuhörer ein virtuelles Raum-Zeit-Diagramm der projektierten Abläufe entstehen, geht auf eventuelle Pannen ein und antwortet geduldig auf diverse Zwischenfragen.

Es sind vorwiegend drei Schauplätze, an denen sich die Inszenierung abspielen soll, ein großes Dorftheater, das nichts anderes zum Ziel hat, als den Fürsten in die Arme von Sophie und Polivka zu treiben:

1. die Straße, die von Stadlwald nach Poysdorf führt. Hier wird sich – einen Steinwurf nach der Abzweigung zum Schloss – die Feuerwehr postieren, um eine Übung abzuhalten. Auf der Fahrbahn sollen Heuballen aufgeschichtet und, sobald sich Omars Auto nähert, angezündet werden («Schauts, dass ihr den Spritzenwagen nicht so nah ans Feuer stellts wie letztes Mal», mischt sich an dieser Stelle Gutmaisch in Singhs Vortrag ein). So wird dem fürstlichen Chauffeur nichts anderes übrig bleiben, als zu wenden und – von Osten her – den Umweg durch Herrnbaumgarten zu nehmen.

2. die Dorfstraße. Kurz vor dem Presshaus werden Gutmaisch, die zwei Lehrerinnen und die Kinder auf den Fürsten warten. Sie werden Oppitz-Marigny passieren lassen und danach den transportablen Zebrastreifen ausrollen. Es ist fest damit zu rechnen, dass sich Oppitz nicht an die von Polivka gestellten Bedingungen halten, sondern wenigstens ein weiteres Auto mit bewaffneten Agenten folgen lassen wird. Sobald der zweite Wagen auftaucht, sollen die Lehrerinnen ihre Kinder möglichst tölpelhaft über den Zebrastreifen führen. Zwei Schüler werden mitten auf der Straße einen Streit anzetteln und sich miteinander balgen, einem Mädchen wird ein Stapel Bücher aus den Armen fallen, der wieder aufgesammelt werden muss. Das Intermezzo sollte nur so lange dauern, bis der

erste Wagen außer Sichtweite und nicht mehr einzuholen ist. Natürlich muss damit gerechnet werden, dass die Leibgarde des Fürsten nicht geduldig wartet, bis der Spuk vorbei ist, sondern mit Gewalt versucht, die Stelle zu passieren. Daher wird auch das Auge des Gesetzes über den korrekten Ablauf des Geschehens wachen, der vermeintliche Revierinspektor Ottfried Gutmaisch nämlich, der – wenn alles glattgeht – nur am Straßenrand zu stehen und seine Uniform zu präsentieren hat.

3. die Abzweigung zur Schindergasse. Hier, im Westen des Ortes, wird die Kolonne der tschechischen Schlachtenbummler die Straße nach Poysdorf blockieren. Direkt an der Kreuzung wird Revierinspektor Doktor Singh den Wagen des Fürsten erwarten und ihn in die Kellergasse dirigieren, mit dem Hinweis, dass die Tschechen ohnedies in Richtung Presshaus unterwegs seien und der Weg in Kürze wieder frei sein werde. Vor den ersten Kellern aber werden schon Sophie und Polivka auf Oppitz lauern. Während Singh dem Wagen in die Einfahrt folgen wird, um – kraft des Zaubers seiner Polizeimontur – mögliche Tätlichkeiten seitens Omars, Stranzers oder des Chauffeurs zu unterbinden, werden sich die Fußballfans zerstreuen, sodass allfällige Verfolgerautos ungehindert Richtung Poysdorf brausen können.

Ohne indisches Zitat kann Singh sein Referat natürlich nicht beschließen. Also breitet er die Arme aus, legt eine kurze Pause ein und sagt dann mit bedeutungsvoller Stimme: «Nur die toten Fische schwimmen mit dem Strom.»

Der Vortrag ist beendet, und die Leute applaudieren. Sie kennen zwar die größeren Zusammenhänge nicht, sie wissen aber, dass sie einer guten Sache dienen. Gutmaisch hat es treffend formuliert – die Freunde ihrer Freunde sind auch ihre Freunde –, was jedoch in erster Linie zählt, ist das Bewusstsein,

Teil einer fidelen und ambitionierten Kunstaktion zu sein. Wenn Spencer Tunick, dieser sonderbare Fotograf aus Übersee, zweitausend Menschen dazu bringt, sich nackt auf einem Fußballfeld zu wälzen, warum sollte sich dann die Herrnbaumgartner Bevölkerung der Mitwirkung an diesem zwar bizarren, aber weit manierlicheren Happening verweigern?

Dreizehn Uhr. Sophie und Polivka begeben sich zur Schindergasse, um die örtlichen Gegebenheiten zu studieren. Heiß und flimmernd liegt die Luft zwischen den Häusern, eine Atmosphäre wie in einem mexikanischen Pueblo kurz vor dem Duell der Gringos: schattenlos und staubig, menschenleer und unheilschwanger. Polivka hat sich die Jacke ausgezogen und über den Arm gehängt; auf seiner Stirn und Nase glitzern Schweißtropfen. Sophie dagegen scheint die Hitze nicht zu stören: Sie schreitet federnd aus und strebt mit grimmiger Entschlossenheit dem Kampfplatz zu.

«Hier müssen wir nach rechts», sagt Polivka, dem Singh zuvor den Weg beschrieben hat.

Sie biegen nach Nordwesten ab, um fünfzig Meter weiter in ein anderes Universum einzutauchen. Schillernd grün wölbt sich mit einem Mal ein Baldachin aus Blättern über ihnen, während sich die Gasse zusehends zum Hohlweg, bald zu einem regelrechten Canyon wandelt. Beiderseits türmen sich haushohe Lösswände auf, porös, zerfurcht und rötlich gelb wie Pergament, die Kämme dicht bewaldet. Ungezählte Stürme haben diesen Boden aus dem eiszeitlichen Alpenvorland in das Weinviertel getragen, ungezählte Regengüsse haben diese Schlucht ins Jahrmillionen alte Sediment gegraben. Unten schmiegen sich die Kellertüren in die steilen Flanken, grob gezimmertes, von klirrenden Wintern und brütenden Sommern ausgebleichtes Holz, darüber, in geschätzten sechs bis sieben Metern Höhe, klaffen hin und wieder große, offenbar von Menschenhand geschürfte Löcher und Nischen auf.

«Was ist das?», fragt Sophie.

«Laut Ottfried sind es ehemalige Behausungen», sagt Polivka. «Angeblich haben hier bis weit ins zwanzigste Jahrhundert noch ganze verarmte Familien gewohnt. Die Ortsgemeinde hat ihnen gestattet, ihre Höhlen hier zu graben, um ein Dach über dem Kopf zu haben.»

«Furchtbar.»

«Aber mietfrei. Und klimatisiert, aufgrund der Erdwärme. Ich glaube, es gibt momentan Millionen Menschen auf der Welt, die sich um eine Höhle in der Schindergasse reißen würden.»

«Vielleicht hast du recht. Null Burenwürste für ein Eigenheim, um es mit deinen Worten auszudrücken. Trotzdem ist es irgendwie … anachronistisch.»

«Ja. Anachronistisch und archaisch. Wie der Stoff, aus dem die Märchen sind.»

Sie gehen weiter, steigen die Gasse bergan, die mittlerweile steil nach oben führt.

«Ich möchte dich um etwas bitten», sagt Polivka nach einer Weile.

«Ja?»

«Bleib ruhig, wenn du dem Oppitz gegenüberstehst. Lass dich nicht mitreißen von deiner Wut.»

«Du meinst, so wie vorhin am Telefon?»

«Genau.»

Sophie verzieht den Mund zu einem Lächeln. «Dass ich ihm so grob gekommen bin, war meine volle Absicht, Polivka. Ich wollte dir die Drecksau in die Arme treiben: guter Bulle, böser Bulle, wie im Fernsehen. Und den bösen Bullen nimmt man dir nicht halb so ab wie mir.»

«Verstehe.» Polivka ist nicht ganz sicher, ob ihm diese Einschätzung seiner Person gefällt, beschließt dann aber, sie als Kompliment zu werten. «Umso besser. Hast du eigentlich das zweite Handy noch, das wir am Brüsseler Flughafen gekauft haben?»

Sie zieht das Telefon heraus und reicht es ihm. «Ich habe es noch gar nicht eingeschaltet.»

«Gut ...» Er tippt versunken auf der Tastatur herum. «Ah, ja, da ist es: Sprachaufnahme. Damit nehmen wir das Treffen auf, und mit ein bisschen Glück ...»

«Ich dachte eher an eine Pistole als an ein Diktiergerät.»

«Du bist ja auch der böse Bulle.» Polivka steckt das Handy ein und nimmt Sophie behutsam bei den Händen. «Ganz im Ernst: Was Grabenkämpfe anbelangt, da hat der Oppitz einfach mehr Erfahrung. Seine Leute reißen uns den Arsch auf, wenn wir's mit Gewalt versuchen. Einmal abgesehen vom Staatsanwalt, falls uns der überhaupt noch lebend in die Finger kriegen würde. Erstens haben wir de facto nichts, aber auch gar nichts gegen Oppitz in der Hand, und zweitens haben wir nur die Pistolen von gestern Nacht. Drei Waffen, auf drei Tote registriert, die wir da draußen irgendwo vergraben haben.» Traurig schüttelt Polivka den Kopf. «Und drittens», setzt er leise nach, «ist unser Strafvollzug noch nicht mit Unisexgefängniszellen ausgestattet. Dir die nächsten dreißig Jahre lang nur zuwinken zu dürfen, aus dem Männertrakt quer über den Gefängnishof, das ist nicht wirklich eine Perspektive.»

Über ihnen flüstert es im Blätterdach der grünen Kathedrale. Eine Amsel hebt zu singen an, nicht mehr als eine schüchterne, fragile Tonfolge, ein gleichsam in die Luft gemaltes Fragezeichen. Kurz herrscht Stille, aber dann treibt ein verirrter Windhauch eine ferne Melodie heran. Es ist die

Antwort eines anderen Vogels, der das Thema aufnimmt und mit hellen, klaren Kontrapunkten variiert.

Sophie und Polivka stehen eng umschlungen, so als würde ihre mittägliche Küssnacht ewig dauern, und ein paar verirrte Sonnenstrahlen tanzen in der hohlen Gasse, durch die viel zu bald der Landvogt kommen wird.

26

«In Ordnung.» Doktor Singh, an einem Ohr sein Telefon, im anderen einen Zeigefinger, um es vor dem Lärm der vorgeblichen Fußballfans zu schützen, nickt. «In Ordnung, Herr Oberhauptbrandmeister.» Singh verstaut das Handy in der Uniformjacke und wendet sich an Polivka. «Sie kommen. Ein Mercedes und ein BMW. Der zweite Wagen fährt im Abstand von rund hundert Metern, wie wir es vermutet haben.»

«Beim Feuerwehrposten hat alles geklappt?»

«Angeblich wie am Schnürchen. Der Chauffeur des Fürsten dürfte zwar ein bisschen ärgerlich gewesen sein, aber er hat den Wagen schließlich doch gewendet.» Der Doktor streift den Ärmel hoch, um einen Blick auf seine Uhr zu werfen. «In längstens fünf Minuten sind sie da.»

«Herr Doktor?»

«Ja?»

«Was ich Sie fragen wollte ...» Polivka zeigt auf die Waffe, die – gut sichtbar – im ledernen Halfter von Singhs Polizeimontur steckt. «Diese Pistole ... Haben Sie die auch von den zwei Schnapsbrennern geliehen?»

«Aber Herr Bezirksinspektor, was denken Sie denn von unserer Exekutive? Nein, Sie können ganz beruhigt sein, es ist nur die Glock von diesem toten Deutschen, also die, mit der bei dem Scharmützel gestern nicht geschossen wurde. Ein zünftiger Gorz wäre mir zwar lieber, aber wenn sich ein Exote schon als Dorfgendarm verkleidet, sollte doch zumindest seine Adjustierung stimmen.»

«Ja ... Wahrscheinlich haben Sie recht», meint Polivka zweifelnd.

Keine zwei Minuten später nähert sich vom Ortskern her ein anthrazitfarbener Wagen, pflügt mit affenartiger Geschwindigkeit die Dorfstraße entlang. Mercedes GLK-Klasse, ein Auto wie aus *Krieg der Sterne*, wie die Atemmaske, die der ewig röchelnde Darth Vader trägt, kurz: ein grotesker Wasserkopf auf Rädern.

Die dunkle Seite der Macht, denkt Polivka und spürt zugleich die Flammen des Verdauungsfeuers bis in seine Speiseröhre züngeln. Während er mit weichen Knien auf Sophie zusteuert, die inzwischen im Verbindungsstück zur Schindergasse Aufstellung genommen hat, zieht er das Telefon heraus und aktiviert die Sprachaufnahme.

«Alles klar. Wie steht's bei dir?»

Ein Nicken, blass und stumm. Sophie fixiert den Wagen, der jetzt nur noch ein paar hundert Meter weit entfernt ist.

«Gut», sagt Polivka, und wie von selbst findet mit einem Mal das Lied aus Jacques Guillemains Spieluhr den Weg auf seine Lippen. «Allons enfants de la patrie ...», hebt er leise zu singen an.

Sophie horcht auf. Ohne den Blick von der Straße zu wenden, fällt sie in die Melodie mit ein.

Auf Doktor Singhs Geheiß sind die Schlachtenbummler mittlerweile in ein ohrenbetäubendes Gegröle ausgebrochen. «Do toho! Do toho!», skandieren sie und schwenken ihre Fahnen. Nur von Zeit zu Zeit ist auch ein dünnes «Hellas! Hellas!» zu vernehmen.

Rasch verkleinert sich der Abstand zwischen ihnen und dem Auto, das sein Tempo schließlich drosselt, um knapp vor dem Menschenauflauf an der Abzweigung zu stoppen. Singh tritt an die Fahrerseite, salutiert und beugt sich zum Chauffeur hinunter. Polivka kann nicht verstehen, was der Doktor sagt; er sieht ihn nur die Achseln zucken, mehrmals nicken und nach einer Weile auf die Einfahrt deuten: eine höfliche, korrekte, aber auch gebieterische Geste.

Das Fahrzeug rollt ein Stück zurück, biegt im Schritttempo nach rechts und kommt kurz nach der Gabelung zum Stehen. Im selben Augenblick setzt sich die bunte Schar der Schlachtenbummler in Bewegung, drängt sich johlend in die Zufahrt, um den Rückweg zu blockieren und den Mercedes vor der Bundesstraße abzuschirmen. Dort braust kurz darauf das zweite fürstliche Gefährt vorbei, ein silbergrauer BMW X5, der ebenfalls aus *Star Wars* stammen könnte: R2 D2, dieser einfältige, unförmige Roboter, der fieberhaft nach seinem Herrchen sucht. Kaum hat er die Kreuzung passiert, beginnt sich das Getümmel aufzulösen: Einzeln und in kleinen Grüppchen streben die Herrnbaumgartner zurück in Richtung Presshaus.

«Los», sagt Polivka.

Noch ehe der Chauffeur den Motor wieder starten kann, treten Sophie und er auf den Mercedes zu.

Es ist Punkt vier Uhr nachmittags.

Der Wagen steht im Sonnenlicht wie ein trojanisches Pferd: friedlich und zahm. Dass hinter seinen schwarz getönten Scheiben feindselige Männer lauern, lässt sich nur erahnen. Wahrscheinlich sind Oppitz und Stranzer gerade dabei, sich einen Notfallplan zu überlegen, nachdem der

Herr Europaabgeordnete Sophie und Polivka (beziehungsweise Elsje Swanepoel und Herrn von Trappenberg) gesehen und erkannt hat. Erstens haben sie sicher keine halbe Million dabei, weil sie die beiden Störenfriede ja auf andere Art zum Schweigen bringen wollten, zweitens fühlen sie sich schutzlos, weil ihr silbergrauer Kampfstern Richtung Poysdorf unterwegs ist. Drittens werden sie sich hüten, ihn per Telefon zurückzukommandieren, weil dieser aufdringliche Polizist noch immer nicht das Feld geräumt hat. Wie ein pakistanischer Asylbewerber steht der Kerl an der Kreuzung, dunkelhäutig, lästig, nutzlos, aber – und das ist die eigentliche Krux – bewaffnet und uniformiert. Mit kleinen hirnlosen Beamten lässt es sich nun einmal nicht so leicht verhandeln wie mit deren Vorgesetzten.

Eine schiere Ewigkeit verharren Sophie und Polivka vor dem Mercedes, Aug in Auge mit der dunklen Windschutzscheibe. Plötzlich aber öffnen sich die hinteren Türen, und zwei Köpfe tauchen aus dem Fond des Wagens auf. Rechts der von Tilman Stranzer, den gereizten Ausdruck einer Bulldogge auf dem Gesicht, und links – mit lautem Ächzen – jener von Fürst Olaf Markus Oppitz-Marigny: ein eiförmiger roter Schädel, dessen Spitze ein verwaistes Fleckchen grauer Haare ziert. Die Augen Omars blitzen wachsam durch randlose Brillengläser, unter den wulstigen, von dicken Pausbacken flankierten Lippen hängt ein kleines, keckes Doppelkinn. Alles in allem macht der Fürst den Eindruck eines heiteren, genussfreudigen Schelms, der (abgesehen von seinen Leberwerten, seiner gesteigerten Transpiration und seinen Schuppen) keinerlei Probleme hat.

«Sind Sie dieser … Bezirksinspektor?»

«Ja, Herr Oppitz.»

«Aber hatten wir nicht Poysdorf ausgemacht?»

«Ja, schon. Madame Guillemain und ich sind aber auch nicht durch die Absperrung gekommen.»

«Küss die Hand, gnädige Frau», sagt Oppitz automatisch. Ein Reflex, konditioniert in den Salons der besseren Gesellschaft.

«Gnädig kommt von Gnade», gibt Sophie zurück, «und Gnade dürfte zwischen uns kein Thema sein.»

«Ganz wie Sie meinen.» Oppitz schürzt die Mundwinkel. «Dann also keine Höflichkeiten, lassen Sie uns das Geschäftliche erledigen. Haben Sie die Speicherkarte?», fragt er Polivka, so wie man einen Kellner um die Speisekarte bittet.

«Haben Sie den Koffer?»

Oppitz bleibt die Antwort schuldig. Unentschlossen mustert er sein Gegenüber. Es ist Stranzer, der statt ihm das Wort ergreift.

«Von einem ausrangierten Schnüffler müssen wir uns das nicht bieten lassen», bellt er heiser.

«Doch», sagt Polivka. «Das müssen Sie. Im Augenblick bleibt Ihnen gar nichts anderes übrig.»

Mit dem Synchronismus zweier Wasserballetteusen drehen sich Stranzer und der Fürst nach Doktor Singh um, der – kaum zehn Schritte entfernt – die Knöpfe seiner Uniform poliert. Als er die Blicke auf sich spürt, setzt er ein Lächeln auf und meint: «Die Straße wäre jetzt wieder frei, Sie können gerne weiterfahren.»

«Danke.» Stranzer fletscht die Zähne. «Sagen Sie, Herr Inspektor, sollten Sie nicht bei den Demonstranten sein?»

«Sie meinen, bei den Tschechen?» Singh deutet in Richtung Presshaus. «Nein, das sind nur ein paar Fußballfans, die sind ganz harmlos. Außerdem bin ich für den Verkehr abkommandiert.»

«Weil hier so viel Verkehr ist!»

«Tja, wenn man es vorher wüsste ...», sagt der Doktor ungerührt und wendet sich dann wieder seinen Knöpfen zu.

Inzwischen ist der Fürst zu Polivka getreten, sichtlich enerviert von dieser unliebsamen Pattsituation.

«Wollen wir ein bisserl spazieren gehen, Herr Bezirksinspektor? Dabei lässt sich's besser plaudern.»

«Gut», sagt Polivka.

Sie gehen los, und Stranzer und Sophie schicken sich an, ihnen zu folgen.

«Nein.» Fürst Omar stoppt und dreht sich um. «Zwei Wandervögel sind genug. Die gnädige Frau kann dem Herrn Abgeordneten inzwischen hier Gesellschaft leisten.»

Polivka sieht fragend zu Sophie und erntet ein zwar zögerliches, aber zustimmendes Nicken. Tilman Stranzer wirkt dagegen wie ein geprügelter Hund. Gesenkten Kopfes kriecht er wieder auf die Rückbank des Mercedes und schließt still die Wagentür.

Die Amseln haben zu singen aufgehört. Da, wo die späte Sonne durch die Bäume dringt, erstrahlen die Lösswände in einem warmen, satten Rot. Die beiden Männer gehen langsam durch die Schlucht; außer dem gleichförmigen Knirschen ihrer Schritte ist kein Laut zu hören.

«Nichts für ungut, Herr Bezirksinspektor», hebt der Fürst nach einer Weile an, «aber ich weiß aus eigener Erfahrung, dass es sich mit eingeschnappten Frauen nicht diskutieren lässt. Ich hab ja selber so eine daheim.»

«Im Ernst? Sie haben den Bruder Ihrer Gattin auch als Killer engagiert?»

«Bei meiner ist's die Eifersucht», sagt Oppitz ungerührt. «Sie riecht Parfüm, wo keines ist, und wenn sie irgendwo auf meinem G'wand ein blondes Haar von meinen Bracken findet, glaubt sie gleich, ich war im Puff.»

«Mein Beileid.»

«Nicht, dass ich nicht manchmal … Was man halt so macht, obwohl man seinem Eheweib durchaus verbunden ist. Und trotzdem, denken Sie an meine Worte: Wenn die erste Liebe zwischen Ihnen und Madame Guillemain einmal verflogen ist …»

«Was soll das heißen, erste Liebe?» Polivkas erboste Stimme hallt gespenstisch von den Wänden wider. «Woher wissen Sie, dass wir … dass wir …»

Statt einer Antwort zieht der Fürst ein großes schwarzes Smartphone aus der Jackentasche. «Da, schauen S' her.» Er streicht über den Bildschirm, und ein Mosaik aus kleinen Fotos leuchtet auf. «Zum Beispiel das da», lächelt Oppitz und tippt eines der Bilder an, «vergangenen Samstag.»

Eine graue Fahrbahn, und daneben eine Ortstafel: Méru. Im Hintergrund ein grüner Punkt, der immer größer wird: Sophies *déesse* in voller Fahrt. Am Rücksitz Hammel, frohgemut dozierend, am Volant Sophie. Daneben Polivka, der ihr vernarrte Blicke zuwirft.

«Oder dieses hier», sagt Oppitz. «Ja, Sie haben schon was durchgemacht …»

Im Wartesaal des Krankenhauses in Paris. Sophie und Polivka nebeneinander, sie bedrückt und sorgenvoll, er unruhig dösend.

«Amiens, Ihr erster Hausbesuch», grinst Oppitz und tippt auf den Bildschirm.

Vor dem Tor des Hauses an der Somme. Von Polivka gefolgt, betritt Sophie den Flur.

«Und hier der Durchbruch. Gratuliere, Herr Bezirksinspektor.»

Brüssel, Vogelperspektive. Polivka sitzt gegenüber von Sophie im Bus. Er beugt sich vor, verliert das Gleichgewicht – und küsst sie.

«Wollen S' auch noch die Filme sehen, die ich vom Flughafen in Brüssel hab? Entzückend, sag ich Ihnen, eine Mischung aus Reality-TV und Telenovela.»

Polivka starrt auf das Handy. Schüttelt dann den Kopf. «Nein danke», flüstert er, «ich war ja ohnehin dabei.»

«Der Jammer an der Sache ist, dass wir die Filme nicht in Echtzeit kriegen, sondern immer erst im Nachhinein, aus irgendwelchen Datenspeichern. Aber wir arbeiten daran.» Fürst Omar steckt das Smartphone wieder ein und zieht stattdessen ein blassrosa Stofftuch aus der linken Innentasche seiner Jacke. «Diese Hitze», stöhnt er, während er sich sorgfältig die Schweißperlen von Stirn und Schläfen tupft. «Wo waren wir gerade? Ja, natürlich, bei der Technik. Sie haben ja in Brüssel auch zwei solche Handys angeschafft. Das eine haben S' gleich wieder weggeschmissen, vor dem Palais Liechtenstein, da hab ich auch ein hübsches Video. Aber das andere, das … tät ich mir gern anschauen.» Fordernd hält der Fürst die Hand auf. «Kommen S', Herr Bezirksinspektor, zeigen S' her.»

Polivkas letzte Hoffnung zerrinnt. Er muss erkennen, dass er Omars Taktik heillos unterlegen ist: zuerst das väterliche, scheinbar wohlmeinende Vorgeplänkel, um den Gegner einzulullen, danach die beiläufige Machtdemonstration, um ihn zu demoralisieren, und am Ende der finale Schlag, um jede weitere Gegenwehr zu unterbinden. Resigniert nimmt Polivka sein Telefon heraus und stellt die Sprachaufnahme ab.

«So ist es brav», sagt Oppitz. «Glauben S' nicht, dass Sie der Erste sind, der das mit mir probiert. Im Gegenteil: Kaum hat man sich ein bisserl was aufgebaut, beginnt die linke Jagdgesellschaft, einem alles wieder zu vermiesen. Abhörmikrophone und versteckte Kameras, Peilsender und angezapfte Telefone, überall nur Neid und Missgunst, List und Bosheit. Und das alles zum Quadrat, wenn man auch noch eine Ministerin zu Hause hat. Ein Hundeleben, sag ich Ihnen.» Oppitz seufzt und greift sich auf den Kopf wie auf der Suche nach einem verlorenen Toupet. «Egal: Gefahr erkannt, Gefahr gebannt. Jetzt, Herr Bezirksinspektor, können wir reden. Schauen S', da ist ein schönes Platzerl.» Er zeigt auf eine morsche Kellerpforte, neben der – im Schatten einer kleinen Weinlaube – eine hölzerne Sitzbank steht. «Ich hab nur leider wenig Zeit, weil meine Frau Gemahlin mich in Wien erwartet: so ein Benefizball in der Hofburg, wo ich eine Rede halten soll.»

«Das trifft sich gut», erwidert Polivka. «Die Abendnachrichten beginnen um halb acht, und ich muss rechtzeitig zum Redaktionsschluss auch in Wien sein.»

«Diese Speicherkarte ...», sagt der Fürst. «Was wollten Sie noch rasch dafür?»

«Der Preis hat sich erhöht, Herr Oppitz: eine Antwort. Ich will eine Antwort.»

27

«Ohne mich und meinesgleichen, Herr Bezirksinspektor, hätten wir schon längst die Anarchie. Obwohl natürlich eine Anarchie genauso funktionieren kann wie unsere Demokratie, solang nur ein starker Anarch an der Spitze steht.»

«Das sagt ein sogenannter Adeliger. Ehrlich gesagt, Herr Oppitz, bin ich nicht zum Scherzen aufgelegt.»

«Schade. Aber etwas Wahres ist schon dran an meinem Satz: Wer, bitte, soll den Leuten sagen, was sie wollen und was sie brauchen? Selbstverständlich die Politiker, die sie zu diesem Zweck ja selbst gewählt haben. In irgendeinem Kuhdorf ist's der Bürgermeister, und in der EU ist es die Kommission. Der Unterschied ist, dass der Bürgermeister auf die Wähler Rücksicht nehmen muss, auch wenn er längst im Amt ist, weil er ihnen Tag für Tag persönlich über den Weg läuft. So ein Kommissar hat's leichter, der kann was bewegen. Erstens ist er nicht vom Volk gewählt, sondern von den Emissären der Abgesandten der Vertreter der Regierungen der Mitgliedsstaaten in sein Amt berufen worden, und zweitens ist in Brüssel ohnehin kein Kuhhirt oder Bauer unterwegs, der ihm die Meinung sagen könnte.»

«Da erzählen Sie mir nichts Neues. Fünfhundert Millionen Menschen können es sich weder finanziell noch zeitlich leisten, einfach so dorthin zu fahren und auf den Tisch zu hauen, wenn ihnen was nicht passt.»

«Dann wissen Sie wahrscheinlich auch, dass sich dafür ein ganzer Haufen anderer Leute damit abmüht, die EU-Regierung bei ihren Entscheidungsfindungen zu unterstützen. Politikberater, Marketingexperten ...»

«Lobbyisten.»

«Nennen Sie es, wie Sie wollen. Natürlich haben die Leute Interessen zu vertreten, irgendwer bezahlt sie ja für ihre Arbeit, und wer zahlt, schafft an. Da können die Sozialromantiker krakeelen, so viel sie wollen: Wenn man sich's leisten kann, eine Armee aus hauptberuflichen Agitatoren im Machtzentrum Europas aufzustellen, wird einen keiner daran hindern. Und wenn einem die Politiker dann ganz devot den roten Teppich ausrollen, ist das auch kein Wunder. Das bedeutet ja noch lange nicht, dass alle Kommissare oder Abgeordneten bestechlich sind, so wie der gute Doktor Stranzer. Aber woher, bitte, täten die sonst ihre Einfälle und Überzeugungen beziehen, ihre Konzepte für ein besseres Europa? Wenn Sie Kaiser wären, Herr Bezirksinspektor, auf wen würden Sie dann eher hören? Auf einen litauischen Straßenkehrer oder auf die Direktoren von Nestlé, Bayer, Siemens, Thyssen, Philips oder Shell?»

Polivka schweigt. Er mustert Oppitz angewidert, während der ein weiteres Mal sein rosa Sacktuch aus der Jacke zieht, um sich die Stirn zu wischen.

«Und das waren nur sechs aus fünfundvierzig, Herr Bezirksinspektor: fünfundvierzig europäische Konzernchefs, die für einen Jahresumsatz von rund einer Billion Euro stehen, kurz gesagt, ein ziemlich exklusiver Club, so exklusiv, dass er nicht einmal mich aufnehmen tät.»

«Was meinen Sie mit *Club*?»

«Ja, haben Sie noch nie vom *ERT* gehört? Vom *European Round Table of Industrialists*? Gegründet worden ist der in den frühen Neunzehnachtzigern, mit dem erklärten Ziel, den Kontinent zu dem zu machen, was er heute ist: ein Eldorado für Konzerne, Manager und Investoren. Der gute alte Klondike war ein Dreck dagegen, sag ich Ihnen; mit ein bissel Kreativität und Know-how brauchen Sie das Gold nur von der Straße aufzuklauben. Aber gut, der Reihe nach: Der *ERT* hat seinerzeit in Brüssel ein Büro eröffnet und begonnen, Rats- und Kommissionsmitglieder zu bearbeiten, um eine Liberalisierung unserer Märkte durchzusetzen. Sogenannte *Handlungsempfehlungen* waren da noch ihre sanfteren Methoden. Schließlich haben sie sogar damit gedroht, ihre Konzerne aus Europa abzuziehen, wenn die Kommission nicht spurt, und kurz darauf hat die dann wirklich einen Fahrplan für den großen Binnenmarkt erstellt und ihn vom Rat beschließen lassen, teils mit Formulierungen, die wörtlich aus den Positionspapieren des *ERT* kopiert waren. *Das* nenn ich erfolgreiche Intervention, da kann sich unsereiner noch was abschauen.» Oppitz nickt versonnen und pfeift leise durch die Zähne. «Heute sitzt der ERT in allen maßgeblichen Forschungs- und Beratungsgruppen der Union, obwohl er seine Ziele eh schon weitgehend erreicht hat: Handelsfreiheit ...»

«Monopole und totale Marktbeherrschung», murmelt Polivka, so leise, dass es Oppitz gar nicht hört.

«Privatisierung beinah aller bisher staatlichen Bereiche, also Energie-, Verkehrs- und Postbetriebe, Wasserwerke und so weiter ...»

«Ausverkauf der Grundversorgung», murmelt Polivka.

«Deregulierung des gesamten Arbeitsmarktes ...»

«Abbau der Sozialsysteme», murmelt Polivka.

«Vor allem aber, Herr Bezirksinspektor, und das ist der eigentliche Punkt: die vollkommene Machtkonzentration!» Fürst Omar ballt die Fäuste; seine Stimme überschlägt sich vor Begeisterung. «Da, wo Sie früher siebenundzwanzig kleine Knöpfe drücken mussten, nur um jeweils einen Markt von ein paar Millionen Leuten zu erschließen, legen Sie heut einen einzigen Hebel um und haben eine halbe Milliarde Konsumenten in der Hand! Verstehen Sie? Gut achtzig Prozent der Gesetze, die das Alltagsleben der EU-Bürger betreffen, werden in Brüssel gemacht!»

«Es ist ein Horror», nickt Polivka. «Je größer das Gemeinwesen, desto gewaltiger seine Gemeinheit.»

Oppitz stutzt und sieht ihn mit gespielter Überraschung an. «Jetzt sagen S' aber nicht, Sie sind ein Gegner unserer hehren europäischen Idee. Integration, mein Freund! Zusammenhalt! Und nicht vergessen: beinah siebzig Jahre ohne Krieg!»

Polivka seufzt. Das alte Argument, mit dem die Kritiker des Wirtschaftsmolochs als stupide, spießige Nationalisten abgestempelt werden, denen ihre angebräunten Hemden näher sind als der fidele Rock and Roll der kollektiven Absatzmärkte. «Wissen Sie, Herr Oppitz», sagt er ruhig, «ich bin ein Freund von Wohngemeinschaften – *Kommunen* hat man seinerzeit dazu gesagt. Man teilt sich eine Küche und ein Bad und möglichst auch einen Gemeinschaftsraum, stellt einen Zeitplan auf, nach dem von allen Mitbewohnern alternierend eingekauft, geputzt, gekocht und abgewaschen wird, man trifft sich, trinkt ein Flascherl, tauscht sich aus – und geht, wenn man allein sein will, ganz einfach in sein Zimmer. Wenn sich aber irgendwer dazu versteigt, mir vorschreiben zu wollen, wie ich mein eigenes Zimmer zu möblieren und was ich dort zu tun oder zu lassen habe, ob ich in der Nase bohren, Zigaretten rauchen oder wichsen darf, wie oft ich lüften muss und welche Farbe meine Bettwäsche gefälligst haben soll, dann ist der Spaß vorbei. Was glauben Sie, warum die meisten Morde im Familienkreis begangen werden?»

«Sie werden es mir schon sagen, Herr Bezirksinspektor, Sie sind schließlich der Experte», schmunzelt Oppitz.

«Wegen eines Mangels an Respekt. Integration ohne Integrität: Das ist entwürdigend, das muss auf Dauer eskalieren.»

Der Fürst lehnt sich zurück, ein breites Lächeln auf den Hamsterlippen. «Meiner Seel, sind Sie … entzückend. Und das meine ich gar nicht bös, ich war ja auch einmal ein bissel so ein Achtundsechziger, in meinen jungen Jahren, da sind wir gar nicht so verschieden. Und in meinem heutigen Metier sind unsere damaligen Träume ja auch Wirklichkeit geworden: Friede, Freiheit, Gleichheit und so weiter. Wer ein *Global Player* ist, der darf nicht kleinlich sein, solang sein Gegenüber finanziell oder politisch etwas zählt. Der muss seine Geschäfte beispielsweise auch mit Negern machen …»

«Wie bitte?»

«Verzeihung, das war unkorrekt; ein Glück, dass meine

Gattin das nicht mitbekommen hat. Natürlich muss es *Nege-rinnen und Neger* heißen.» Ein Moment der Stille, dann bricht Oppitz in Gelächter aus. «Da können S' einmal sehen», prustet er, «dass auch ein böser Plutokrat humorvoll sein kann ... Aber ganz im Ernst», er nimmt die Brille ab und fährt sich mit dem Handrücken über die tränenfeuchten Augen, «in der Oberliga kann man sich ganz einfach keine Vorurteile leisten. Schwarz oder schwul? Zigeuner oder Jud? Veganer oder Menschen-fresser? Umwelt- oder Kinderschänder? Solche Fragen stellen sich den heutigen Eliten nicht, die sind nur dazu da, den Pö-bel zu beschäftigen. Die Durchschnittsbürger brauchen Rei-bungsflächen, weil sonst kommen sie am End noch auf weiß Gott was für Gedanken. Autofahrer gegen Radfahrer zum Beispiel, oder Einheimische gegen Asylanten, oder Raucher gegen Nichtraucher: *Das* sind die Themen, die die kleinkarier-te Welt bewegen. Schauen Sie nur nach Griechenland: Kaum ist die Krise da, wem werden dann in der Gosse von Athen die Schädel eingeschlagen? Den Politikern? Den Bankern, Speku-lanten oder Steuerhinterziehern? Nein, den Flüchtlingen, die aus noch ärmeren Ländern kommen. Etwas Besseres kann un-sereinem nicht passieren. Solange das so ist, fragt keiner nach der Legitimation der wahren Leistungs- und Entscheidungs-träger.»

«Davon wissen Sie und Ihre Frau Gemahlin ja ein Lied zu singen», wirft Polivka ein. «Ich sag nur: Tigermücke, *Gender-Mainstreaming* und Binnen-I.»

«Sie meinen diese Sache vor zwei Jahren, den Parlaments-antrag von meiner Frau auf Änderung des Ärzteeids? Na, sicher! Kurz davor ist irgend so ein Journalist auf unseren kleinen Coup mit dem Insektenspray gekommen, also sag ich meiner Gattin: Gib den Querulanten von der Presse etwas anderes zu fressen, etwas, das die Leitartikel füllt und die Gemüter der Nation erhitzt. Was soll ich Ihnen sagen? Bingo. In den österreichischen Medien ist eine Riesendiskussion über *Political Correctness* ausgebrochen, aber uns hat keiner mehr am Zeug geflickt. Da kann man einmal sehen, wie man auf der nationalen Ebene auf der Hut sein muss, schon deshalb, weil die Sprachbarrieren wegfallen. Wenn dir da so ein professionelles Schandmaul eine deiner – zugegeben, nicht ganz sauberen – Geschäfte vorwirft, dann *verstehen* das die Leute! Im Vergleich dazu ist die EU ein babylonisches Schlaraffenland. Nicht weniger als dreiundzwanzig offizielle Sprachen! Bis da das Gesindel in den Straßen von Palermo, Dublin oder Debrecen einmal kapiert, worum es geht, verschwindet alles unter zentimeterdickem Aktenstaub.» Der Fürst macht eine Pause. Abermals wischt er den Schweiß von seinem Schädel, steckt das Taschentuch zurück und steht dann ächzend auf, um sich die Jacke auszuziehen. Er legt sie – säuberlich gefaltet – auf die Holzbank, setzt sich wieder und fährt fort: «So weit zu den Kulissen, Herr Bezirksinspektor. Jetzt zu meiner Inszenierung. Wie Sie ja wahrscheinlich wissen werden, hab ich jahrelang nur die Provinzbühnen bespielt: Vermittlungsgeschäfte, etwas anderes hab ich ja nicht gelernt. Ein bisserl Pharma, Energie und Telekommunikation, ein bisserl Waffen, aber vorwiegend im nationalen oder bilateralen Rahmen. Vor fünf Jahren muss es gewesen sein, da kommt der Stranzer und erzählt mir von einem EU-Projekt, das kurz vor der Entschließung steht und *INDECT* heißt. Worum es dabei geht …»

«Ich weiß, worum es dabei geht», sagt Polivka. «Um lückenlose Überwachung des Gesindels in den Straßen von Palermo, Dublin oder Debrecen. Sie haben mir ja vorhin eine Kostprobe gegeben.»

«Aber eine sehr bescheidene. Na, jedenfalls, der Stranzer informiert mich – für den üblichen Tarif – über die Firmen, die voraussichtlich mit dem Projekt beauftragt werden, und ich kauf mir an der Börse einen ansehnlichen Haufen Aktien von einem dieser Unternehmen – gängiges Procedere. Die Kurse steigen, der Herr Abgeordnete amortisiert sich, und so nach und nach wird mir bewusst, was ich da eigentlich an Land gezogen hab: nicht nur beachtliche Renditen, sondern auch den Zugang zu einer schlagkräftigen privaten Einsatztruppe: *Smart Security Solutions.* Mister Gallagher sind Sie ja schon begegnet – wie er mir von der Komödie in seinem Brüsseler Büro erzählt hat, hab ich mich fast angebrunzt vor Lachen: Ildiko, die Turnerin, und Jenö, ihr Masseur. Respekt, mein Freund, da wär ich gern dabei gewesen.» Oppitz zwinkert Polivka beifällig zu, gerade dass er ihm nicht auf die Schulter klopft. «Nicht lang nach meinem Einstieg in das Sicherheitsgeschäft ist dann etwas passiert, das ich meine persönliche Erleuchtung nennen würde, nämlich das europaweite Glühbirnenverbot. Während die Kommission dem Kontinent die Lichter abgedreht hat, ist *mir* eines aufgegangen.» Regelrecht entrückt klingt Omars Stimme jetzt, glückselig und verklärt. Sein Blick liegt auf der Lösswand gegenüber, so als strahle ihm aus ihren Schlieren und Furchen eine himmlische Vision entgegen. «Wissen Sie, was mit der winzigsten und unscheinbarsten Brüsseler Verordnung für Geldmengen entfesselt werden? Osram, eine Siemens-Tochter, fährt inzwischen vier Milliarden Euro jährlich nur mit dem Verkauf von Energiesparlampen ein. Die Umsätze der Pharmafirmen explodieren, weil die EU-Gesetze mittlerweile klingen wie die Hausordnung eines immensen Krankenhauses, einer transkontinentalen Besserungsanstalt. Nur ein Federstrich, und schon leert sich das Füllhorn über denen aus, die diesen Federstrich mit konsequenter Lobbyarbeit vorbereitet haben. *Standardisierung* heißt das Zauberwort, egal, ob sich's um Lampen oder Briefkästen, um Kinderspielzeug, Kloschüsseln oder Kondome handelt. Siebenundzwanzig Staaten müssen ihr Kanalsystem mit neuen Gullydeckeln ausstatten, wenn die EU-Norm das so vorsieht. Kurz: das ideale Spielfeld für ein neu entwickeltes Publicitymodell, realisiert von meinem kleinen exquisiten Team.» Fürst Oppitz wirft sich in die Brust: ein Opernsänger vor der letzten Arie. «Bei einigen Gesetzesvorlagen», fährt er dann fort, «regt sich ja manchmal immer noch so was wie Widerspruch, nicht nur bei ein paar unbestechlichen Politikern, sondern vor allem in der öffentlichen Meinung. Also braucht die renitente öffentliche Meinung Anreize, um etwas, das sie bisher kategorisch abgelehnt hat, bald schon selbst herbeizugrölen. *Anlassfälle*, Herr Bezirksinspektor. Anlassfälle, die – von Zeitungen und Fernsehen aufgegriffen – zu einem europaweiten Meinungsumschwung führen. Haben Sie zum Beispiel gestern Zeitungen gelesen?»

«Nur die *Reine Wahrheit*.»

«Wunderbar. Und was ist drin gestanden?»

Polivka versucht, sich zu erinnern. Er hat eine leise Ahnung, worauf Oppitz abzielt. Eine leise, vage, aber ungeheuerliche Ahnung.

«Einer der Artikel», antwortet er schließlich, «hat sich mit Brandanschlägen auf Autos beschäftigt, hauptsächlich auf SUVs und andere Luxuswagen ...»

«Bravo. Gut gemerkt. In der Diktion der *Reinen* waren's natürlich linkslinke Chaoten, die die Autos abgefackelt haben.»

«Und in Wirklichkeit?»

Fürst Omar lächelt hintergründig. «Erstens», sagt er, «spült so eine Meldung Millionen in die Geldbeutel der Sicherheitsindustrie: Seit gestern ist die Nachfrage nach Überwachungskameras und Alarmanlagen um fast zehn Prozent gestiegen. Zweitens wird den permanenten Nörglern, die in

INDECT einen Angriff auf die Bürgerrechte sehen, auf diese Art das Maul gestopft: Wenn's einmal auf den Straßen brennt, hört keiner mehr auf diese Klugscheißer, dann brauchen wir auf jeden Fall ein Mehr an Sicherheit. Und drittens wird die Autowirtschaft angekurbelt: Die zerstörten Limousinen wollen ja auch ersetzt sein. Aber weiter, Herr Bezirksinspektor, was haben unsere lieben Redakteure noch berichtet?»

«Dass man nicht mehr ohne Sturzhelm Fahrrad fahren sollte. In den letzten Monaten sind angeblich erschreckend viele tödliche Radunfälle registriert worden.»

«Vollkommen richtig. In Europa gibt es, vorsichtig geschätzt, so an die achtzig Millionen Radfahrer. Wenn sich davon auch nur die Hälfte einen Sturzhelm kauft, dann macht das – bei einem bescheidenen Durchschnittspreis von, sagen wir, fünfzig Euro – einen Umsatz von zwei Milliarden. Also gut, was haben Sie noch gelesen?»

«Wassermangel in Europa ... Neues Vogelgrippevirus ...» Polivka verliert die Lust, er fühlt sich wie ein Schüler bei der Abschlussprüfung. Gleichzeitig verfestigt sich sein wässriger Verdacht zur eisigen Gewissheit: Das ist kein Examen, das ist eine Lehrstunde. Eine Lektion in Skrupellosigkeit und Niedertracht.

«Das mit dem Wasser und der Pandemie», sagt Oppitz jetzt, «hat weniger mit meinem neuen Geschäftsmodell zu tun. Das war die ganz normale Pressearbeit. Hier eine bezahlte Studie – unsere Wissenschaft muss schließlich auch von etwas leben –, da ein vorgefertigter, auf die gefälschten Untersuchungen gestützter Text, der an die Medien geschickt und dort mit Handkuss publiziert wird. Handkuss deshalb, weil Sie den Herren Redakteuren gleichzeitig das eine oder andere ganzseitige Inserat abkaufen. Tägliche Routine also. Funktioniert aber wie eh und je. Die Vogelgrippe wird in erster Linie von der Zeitungsente übertragen, trotzdem wird sie Jahr für Jahr zum Höhenflug für die Pharmaindustrie. Die Meldung von der Wasserknappheit ist schon interessanter: Demnächst will ja die EU eine Verordnung für neue, sparsamere Duschköpfe erlassen. Was das für die Hersteller im Sanitärbereich bedeutet, brauch ich Ihnen nicht zu sagen. Volle Auftragsbücher, Aktien im Höhenflug, satte Prämien fürs Management. In manchen Teilen Südeuropas sitzen die Bewohner wirklich auf dem Trockenen. Das Lustige ist nur, dass anderen Gegenden das Wasser bis zum Hals steht. Holland beispielsweise. Oder nehmen Sie Berlin: Dort hat sich der Verbrauch im Lauf der letzten Jahre annähernd halbiert. Die Leitungen verkeimen, und das Grundwasser steigt in die Häuser, weil die wackeren Berliner gar so auf die Umwelt achten. Sparduschköpfe für Berlin, das ist so ähnlich wie ein Eiskastengebot für Lappland oder eine Kachelofenvorschrift für Sizilien. Die Wirklichkeit des kleinen Mannes findet eben nur in seinem Kopf statt, und dort wird sie von den Medien hineingepflanzt. Und was die Medien da hineinpflanzen, entscheiden die, auf deren Geld die Medien angewiesen sind. Wobei die hohe Kunst des Lobbying darin besteht, vorhandene Fakten so lang zu verzerren, bis eine opportune Wirklichkeit herauskommt. Aber was, wenn's diese Fakten gar nicht gibt? Wenn nicht auch nur das kleinste Quäntchen einer opportunen Wirklichkeit beweisbar ist?»

«Dann ... schafft man diese Fakten selber», murmelt Polivka. Er hält den Kopf gesenkt, ist außerstande, Oppitz anzusehen, weil er befürchtet, auf der Stelle zu versteinern. Dieser gut gelaunte, eloquente Kerl da neben ihm ist eine Bestie, ein Basilisk: Mit einem Blick in seine Fratze holt man sich den Tod. Zu allem Überfluss ist dieses Scheusal auch noch blind, es nützt nichts, ihm den sprichwörtlichen Spiegel vorzuhalten. Olaf Markus Oppitz-Marigny verkörpert den wahrhaften

Pöbel, der sein Schattendasein in den Chefetagen der Konzerne, Banken und Versicherungen, der Finanz- und Politikberatungs- und Consultingfirmen fristet. Hohepriester der gewissenlosen Raffgier, die exakt das sind, was sie den Gegnern ihrer Herrscherkaste vorzuwerfen pflegen: die Läuse im Pelz der Gesellschaft, die tatsächlichen *Sozialschmarotzer*.

«Ganz genau», erwidert Oppitz jetzt. «Man schafft die Fakten selbst. Es ist so einfach und so logisch, dass ich mich schon fast dafür geniere, die Idee nicht schon vor Jahren gehabt zu haben. *Anlassfälle*, Herr Bezirksinspektor, wie gesagt. Und alles Eigenbau, von mir und meinen Leuten ausgetüftelt und realisiert. Ich nenne es *Geheimprogramm*: Fünf hochqualifizierte Männer beispielsweise, die mit brennbaren Substanzen umzugehen wissen, klappern in Europa ein paar Städte ab und zünden in den Villen- und Diplomatenvierteln Autos an. Das Resultat hab ich ja schon geschildert: ein Triumph, von dem am Ende alle etwas haben! Oder die zwei Mitarbeiter – wirklich gute Autofahrer nebenbei –, die sich der Sicherheit im Radverkehr gewidmet haben. Acht letale Fahrradunfälle in nur drei Tagen, so was rüttelt auf. Da fragt kein Redakteur mehr, ob die Autos als gestohlen gemeldet waren oder ob die Lenker Fahrerflucht begangen haben. Da steht nur noch eins im Vordergrund: dass keiner der acht Toten einen Fahrradhelm benutzt hat. Zugegeben traurig, aber leider notwendig: Der stete Kampf um Wirtschaftswachstum, Sicherheit und Volksgesundheit bringt halt auch Kollateralschäden mit sich. Ein gutes Beispiel ist auch unser Engagement in Sachen Brandschutz. Rauchmelder sind momentan der absolute Hit: Zwei Stück pro Haushalt kommen auf so etwa sechzig Euro; bei rund zweihundert Millionen Haushalten in der EU macht das nicht weniger als zwölf Milliarden! Dazu noch die Kosten für Installation und Wartung! Stellen

Sie sich das einmal vor! Fast alle deutschen Bundesländer haben in den letzten Jahren eine Einbaupflicht beschlossen, Österreich zieht langsam nach, nur die EU-Regierung ziert sich noch. Wer wird sie überzeugen? Richtig: meine fünf bewährten Brandbeschleunigungsexperten.» Oppitz strahlt. Indem er Polivka davon erzählt, scheint ihm die Genialität seines *Geschäftsmodells* erst vollends klarzuwerden. «Meine Auftraggeber sind zwar nicht so namhaft wie die Herren vom ERT, aber in Summe hochpotent – da geht es ja um Wachstumsmärkte! Produktions- und Dienstleistungsbetriebe, die durch mich zu *European Playern* werden! Kein Wunder, dass mir ihre CEOs die Füße küssen. Und wenn's ihnen gut geht, geht's uns allen gut.»

«Uns allen?» Polivka richtet sich auf und blickt dem Basilisken ins Gesicht. «Uns allen?», fragt er noch einmal.

«Die Wirklichkeit des kleinen Mannes», lächelt Oppitz schalkhaft zurück.

Nein, es ist nichts geschehen, Polivka ist nicht zur Salzsäule erstarrt. Vor allem sein Verdauungsfeuer brennt lebendiger denn je. «Das Ekelhafteste, Herr Oppitz, ist Ihr maßloser Zynismus. Wenn es in Europa wieder einmal ganz gewaltig kracht, dann tragen Sie und Ihresgleichen die Verantwortung dafür.»

«Hallo?» Fürst Omar mustert Polivka wie einen Schlafenden, der nicht und nicht erwachen will. «Ja, glauben Sie, das weiß ich nicht? Natürlich wird es ganz gewaltig krachen, und wer seine Schäfchen dann noch nicht ins Trockene gebracht und seine Festung dann noch nicht gebaut hat, der ist selber schuld. Gerechtigkeit? Humanität? Ich bitt Sie, hören S' mir auf mit diesem schwulen Scheiß! Das ist doch ...», Oppitz ringt erstmals um Worte, «so was wie die Grundidee der freien Marktwirtschaft. Evolution auf höherem Niveau, wenn Sie es durchaus philosophisch haben wollen: Die Starken überleben, und der Rest ist eine Randnotiz im Buche Darwin!»

Zwanzig, neunzehn, achtzehn ..., zählt Polivka im Geiste. Kaum zu bändigen ist sein Verlangen, Oppitz ins Gesicht zu schlagen, ihn so lang zu prügeln, bis er nur noch eine Randnotiz im Buche Darwin ist. Dass es dann doch nicht dazu kommt, liegt einzig und allein an Polivkas professionellem Interesse, an der lange antrainierten Neugier des ermittelnden Beamten. Denn die Antwort auf die letzte Frage ist noch offen.

Vierzehn, dreizehn, zwölf ...

«Was ist mit diesen Morden in der Bahn?», presst Polivka durch seine Zahnlücke hervor. «Paris, Toledo, Wien ...»

«Und Birmingham», ergänzt der Fürst. «Das war die erste diesbezügliche Aktion, schon im April. Die Sache ist ganz einfach, und das Schöne daran ist, dass wieder mehreren Parteien damit gedient ist. Was wir wollen, ist eine einheitliche Sicherheitsverordnung für das gesamte öffentliche Bahnnetz, kurz gesagt: eine europaweite Gurtenpflicht. Die Presse haben wir schon auf unserer Seite, und laut Stranzer liegt die Sache auch schon auf den Schreibtischen der Kommission. Sie müssen sich nur vorstellen, wie viel Gurtband heut schon jedes Jahr gewebt wird. Weltweit siebenhundertfünfzigtausend Kilometer, und zwar ausschließlich für neue PKWs, da sind die Lastwagen und Busse gar nicht eingerechnet. Siebenhundertfünfzigtausend Kilometer, einmal zum Mond und wieder retour! Jetzt rechnen Sie sich aus, was man an einer Zwangsumrüstung aller europäischen Zugwaggons verdienen könnte, nicht allein die Industrie, sondern vor allem die Finanzwirtschaft: Drei Banken und nicht weniger als zehn Versicherungen haben mich in der Sache schon auf die Gehaltslisten gesetzt. Die Banken klarerweise, weil sie wie bei jedem Großprojekt das Geld vorstrecken und sich's dann mit satten Zinsen von den Steuerzahlern wieder holen. Privatisierung heißt ja nicht, dass man als Aktionär für Außenstände oder gar Verluste seiner Firma selber haften muss; das ist bei den Verkehrs-AGs fast so wie bei den Banken. Aber warum die Versicherungen?» Oppitz zieht verheißungsvoll die Augenbrauen hoch. «Na, sagen wir, Sie steigen in den Zug von Tulln nach Wien. Der fährt zwar nur vierzig Minuten, aber kurz vor Langenlebarn müssen Sie aufs Klo. Sie lösen also Ihren Gurt, obwohl vor Ihrem Sitz ein Warnschild angebracht ist: *Anschnallen ist Sicherheit, Sicherheit ist Leben!* Unter diesem Merksatz kleben ein paar Ekelfotos: Gesichter mit blutigen Nasen, Leute mit gebrochenem Genick. Ganz unten auf der Tafel noch ein Hinweis: *Vorsicht! Bei Nichtbeachtung der Anschnallpflicht erlischt Ihr Versicherungsschutz!* Natürlich wissen Sie das längst, die Klausel steht ja auch, sehr klein gedruckt, in den Polizzen Ihrer Reise-, Unfall- und Lebensversicherungen. Trotzdem stehen Sie auf, bei voller Fahrt, und gehen aufs Klo. Sie können sich das leisten, weil Sie beim Kauf Ihres Tickets – gegen einen kleinen Aufpreis – eine auf Dauer der Zugfahrt begrenzte Toilettenversicherung abgeschlossen haben. Wenn Sie glauben, Herr Bezirksinspektor, dass das eine vollkommen absurde Phantasie ist, dass sich das die breite Masse nie gefallen lassen wird, dann lernen Sie Geschichte oder schauen Sie sich ganz einfach auf der Straße um: Mit einer anständigen medialen Aufbereitung lässt sich die Masse für alles gewinnen. Sogar dafür, etwaige Gurtenmuffel bei der Polizei zu denunzieren, weil in der Zeitung steht, sie würden das Sozialsystem belasten.» Oppitz greift zu seiner Jacke, holt das rosa Taschentuch hervor. «So viel zu meiner Bahnkampagne», meint er, während er sich abermals die Stirn betupft. «Ein heikles Unterfangen, deshalb haben Gallagher und ich auch einen unserer Besten darauf angesetzt. Ein Routinier im Tarnen, Täuschen, Töten, kampferprobt und fronterfahren: Lavoix, den Bruder von Frau Guillemain.» Fürst Omar schiebt das Sacktuch ins Jackett zurück. «Apropos Lavoix», bemerkt er beiläufig, «wo steckt der Kerl eigentlich? Und seine beiden Kameraden? Wissen Sie da etwas?»

«Ja», sagt Polivka. «Die drei sind tot. Kollateralschaden.»

«Und wo», fragt Oppitz weiter, ohne eine Miene zu verziehen, «haben Sie sie … deponiert?»

«Dort, wo sie Madame Guillemain und mich gern deponiert hätten. Auf einem Acker an der Brünner Straße.»

«Gut … Sehr gut, dann hätten wir das auch geklärt.» Seltsamerweise scheint die Nachricht Oppitz nicht zu ärgern oder zu bekümmern, sondern beinah zu erleichtern. «Bleibt im Grunde nur noch eine Sache zu besprechen: diese ominöse Speicherkarte. Wenn ich's mir recht überlege, ist sie eigentlich viel mehr wert als fünfhunderttausend Euro, ganz egal, was da angeblich für Beweise drauf sein sollen.»

«Was meinen Sie damit?», fragt Polivka verunsichert.

«Sie sind ein Träumer, Herr Bezirksinspektor, um das Geld geht's Ihnen sowieso nicht. Wozu hätten Sie sonst auch versuchen sollen, unsere Unterredung aufzuzeichnen? Nein, Sie wollen *mich*, Sie wollen meine Haut und meinen Kopf, Sie wollen mich hinter Gittern sehen. So legitim das sein mag, helfen kann ich Ihnen dabei leider nicht. Stattdessen mache ich Ihnen einen Vorschlag: Ihr Kollege, dieser … Hummel?»

«Hammel.»

«Dieser Hammel hat bisher mit einem Auge zahlen müssen, Sie, soweit ich sehen kann, nur mit einem Schneidezahn und Ihre Freundin mit dem Leben ihres Bruders. Falls Sie wirklich blöd genug sind, die Informationen auf dem Chip publik zu machen, wird Ihr Herr Kollege auch sein anderes

Aug verlieren, Frau Guillemain ihr eigenes Leben und Sie Ihr Gebiss. Das *ganze* Gebiss wohlgemerkt, zuzüglich Unterkiefer. Dann heißt's künftig mit dem Strohhalm essen.»

Neun, acht, sieben …, zählt Polivka. «Ich bin ohnehin auf Diät.»

Der Fürst lacht auf. «Ich mag Sie, Herr Bezirksinspektor. Sie sind lustig, und Sie haben etwas, das mir fremd ist, das ich aber durchaus respektiere …»

«Rückgrat?»

«Fanatismus. Selbstaufopferung. Man könnt Sie glatt mit einem Sprengstoffgürtel in die Chefetage der Weltbank schicken. Fragt sich nur, ob Sie für Ihre Überzeugungen auch Ihre Freunde opfern würden. Wäre das die sogenannte *gute Sache*, oder das, was Sie und andere Phantasten dafür halten, wirklich wert? Wollen Sie tatsächlich am Grab Ihrer hübschen Französin stehen, mit zerquetschtem Gesicht und zertrümmerten Knochen, neben sich den blinden Hammel? Überlegen S' doch einmal, warum ich Ihnen heute überhaupt so viel verraten hab. Ganz einfach: weil *mir* nichts passieren kann. Ein paar Tage Untersuchungshaft, das ist Äußerste, bevor mich meine Rechtsanwälte und die Rechtsanwälte meiner Auftraggeber wieder aus der Zelle holen. Und nicht einmal, wenn ich bereit wär, Sie zu schonen, Herr Bezirksinspektor, wär ich dann noch in der Lage, irgendetwas zu verhindern. Ich bin schließlich auch nur eines der Rädchen im Getriebe, und die Mächte, die das Räderwerk am Laufen halten, sind nervös. Die können sich's nicht leisten, penetrante kleine Miesmacher wie Sie gewähren zu lassen. Andererseits haben Sie mein Wort, dass dem Herrn Hammel, der Frau Guillemain und Ihnen nichts geschieht, wenn Sie mir jetzt die Speicherkarte geben – und natürlich Ihr Versprechen, Schweigen zu bewahren.»

Sechs, fünf, vier …

«Und jedes Ihrer Worte ist ein Ehrenwort, wie wir ja wissen», flüstert Polivka.

«So ist es.» Oppitz schaut auf seine Armbanduhr. «Ich warte. Aber nicht sehr lange. Wie gesagt, ich muss in Wien noch eine Rede halten.»

Drei, zwei, eins ...

«Die Karte ist im Polizeipräsidium. Im Computer vom Inspektor Hammel.»

28

«Ja, Schatzi, ich weiß, du hast den Ehrenschutz. Ich mach mich eh gleich auf den Weg ... Ja, sicher, Hofburg ... Nein, ich bin beruflich unterwegs ... Geh, bitte, Schatzi, was für Weiber? ... Weil mich nur die Hasen interessieren, auf die man schießen kann, und davon abgesehen nur eine ganz besondere, unjagdbare Wildgans, nämlich meine schöne, wilde, adorable Frau Gemahlin und Ministerin.» Oppitz wendet sich, das Telefon ans Ohr gedrückt, zu Polivka. Er grinst, verdreht die Augen, nickt. «Natürlich, Schatzi, spätestens halb sieben. Du, ich hätt noch eine kurze Bitte: Könntest du vielleicht noch einmal mit der Herrengasse reden? ... Nein, nicht mit dem Außenministerium, im Gegenteil ... Genau ... Ich weiß, du hast erst gestern ... Sicher, das hat wunderbar geklappt, der kleine Psychopath ist schon beurlaubt. Aber diesmal geht es um was anderes: eine Winzigkeit, die ein Klient von mir im Polizeipräsidium vergessen hat. Und weil du dort kein Weisungsrecht hast ... Leider nein, das kann nicht warten, bis ich ... So ein Dings, ein Speicherchip ... Um Gottes willen, nein, nichts Schlimmes, kein Beweismaterial, nur ein paar Urlaubsfotos, ganz private

Sachen. Wär doch schad, wenn die verlorengehen ... Ja, die sollen das Ding ganz einfach sicherstellen und mir dann später in die Hofburg bringen ... Was? ... Natürlich bin ich ihm was schuldig. Er kann jederzeit herauskommen nach Stadlwald; am nächsten Wochenende wär es gut, da gehen wir auf Fasane ... Du, ich dank dir, Schatzi. Vielleicht können die mir kurz Bescheid geben, wenn sie die Speicherkarte haben ... Oben im zweiten Stock, Gewaltverbrechen, im Büro eines gewissen Polivka ... Genau, der Psychopath. Sie steckt dort im Computer ...» Oppitz hat sich wieder umgedreht, er geht, in sein Gespräch vertieft, bergan, schlendert die Schindergasse hoch: ein harmloser Flaneur im Tanz der späten Sonnenstrahlen.

Polivka hat seinen Countdown unterbrochen, das Display in seinem Inneren steckt fest. Ein ungeklärter Zustand zwischen *Eins* und *Null*, ein nebelhaftes Quantenfeld, in dem einander Fassungslosigkeit und Panik, lähmende Entmutigung und wilde Mordlust überlagern. Dass er tut, was er nun tut, mag einem tief verborgenen Trotz geschuldet sein, dem Unmut des Entrechteten, Entwürdigten, der sich – gerade mit Lokalverbot belegt – auf den Asphalt hockt, um dem Wirten vor die Gasthaustür zu scheißen. Gründe mag es viele geben, aber einen sicher nicht: Berechnung. Denn Quantensprünge lassen sich nun einmal nicht berechnen, so viel steht in der Physik seit hundert Jahren fest.

Wie ferngesteuert tastet er nach dem zerknautschten Stückchen Stoff, das tief unter dem Portemonnaie vergraben in der Innentasche seiner Jacke steckt. Erst gestern Vormittag hat er es dort hineingeschoben, in der Umkleidekabine dieser Brüsseler Herrenboutique: Sophies lavendelfarbenes Höschen, leicht verfärbt von Polivkas Verdauungsfeuer. So, als hätte er den Kunstgriff hundertmal geübt, zieht er zugleich mit seiner anderen Hand das rosa Taschentuch aus dem Sakko des Fürsten, um es mit dem Höschen zu vertauschen. Souvenir hin oder her: Ein Mann muss tun, was ein Mann tun muss, gerade in besonderen Zeiten, die ja auch besondere, vor allem aber *rasche* Maßnahmen erfordern: Schon macht Oppitz wieder kehrt; das Telefongespräch mit seiner unjagdbaren ministerialen Wildgans scheint beendet.

«Soda, Herr Bezirksinspektor.» Ein zufriedenes Schmunzeln auf den Lippen, tritt der Fürst zu Polivka. «Jetzt warten wir noch auf den Rückruf Ihres Kommandanten. Wenn er meinen Speicherchip gefunden hat, dann können Sie von mir aus Ihrer Wege gehen.»

Mein Kommandant, denkt Polivka, *sein* Chip. Sein oder nicht sein? Eins oder null, null oder eins?

Das Quantenchronometer hängt noch immer im dualen Niemandsland, die Zauberkiste ist noch immer fest versperrt, Schrödingers Katze schwebt noch immer zwischen Tod und Leben: ein zerzauster Kater ohne Boden unter seinen Pfoten, aber dennoch alles andere als schwerelos.

Sein Körper ist wie Blei.

Von einem Anfall jäher Übelkeit erfasst, lauscht er in sich hinein, lauscht auf das Pochen seines Herzens, das mit einem Mal von einem dumpfen Schmerz in seinen Eingeweiden übertönt wird – so, als wäre dort etwas zerrissen. Diese unsägliche Übelkeit, denkt Polivka, und plötzlich taucht das Bild von Oberst Schröck vor seinen Augen auf. *Sein* Kommandant. Die schlaffen gelben Tränensäcke, die vertrockneten, von braunen Altersflecken übersäten Hände, wie sie nach der Speicherkarte greifen, sie aus dem Computer ziehen. Jacques' Video, die letzte Waffe und das einzige Beweisstück, das Sophie und er noch vorzuweisen hatten.

Diese Übelkeit. Und dieser Schmerz.

Am Boden zwischen seinen Füßen liegt ein Stein, faustgroß und kantig, Polivka hat ihn gerade erst bemerkt. Ein schöner, harter Stein, entstanden schon Äonen vor dem Anbeginn des Lebens, vor dem ersten Fressen und Gefressenwerden, vor dem ersten Menschen und dem ersten Wort und all den hohlen Phrasen von Gerechtigkeit und Mitgefühl und Anstand. ‹*Ich* bin deine letzte Waffe›, raunt der Stein, ‹*ich* bin dein letztes Argument.›

Wie gut er in der Hand liegt. Schwer und rau, die ockergelbe Oberfläche aufgewärmt von einem langen Junitag …

«Wollen wir derweil zurückmarschieren?», fragt Oppitz, während er sich bückt, um sein Sakko von der Holzbank zu nehmen. Das fürstliche Schädeldach schwebt jetzt nur eine knappe Armlänge von Polivka entfernt: ein Schweinskopf auf dem silbernen Tablett.

«Ja, meinetwegen.» Polivka steht auf. Dann trottet er die hohle Gasse abwärts hinter Oppitz her.

Zurück bleiben die Weinlaube, die Holzbank und ein ockergelber Stein.

Die Lage vor der Schindergasse hat sich nicht verändert. Stranzer hält sich noch immer im Wagen verschanzt; Sophie läuft auf und ab wie eine Löwin hinter Gittern, ihre Blicke schweifen unruhig zwischen dem Mercedes und dem Hohlweg hin und her. Ein paar Schritte entfernt steht Doktor Singh und sieht dem Gras beim Wachsen zu.

Als Polivka und Oppitz aus der Kellergasse treten, macht sich auf Sophies Gesicht Erleichterung breit. Eine Erleichterung, die allerdings nicht lange währt. «Mon dieu!», stößt sie hervor, als sie Polivka gegenübersteht. «Du siehst ja furchtbar aus!»

«Merci», gibt Polivka zurück, «das sind die Gene.» Er bemüht sich um ein spitzbübisches Grinsen.

«Hör mal, du schaust aus, als ob du gleich zusammenklappen würdest. Du bist leichenblass.» Sie wendet sich an Oppitz, bissig, hasserfüllt. «Was ist passiert? Was haben Sie mit ihm gemacht?»

«Nicht das Geringste, gnädige Frau. Der Herr Bezirksinspektor kann das sicherlich bestätigen. Wir haben nur geplaudert, ganz zivilisiert, und ein paar Missverständnisse geklärt.»

Polivka nickt. Zu einem ausführlichen Kommentar fehlt ihm schlichtweg die Kraft. Mit einem Satz wäre es nicht getan, er müsste einen stundenlangen Vortrag halten, müsste eine Analyse jener Strategien liefern, derer sich die Champions der Königsklasse des Verbrechens zu bedienen pflegen. Strategien der Schlupflöcher und Winkelzüge, der Erpressung und der Manipulation. Die Waffe dieser grauen Eminenzen ist der Mund, die eigentliche Drecksarbeit verrichten ihre Handlanger. Sie selbst vergiften keinen Brunnen, nur das Klima des Vertrauens und des Zusammenhalts. Sie selbst ermorden keinen Menschen, nur die Würde und die Menschlichkeit. Polivka könnte über die Legislative reden, die den Finten jener Großmeister der Schlechtigkeit stets zwanzig Schritte hinterherhinkt. Nicht zuletzt, weil sie es sind, die die Gesetzgebung diktieren. Polivka könnte, doch er kann es nicht. Er nickt nur, so wie Tag für Tag auch Milliarden anderer Verlierer nicken.

Fragend sieht Sophie ihn an. «Dann sind wir also fertig hier?»

«Nicht ganz», wirft Oppitz ein. «Wir warten noch auf einen kleinen, rein formellen Anruf, nur fürs Protokoll.» Ein joviales Lächeln. «Aber dazu reicht es, wenn der Herr Bezirksinspektor noch ein paar Minuten hierbleibt, deshalb tät ich vorschlagen, dass Sie uns jetzt verlassen, Frau Guillemain.»

«So machen wir's», sagt Polivka. Er weiß zwar nicht, worauf der Fürst mit diesem Vorschlag abzielt, doch die Vorstellung, Sophie – zumindest bis auf weiteres – in Sicherheit zu wissen, muntert ihn ein wenig auf.

«Aber ...»

«Nichts *aber*, Frau Guillemain. Falls irgendwelche Fragen offen bleiben, kann ich Sie auch morgen noch erreichen, oder übermorgen oder nächstes Jahr. Verlassen Sie sich drauf.» Die Blicke Omars streifen Polivka (eine kaum wahrnehmbare, aber eindringliche Drohung) und wandern dann zu Singh, der gerade einen Traktor auf der Hügelkuppe gegenüber observiert. «Am besten lassen Sie sich von der Polizei Geleitschutz geben. Nur, damit sich unser Herr Bezirksinspektor keine Sorgen machen muss.»

Das also ist der Grund. Der Fürst will den vermeintlichen Gendarmen loswerden, den unbequemen Doktor Singh, der da so gleichgültig und regungslos am Trottoir steht wie ein Telegraphenmast.

«Ja, Polizeischutz wäre gut», sagt Polivka. «Du kannst ja unserem Freund und Helfer dort erzählen, dass dir auf einmal furchtbar schlecht ist und er dich zum Arzt begleiten soll. »

«Ganz sicher nicht.» Sophie verschränkt die Arme vor der Brust und mustert ihn mit einer Mischung aus Beklommenheit und Groll. «Glaubst du, ich lass dich hier allein?»

«Ich komme nach. In zehn Minuten.» Zärtlich nimmt er ihre Hände, zieht sie an sich. Noch ein Blick in diese Bernsteinaugen, noch ein *letzter* Blick, denkt Polivka. Er weiß, es ist noch nicht vorbei, er kann es spüren, Fürst Oppitz hat noch etwas vor, und dieses Etwas ist nichts Gutes, nichts, das ihre Augen sehen sollten, diese Bernsteinaugen, die in den vergangenen Tagen mehr als nur genug gesehen haben.

«Geh jetzt. Geh.»

Er schaut ihr nach, als sie zu Singh tritt und ihn leise dazu überredet, seinen Posten zu verlassen. Singh hebt stirnrunzelnd den Kopf und späht zu Polivka. Er erntet ein bestätigendes Nicken.

Eine Frau und ein Gendarm. Eine Geliebte und ein Freund. Sie gehen die Landstraße entlang in Richtung Presshaus, ohne sich noch einmal umzudrehen, sie schrumpfen in der Ferne zu zwei Spielfiguren, klein, verschwommen, kaum noch zu erkennen, und verschwinden schließlich zwischen den Fassaden.

Zwei Minuten. Drei. Dann schallt ein munteres Halali aus Omars Hosentasche: Jagdhornklänge, reduziert auf das beschränkte Tonvolumen eines Smartphones.

«Ja?», kläfft Oppitz in den Hörer. Seine Miene nimmt den grimmig-strengen Ausdruck eines Patriarchen an, der seinen Söhnen Tischmanieren beibringt.

Das, denkt Polivka, kann nicht der avisierte Anruf aus dem Kommissariat sein. Hierarchie hin oder her, selbst einer subalternen Charge gegenüber ist ein Mindestmaß an Höflichkeit geboten, wenn sie schon belastende Indizien für einen auf die Seite räumt. Und wenn sie Oberst Schröck heißt.

«Bravo!», bellt der Fürst inzwischen. «Ist euch auch schon klargeworden, dass wir nicht in Poysdorf sind! ... Nein, an der Einfahrt nach Herrnbaumgarten, kurz nach den ersten Häusern links.» Er wendet Polivka den Rücken zu und senkt die Stimme: Nur noch ein verschwommenes Gemurmel ist zu hören, der Inhalt seiner Worte bleibt im Dunkel. Keine zehn Sekunden dauert das Gespräch, dann steckt der Fürst das Handy ein und dreht sich wieder um.

«Verstärkung unterwegs?», fragt Polivka.

«Nichts, was Sie irritieren sollte, Herr Bezirksinspektor. Die Bedingungen für unser Treffen hab ich schließlich eingehalten: *Hergekommen* bin ich nur mit dem Herrn Doktor Stranzer und mit meinem Fahrer.»

«Es ist keine Kunst, aus einem Wort ein Ehrenwort zu machen, das man vorher einem anderen im Mund verdreht hat.»

«Mag schon sein. Die eigentliche Kunst liegt aber im Verdrehen selbst. Das ist ja auch der Grund dafür, dass Amateure meistens Haare lassen müssen. Profis *spalten* sie.»

Und wieder diese Übelkeit und dieses dumpfe Ziehen im Gekröse. Polivka macht einen tiefen Atemzug. Nicht unterkriegen lassen, denkt er, nicht von diesem unvermittelt aufgetauchten zweiten Feind, von diesem gleichsam gastroenterischen Klon des Fürsten, diesem *inneren* Oppitz, der ihn jetzt gemeinsam mit dem äußeren in die Zange nimmt. Nicht unterkriegen lassen …

«Spalten Sie, so viel Sie wollen», stößt Polivka hervor. «Es kommt der Tag, an dem man Sie erwischen wird. An dem Sie auffliegen, mit Ihren ganzen miesen Machenschaften. Ich bin's nicht, der Sie zur Strecke bringen wird, das hab ich schon begriffen, aber irgendwann wird's irgendwem gelingen. Spätestens, wenn man die Gräber an der Brünner Straße findet und herauskriegt, für wen die drei Toten gearbeitet haben, wird man sich die ersten Fragen stellen. Und von den ersten Fragen ist es nicht mehr weit zur Wahrheit.»

Oppitz hat aufmerksam zugehört. Jetzt formt er mit den Augenbrauen ein kleines Giebeldach und nickt bekümmert. «Ja, die toten Krieger, die sind wirklich ein Problem – für unseren armen Doktor Stranzer. In den Unterlagen von *Smart Security Solutions* ist nämlich vermerkt, dass sie für *ihn* im Einsatz waren. Der gute Gallagher, auf den ist immer schon Verlass gewesen. Er hat alles ganz genau dokumentiert: Im letzten Frühjahr hat der Stranzer vierzehn Leute bei ihm angemietet, offiziell zum Schutz verschiedener Personen und Objekte. Wenn jetzt drei davon als Leichen aufgefunden werden, gibt das selbstverständlich keine gute Optik. Noch dazu, wo sie auf einem Stückerl Land begraben sind, das zufällig dem Herrn Europaabgeordneten gehört. Ich hab ihm diesen Acker nämlich schon vor Jahren für einen Pappenstiel verkauft; er nimmt halt, was er kriegen kann, der alte Pfennigfuchser. Seither kriecht er seinen niederösterreichischen Parteigenossen in den Arsch und fleht und bettelt, dass sie ihm die Liegenschaft in Bauland umwidmen. Dass er in Wirklichkeit Besitzer eines kleinen exklusiven Friedhofs ist, das weiß er freilich nicht, der Stranzer. Wie Sie sehen, Herr Bezirksinspektor, hab ich meine Aufgaben gemacht: Bei dieser Art von wilden Deponien ist es immer vorteilhaft, wenn jemand anderer im Grundbuch steht.»

Polivka schluckt, aber sein Speichel ist ein Pfefferkorn in einem Meer aus Chilisoße. Durch seine Speiseröhre steigt die Schärfe bis zum Gaumen, bis zum Zahnfleisch. Seine Zunge, taub und aufgeschwollen, kann die Sätze nur noch mühsam formen: «Er wird Sie ans Messer liefern, wenn's ihm an den Kragen geht. Der Stranzer wird nach Strich und Faden auspacken.»

«Sie meinen?» Oppitz wiegt den Kopf. «Am besten fragen wir ihn selber.» Eine kurze, auffordernde Geste zum Mercedes hin, und schon steigt Stranzer wieder aus dem Wagen. Die Mundwinkel mürrisch nach unten gezogen, streckt er Polivka und Oppitz mit betontem Stolz das Kinn entgegen: eine jämmerliche Pose, die an ein zurechtgewiesenes Kind erinnert, das um Haltung ringt, um eine Würde, die es niemals hatte. «Warum lässt du diese Frau so einfach gehen?», blafft Stranzer vorwurfsvoll.

«Man muss eben manchmal loslassen können», gibt Oppitz amüsiert zurück.

Im selben Augenblick wird auch die Fahrertür geöffnet, und der grau melierte Haarschopf des Chauffeurs taucht auf.

Polivka blinzelt, wischt die trüben Schlieren weg, die ihm mit einem Mal vor den Pupillen hängen. Dann erkennt er ihn, den fürstlichen Chauffeur.

Es ist John Gallagher.

«So rasch begegnet man sich wieder, Herr Inspektor. Oder sollte ich Herr *Jenö* sagen?» Gallagher streicht sich den Anzug glatt und wechselt einen kurzen, ausdruckslosen Blick mit Oppitz. Gleich darauf umrundet er den Wagen, tritt zum Kofferraum und klappt den Deckel auf.

«Da sehen Sie, welche Kosten Sie mir schon verursacht haben», sagt der Fürst zu Polivka. «Der gute Gallagher war so begierig auf ein Wiedersehen mit Ihnen, dass er heute Mittag extra aus Brüssel hier eingeflogen ist. Und wer bezahlt's? Natürlich ich, der Oppitz, wer denn sonst?»

«Mein Beileid», murmelt Polivka. Mag sein, dass er die Worte gar nicht ausspricht, dass er sie nur denkt: Es fällt ihm schwer, das Außen und das Innen noch zu unterscheiden. Vielleicht ist es auch nur Einbildung, dass Gallagher dem Kofferraum jetzt einen langen, schlanken Gegenstand entnimmt, der sich bei näherem Hinsehen als Gewehr entpuppt, als Doppelflinte, wie sie bei der Jagd auf Niederwild verwendet wird.

So viel zu der Vereinbarung, dass Oppitz unbewaffnet kommt, denkt Polivka.

«Von meinem Fahrer war nicht ausdrücklich die Rede», antwortet der Fürst, «und *ich* hab keine Waffe.»

Kaum hat er auf diese Art das nächste Haar gespalten, dringt erneut das Jagdsignal aus seiner Hosentasche, passend zu der Schrotflinte, mit der John Gallagher sich nun vor Polivka postiert.

«Momenterl, bitte.» Oppitz zückt das Smartphone, um den Anruf anzunehmen. «Grüß Sie Gott, Herr Oberst! ... Danke, ja, es könnt nicht besser gehen. Und selbst? Familie wohlauf? ... Ah, nur ein Katzerl? ... Na, sehr gut. Sollen ja angeblich viel pflegeleichter sein als manche andere Hausgenossen ... Sagen S', haben Sie dieses Dings gefunden, diese Speicherkarte? ... Wunderbar, da steh ich tief in Ihrer Schuld ... Wenn möglich heut noch, in der Hofburg drüben. Trinken Sie Champagner? ... Weil Sie heut mein Gast sind, lieber Oberst ... Also danke, und bis später ... Ja, bis dann.»

Die Arme ausgebreitet, das Gesicht dem Himmel zugewandt, so steht er da, der Fürst. Wie Moses nach dem Auszug aus Ägypten oder Petr Čech, der legendäre Tormann mit dem Rugby-Helm, wenn seine Mannschaft (in präzisen eineinviertel Stunden, drei Minuten nach dem Anpfiff) gegen Griechenland in Führung gehen wird. *Es ist vollbracht*, sagt Omars Körperhaltung. *Aber es ist noch nicht ganz vollbracht.*

John Gallagher, die Flinte in den Händen, wartet auf ein Zeichen seines Herrn und Meisters.

Auf der Bundesstraße nähert sich von Poysdorf her der silbergraue BMW.

«Ein Jagdunfall», sagt Oppitz jetzt und lässt die Arme sinken. «So etwas passiert von Zeit zu Zeit. Zum Beispiel hab ich heute drüben in Stadlwald zufällig eine kleine Treibjagd, das ist immer heikel, überhaupt am späten Nachmittag und ganz besonders, wenn ich nicht dabei sein kann, um aufzupassen. Einer meiner Gäste wird sich leider eine Ladung Schrot einfangen ... Sind Sie Jäger, Herr Bezirksinspektor?»

Polivka starrt Oppitz an und schüttelt stumm den Kopf.

«Na, was nicht ist, kann ja noch werden», meint der Fürst. «Bevor ich es vergesse», wendet er sich nun an Tilman Stranzer, «unser Herr Inspektor hat Bedenken, was deine Loyalität betrifft. Er zweifelt daran, dass du schweigen würdest, wenn es einmal hart auf hart geht.»

«Was?», braust Stranzer auf. «Der Kerl ist ja völlig …»

Eine kleine Handbewegung Omars lässt Stranzer verstummen. Gleichzeitig hebt Gallagher die Flinte und legt sie auf Polivka an.

Eins oder null, null oder eins.

Die Vorstellung zu sterben ist beinahe tröstlich angesichts der Schmerzen, die jetzt immer heftiger in seinem Bauch pulsieren. Für eines aber gibt es keinen Trost, und das ist eine üble Nachrede. Posthum als Freund des Fürsten dazustehen, der sich in dessen Stadlwalder Latifundien als Jagdgast verlustiert hat: Einen solchen Nekrolog hat Polivka sich nicht verdient; nach der Erschießung sollte nicht auch noch ein Rufmord folgen.

Eins oder null, null oder eins.

Die Knie versagen ihm den Dienst; er taumelt ein paar Schritte vor, sackt dann zusammen, fängt sich mit den Händen ab. Nun kniet er vor den drei Kanaillen, von einem vierten, unsichtbaren Gegner in den Straßenstaub gezwungen, von dem Teufel nämlich, der in seinen Eingeweiden tobt.

Schräg hinter Gallagher, der Polivka beharrlich mit der Flinte anvisiert, hängt Tilman Stranzers Bulldoggenvisage. Allerdings hat Stranzer seinen barschen Ausdruck mittlerweile abgelegt und ein zufriedenes, geradezu beglücktes Grinsen aufgesetzt. Wahrscheinlich denkt er an die beiden Diamanten, die er sich nach Polivkas Exekution aus dessen Jacke holen wird.

Mit leisem Brummen biegt der silbergraue Wagen in die Zufahrt ein.

«So machen Sie doch endlich Schluss», stöhnt Polivka und blinzelt matt in die Gewehrmündung.

«Du hast es ja gehört, John.» Oppitz blickt zu Gallagher und nickt.

Der Knall ist ohrenbetäubend. Wie ein Donnerhall rollt er den Hügel aufwärts, ein gehetztes, blindes Tier, das tausendfach gegen die Lehmwände der Kellergasse stößt und dennoch immer weiterstürmt. Ein Tropfen Blut klatscht Polivka zwischen die Augenbrauen, ein roter Punkt auf weißer Haut, das dritte Auge der verheirateten Hindufrauen, Doktor Singh würde den Anblick wohl erheiternd finden.

Es ist Tilman Stranzers Blut.

Auf Oppitz' Zeichen hin hat Gallagher die Flinte blitzartig herumgerissen und dem Herrn Europaabgeordneten ins Herz geschossen.

Von der Wucht des Einschlags aus dem Gleichgewicht gebracht, ist Stranzer einen Schritt zurückgetorkelt; er grinst immer noch, wenn auch ein wenig blöde. Schwer zu sagen, ob sich die Erkenntnis bis in seine grauen Zellen fortpflanzt, ehe ihm das Leben aus dem Körper weicht – es handelt sich um einen Wettlauf, dessen Sieger niemals feststehen wird. Noch ist der letzte Widerhall des Schusses nicht verklungen, da kippt Stranzer steif nach hinten und schlägt auf den Boden.

Mit dezentem Reifenknistern rollt der BMW neben der Leiche aus. Vier Männer springen auf das Straßenpflaster, um – gewandt und zügig – einen breiten Streifen Plastikfolie zu entrollen, den Toten darin einzuwickeln und gemeinsam in den Kofferraum zu hieven. Gleichzeitig putzt Gallagher mit einem Lappen das Gewehr und deponiert es neben Stranzers wurstförmig verpackten Überresten. Keine zehn Sekunden später klappt der Deckel zu; die Männer steigen wieder in den Wagen. Binnen kurzem haben sie sich auf der Bundesstraße Richtung Stadlwald davongemacht.

Diese präzise, formvollendete Aktion des Oppitz'schen Entsorgungstrupps nimmt Polivka nur noch verschwommen wahr. Vor seinen Augen hängt ein dunkler Schleier, auch die anderen Sinne lassen ihn jetzt zunehmend im Stich. Aus weiter Ferne, nebelhaft gedämpft, dringt eine Stimme an sein Ohr.

«Um großen Schaden abzuwenden», sagt der Fürst zu Gallagher, «muss man halt manchmal kleine Opfer bringen. Abgeordnete gibt's aber eh genug; wir finden uns schon einen anderen.»

Zwei Autotüren fallen ins Schloss, der Motor springt mit leisem Schnurren an. Bald gleitet der Mercedes sanft dem Abendrot entgegen, überwindet eine Hügelkuppe und verschwindet.

Stille. Nur vom Hohlweg her tönt ab und zu ein zarter, schüchterner Gesang: Es ist dieselbe Amsel wie schon heute Mittag.

Polivka kann sie nicht hören. Er kauert auf der Straße, taub und blind vor Schmerz. Durch seine Hosenbeine sickert etwas Warmes, Flüssiges.

Gut, dass Sophie nicht da ist, denkt er.

Eins oder null, null oder eins. Der Zeiger auf dem Quantenchronometer zittert.

Im Brustkorb steigt ein Schwall aus Lava hoch, strömt durch den Hals, rollt glühend heiß über die Zunge und ergießt sich auf den Boden.

Schwarz, tiefschwarz ist Polivkas Erbrochenes.

Mit einem gurgelnden Geräusch sinkt er nach vorn und taucht in den finsteren, stinkenden Tümpel.

Null, zählt Polivka.

Teil 4

WIEN

29

Polivka hat einen Traum.

In diesem Traum wohnt er am Grund des Teichs, in einem ausrangierten Zugwaggon, der ihn nur hundert Burenwürste Miete kostet. In dem Wagen gibt es keine Küche, aber dafür einen eleganten grünen Sandwichautomaten. Polivka hat seinen ersten Arbeitstag (um welche Art von Arbeit es sich handelt, weiß er nicht) und eine Heidenangst, sich zu verspäten. Nach dem Frühstück (Huhn mit Erdnusspaste, das der Automat ganz selbstverständlich ausspuckt) bricht er auf und steht mit einem Mal in einem ungeheuren Labyrinth, in einer endlosen Favela gleichgearteter Waggons, die matt im Wasser schimmern. Durch das Halblicht flitzen Projektile, bilden schnurgerade Linien aus Luftbläschen, die glitzern wie gespannte Perlenketten. Aus der anderen Welt wird also wieder in den Teich geschossen. Bis auf die erstickten, dumpfen Einschläge der Kugeln in den Wagendächern ist kein Laut zu hören. Polivka will nicht getroffen werden, doch die vorgerückte Stunde lässt ihm keine Zeit, nach einem Unterschlupf zu suchen. Eilig hat er es, ganz furchtbar eilig. Trotzdem kommt er nicht voran; der Widerstand des Wasser und die reduzierte Schwerkraft lassen seine Beine haltlos auf der Stelle treten (dass er ohnehin nicht weiß, wohin er muss, spielt keine Rolle, Hauptsache, er ist rechtzeitig dort). Aus einer schmalen Gasse nähern sich drei nackte Kinder, einäugige Mädchen, die mit Fingern auf ihn zeigen. Irgendetwas hat er falsch gemacht, er spürt den roten Punkt zwischen den Augenbrauen, das Kainsmal auf der Stirn. «Shubha prabhaat!», rufen die Mädchen, Worte, nie zuvor gehört und dennoch wohlvertraut. Der Vorwurf ist so ungeheuerlich, dass ihm für einen Augenblick das Herz stehen bleibt. «Shubha prabhaat!» Der Ruf schallt jetzt aus allen Gassen. Zwischen den Waggons zieht eine Menschenschar vorbei, ein Trauerzug in rot-weiß-blauen Ärztekitteln, Atemmasken über den Gesichtern. Nur der Anführer trägt einen Spaten in den Händen, alle anderen schleifen riesenhafte Plastiksäcke durch den Schlick. Die Rettung steckt in diesen Plastiksäcken, dessen ist sich Polivka bewusst. Er reißt den Mund auf, aber der Versuch zu schreien scheitert kläglich, seine Kehle ist wie zugeschnürt. Allein die Kraft seiner Gedanken lässt die schweigsamen Gestalten innehalten und ihn anstarren. Ohne ihre Blicke abzuwenden, ziehen sie etwas aus den Säcken (lange, grünlich glänzende Objekte, deren Sinn sich ihm noch nicht erschließt) und kommen auf ihn zu. Sie dringen auf ihn ein, die grünen Knüppel hoch erhoben. Jetzt erst kann er sehen, was sie da in den Fäusten halten: Gurken, frische, knackige Salatgurken.

Und jetzt erst schafft er es: Er zwingt den Schrei über die Grenze zwischen Traum und Wirklichkeit. Was eben noch ein fürchterliches Brüllen werden sollte, hört sich zwar in der realen Welt wie das Gewimmer eines Neugeborenen an, doch es ist laut genug, ihn aufzuwecken.

Polivka, den Neugeborenen. Den Säugling.

Eine weiße Wiege, die nicht schaukelt. Eine Nabelschnur, die nicht zu seinem Bauch, sondern zu einem seiner Unterarme führt. Ein Mobile, das nur aus einem kleinen transparenten Beutel und einem Metalldreieck besteht. Ein Arzt, der ganz gewiss kein Kinderarzt ist, sondern das exakte Gegenteil: ein Pathologe und Forensiker.

«Shubha prabhaat», sagt Doktor Singh. «Guten Morgen.»

Der Mensch gleicht in gewisser Weise einem gut sortierten Weinkeller, besteht er doch aus einer Reihe von Gefäßen, deren Inhalt einer strengen Trennung unterliegt. Geraten seine Flüssigkeiten durcheinander, kollabiert über kurz oder lang das gesamte System. Ein Achtel Welschriesling verdirbt ein ganzes Fass Château Mouton-Rothschild (und umgekehrt), sodass dem ungeschickten Kellermeister nach ein paar fatalen Fehlgriffen nichts anderes übrig bleibt als der finale Gang ins Wasser.

Nicht weniger lebensbedrohlich ist eine offene Magenperforation: Ein Gemisch aus Salzsäure, Schleim und Speisebrei bricht durch die Magenwand und flutet in die Bauchhöhle. Es kommt zu krampfartigen Schmerzen, inneren Blutungen, spontaner Darmentleerung und Erbrechen, wobei das Erbrochene vom Blut tiefschwarz gefärbt ist. Ein würdiger Auftakt für den nun folgenden Blitzkrieg des Körpers gegen seinen Wirtsmenschen: Die Schmerzen und der starke Blutverlust führen zu rascher Bewusstlosigkeit; die Kontamination der Bauchhöhle wieder zieht meist eine Bauchfellentzündung nach sich, die bald – von einer tatkräftigen Blutvergiftung unterstützt – auf weitere Organe übergreift. Am Ende schwimmt der ganze Weinkeller in einem giftigen Verschnitt aus einstmals reinen, wohlschmeckenden Sorten und macht notgedrungen seine Pforten dicht.

So ähnlich, schildert Singh, sei es auch Polivka ergangen, und es grenze an ein Wunder, dass er gegen seinen schwachsinnigen Kellermeister, diesen inneren Schweinehund, den Sieg davongetragen habe. Umso mehr, als seine Einlieferung ins Mistelbacher Krankenhaus mit einiger Verzögerung erfolgt sei. Nach dem Schuss, den man bis hin zum Presshaus habe hören können, seien Sophie und Singh zwar gleich zu Polivka zurückgeeilt, doch habe die in aller Eile alarmierte Ambulanz noch eine gute halbe Stunde auf sich warten lassen. Nach der Notoperation in Mistelbach habe man Polivka – auf Singhs Betreiben hin – ins Wiener AKH gebracht, wo noch drei weitere Eingriffe an seinen lecken Innereien vorgenommen worden seien. Sechs Tage zwischen Tod und Leben: Erst nach einer Woche habe sich sein Zustand allmählich stabilisiert.

«Nach *einer* Woche?» Polivka schüttelt benommen den Kopf. Seine Stimme klingt rau; sie kratzt im Hals wie ein Frottéhandtuch auf zarter Babyhaut. «Ja, sagen Sie, wie lang war ich denn weggetreten?»

Doktor Singh bleckt seine weißen Zähne. «Nun … Man hat Sie für vierzehn Tage in künstlichen Tiefschlaf versetzt.»

«Ich bin schon vierzehn Tage hier?»

«Nicht ganz …» Singhs Lächeln wird jetzt immer breiter. «Sehen Sie, Herr Bezirksinspektor, es war alles nicht so einfach: Kaum dass meine internistische Kollegenschaft mit Ihnen klargekommen ist, haben Sie begonnen, den Anästhesisten Rätsel aufzugeben. Sie wollten ganz einfach nicht aufwachen …»

«Ich war im Koma?»

«Ja, das kann man so bezeichnen. Allerdings hat Ihr vegetatives Nervensystem nach dem Narkoseschlaf gut funktioniert; Sie mussten also nicht beatmet werden. Trotzdem waren Sie nicht dazu bereit, die Augen aufzumachen.»

Polivka versucht, sich zu erinnern. Nicht nur an das Vorher und das Nachher, sondern auch an das Dazwischen. Es gelingt ihm nicht; die Müdigkeit steckt viel zu tief in seinem Kopf, in seinen Gliedern. Immer wieder dämmert er sekundenweise weg, und immer wieder sitzt bei seiner Rückkehr Doktor Singh an seinem Bett.

«Wo ist …» *Sophie?*, denkt Polivka den Satz zu Ende, ehe er neuerlich eindöst. Als er wieder zu sich kommt, setzt Singh seine Berichterstattung fort.

«Der Auslöser der ganzen Sache war ein Ulcus, also ein Geschwür in Ihrer Magenschleimhaut. Grundsätzlich nichts Schlimmes, wenn es rechtzeitig behandelt wird, und außerdem bei uns im Westen zusehends verbreitet. Sie sind wahrlich nicht der Einzige mit einem schläfrigen Verdauungsfeuer, und je schlechter es im Ofen brennt, desto heftiger qualmt der Kamin. Die westliche Schulmedizin kennt vorwiegend drei Schuldige an dieser Krankheit: erstens ein Bakterium, das aber interessanterweise auch mehr als die Hälfte der gesunden Menschen in sich trägt, und dann natürlich die zwei Hauptgeißeln der Menschheit: Nikotin und Alkohol.»

«Und Ihre Meinung?», murmelt Polivka.

Der Doktor seufzt. «Ganz unter uns», erwidert er dann mit gesenkter Stimme, «was am Anfang aller Dinge steht, ist meistens ungreifbar. In Ihrem Fall nennt man es Stress: ein Cocktail aus Verdruss und Sorgen, Überforderung und dem Gefühl der Ohnmacht. Einige Schreihälse unter den hiesigen Ärzten, die wohl lieber als Politiker Karriere machen würden, kehren – ganz im Sinne eines ethischen, erkenntnistheoretischen und ökonomischen Materialismus – Ursache und Wirkung um. In Indien dagegen pflegen wir zu sagen: Wer dem Affen eine Juckbohne in seinen Anus steckt, der sollte nicht dem Tier die Schuld daran geben, dass es sich den Hintern blutig kratzt. Ein bisschen wortgewandter hat es Heimito von Doderer ausgedrückt: *Ich halte jeden Menschen für voll berechtigt, auf die – von den Ingenieursgesichtern und Betriebswissenschaftlern herbeigeführte – derzeitige Beschaffenheit unserer Welt mit schwerstem Alkoholismus zu reagieren. Wer nicht säuft, setzt heutzutage schon eine beachtliche und freiwillige Mehr-Leistung.»*

Polivka lacht auf – und hält erschrocken inne, um in sich hineinzuhorchen.

«Was ist los?», fragt Singh. «Haben Sie Schmerzen?»

«Eben nicht ... Es tut nichts weh.»

«Das wäre auch bedenklich. Sie sind völlig runderneuert, Herr Bezirksinspektor. Inklusive eines neuen Schneidezahns, der Ihnen vor zwei Wochen implantiert wurde.»

«Vor zwei ...? Jetzt sagen S' mir um Himmels willen, wie lange ich schon da herumlieg!»

«Insgesamt fünfeinhalb Wochen.»

«Dann ... ist heute ...»

«Freitag, der achtzehnte Juli. Aber, und da kann ich Sie beruhigen, immer noch 2012.»

«Das ist doch Wahnsinn!» Polivka drückt seine Ellenbogen in die Matratze und versucht, sich aufzusetzen.

«Nur die Ruhe, Herr Bezirksinspektor, fangen Sie nicht gleich wieder damit an, aus dem Kamin zu rauchen. Schauen Sie ...» Singh zeigt auf ein Tischchen, das in Reichweite des Bettes steht. Drei hohe Zeitungsstapel türmen sich darauf, gut vierzig Ausgaben der *Reinen Wahrheit*. «Sie haben nichts versäumt, und was Sie doch versäumt zu haben glauben, können Sie gemütlich nachlesen. Wir haben Ihnen jeden Tag die Zeitung mitgebracht.»

«Und wer ist *wir*?»

«Die Herren Kollegen aus dem Kommissariat und meine Wenigkeit. Sie werden vermisst, mein Freund.»

«Und was ist mit ...» *Sophie?*, will Polivka abermals fragen. Doch bevor er fertig sprechen kann, tritt ein voluminöser Mann in weißem Ärztemantel durch die Tür, gefolgt von einer Gruppe junger, wissbegieriger Trabanten. Während sich der Medizinmann vor dem Bett postiert und Polivka mit interessierten Blicken mustert, scharen sich seine Schüler in geziemender Entfernung um ihn und markieren so die Grenzen seiner chefärztlichen Aura.

«Habe es gerade erst erfahren, Herr Kollege», sagt der Arzt zu Singh, «und wenn ich es nicht besser wüsste, würde ich von einem Wunder sprechen.»

«Auf einer geraden Straße ist noch niemand verlorengegangen», gibt Singh mit freundlichem Nicken zurück. Indem er sich von seinem Stuhl erhebt, fügt er hinzu: «Ich lasse Sie jetzt besser Ihre Arbeit machen. Dann also bis morgen, Herr Bezirksinspektor.» Er schenkt Polivka ein letztes Lächeln und verlässt den Raum.

Die *REINE WAHRHEIT* vom 2. Juli 2012
TORRES UND CO. IM FUSSBALLHIMMEL

Mit einem wahren Torregen ging gestern die Euro 2012 im Olympiastadion von Kiew zu Ende. Die Spieler der spanischen Mannschaft deklassierten ihre italienischen Finalgegner mit einem klaren 4:0. Schon in der 14. Minute …

Polivka legt das Blatt zur Seite. Singh und die Kollegen aus der Berggasse sind zwar so nett gewesen, ihm die Chronik seiner vierzigtägigen Absenz ans Krankenbett zu liefern, aber nicht so nett, sie auch in der korrekten Abfolge zu stapeln. Grund für eine Rüge ist das freilich keiner: Mit dem Ablagesystem im Kommissariat hat Polivka ja selbst die größten Schwierigkeiten; nicht erst einmal hat ihm Hammel deshalb schiefe Blicke zugeworfen.

Hammel.

Wie es ihm wohl geht, denkt Polivka. Er hebt den Kopf und schaut zur Tür, die sich jetzt einen Spaltbreit öffnet.

Eine Hand schiebt sich herein, ein dunkler Haarschopf, schließlich ein Gesicht, an dem vor allem ein Accessoire ins Auge sticht: die schwarze Augenklappe.

«Hammel!» Polivka schnellt hoch und lässt sich – schwindlig von der ungewohnten Position – gleich wieder in das Kissen sinken. «Hammel», sagt er noch einmal, um ein fast unhörbares «Ferdinand …» hinzuzufügen.

«Schön, Sie wieder unter uns zu wissen, Herr Bezirksinspektor.» Hammel zieht sich einen Stuhl ans Bett und wartet, bis ihm Polivka bedeutet, sich zu setzen. «Ich hab gleich gewusst, Sie lassen sich nicht unterkriegen», sagt er dann. «Nicht unser Herr Bezirksinspektor, und schon gar nicht von so einem blöden Magenleiden. Also, Chef, wie geht es Ihnen?»

«Gut, Hammel, gut. Zumindest nach Meinung der Ärzte. Vorhin war ein weißer Halbgott auf Visite da, der hat gesagt, ich solle meinen mühsam wiederhergestellten Körper künftig besser pflegen: kein Kaffee, kein Alkohol und keine Zigaretten, keine Rockmusik, kein Heroin und keine Pornofilme …»

«Wirklich?» Hammel reißt das rechte Auge auf.

Er ist noch ganz der Alte, freut sich Polivka. Mit einem warmherzigen Schmunzeln schüttelt er den Kopf. «Nicht wirklich, Hammel. Nur zum Teil. Der Chefarzt hat mir dringend anempfohlen, eine Diätberaterin aufzusuchen.»

«Sind Sie denn nicht eh schon länger auf Diät?»

«Mehr oder weniger, vor allem in den letzten vierzig Tagen: Leider ist die Medizin noch nicht so weit entwickelt, dass sie einen Schweinsbraten durch einen Infusionsschlauch kriegen würde. Jetzt aber genug von mir. Wie ist es Ihnen denn ergangen, seit Paris? Steht Ihnen übrigens hervorragend, die Augenklappe.»

«Danke, Chef. Ich hab zwar auch ein Glasaug, aber das verrutscht mir immer, und ich wollt Sie nicht gleich so erschrecken, dass Sie mir wieder ins Koma fallen.»

«Das lob ich mir. Seit wann sind Sie zurück in Wien?»

«Seit gut vier Wochen. Ohne Ihre Hilfe, Chef, hätt ich das alles nicht so locker hinbekommen.»

«Meine Hilfe? Aber ... Frau Guillemain und ich, wir haben Sie doch nur ins Spital gebracht. Und dann sind wir gleich wieder fort, um ...»

«Ja, ich weiß schon, um sich diesen Kerl zu schnappen. Was Ihnen ja auch gelungen ist – der Doktor Singh hat mir das ganz genau erzählt.» Auf Hammels Piratengesicht macht sich ein seliges Lächeln breit, während er weiterspricht. «Dass Sie mir aber extra Ihre eigene Frau Mutter nach Paris geschickt haben, das war wirklich eine große Geste, das vergess ich Ihnen nie.»

Für einen Augenblick versteift sich Polivka und mustert Hammel misstrauisch. Doch er kann nichts entdecken, was sich auch nur ansatzweise als versteckter Spott interpretieren ließe. Ironie ist sowieso nicht Hammels Stärke, seine Worte waren ernst gemeint, sein rechtes Auge glitzert feucht und dankbar.

«Ihre gute Frau Mama: so aufopfernd und selbstlos, so humorvoll und charmant. Ein wahrer Schatz, wenn ich mir diese Anmerkung gestatten darf.»

«Sie dürfen, Hammel.»

«Und sie war in ständiger Verbindung mit dem Obersten ...»

«Was soll das heißen? Mit dem Schröck?»

«Genau. Die beiden haben mehrmals täglich miteinander konferiert, und wie ich dann endlich transportbereit war, ist der Oberst höchstpersönlich aufgetaucht und hat uns abgeholt.»

«Der Schröck? Der Schröck ist nach Paris gekommen?»

«Ja, ganz richtig. Aber nicht etwa per Linienflieger oder Bahn, sondern mit einem eigens abgestellten Jet des Innenministeriums! Das müssen Sie sich einmal vorstellen!»

Polivka starrt Hammel an.

«Da schauen Sie, gell? Und alles nur, weil ... Aber lesen Sie's am besten selber nach, die Zeitungen haben Sie ja ohnehin ... Ach ja, und noch etwas ...» Mit einem leisen Ächzen bückt sich Hammel nach der schwarzen Schultertasche, die er vorher auf dem Boden abgestellt hat. «Für den Fall, dass Ihnen fad wird, hab ich Ihnen meinen Laptop mitgebracht. Die zwei, drei Tage, bis man Sie entlässt, werd ich ihn schon entbehren können.»

«Danke, Hammel, das ist wirklich ... Mir ist klar, was das für Sie bedeutet.»

«Keine Sorge, Chef. Jetzt schauen Sie lieber, dass Sie wieder in die Gänge kommen.» Hammel wuchtet seinen Körper in die Höhe, legt das Notebook zu den Zeitungen und salutiert. «Au revoir, mon inspecteur!»

Die REINE WAHRHEIT vom 15. Juni 2012
EUROPA IM SCHOCK! TILMAN STRANZER TOT AUFGEFUNDEN!

Ganz Europa trauert mit Österreich um einen seiner größten Politiker! Wie erst kurz vor Redaktionsschluss bekannt wurde, ist unser früherer Verkehrsminister und über die Maßen beliebter Europaabgeordneter Tilman Stranzer in einem Waldstück an der österreichisch-tschechischen Grenze tot aufgefunden worden. Erste Ermittlungen der Kriminalpolizei deuten darauf hin, dass Stranzer schon am Dienstagabend Opfer eines Jagdunfalls wurde, nachdem er sich von seiner Jagdgesellschaft entfernt und möglicherweise im Gelände verlaufen hatte. Der Jagdherr, Olaf Markus Oppitz-Marigny, zeigte sich in einer ersten Reaktion zutiefst bestürzt vom Ableben seines langjährigen Freundes. Oppitz selbst war bei der Pirsch nicht anwesend gewesen, er hatte stattdessen beim jährlichen Lipizzaner-Kränzchen in der Wiener Hofburg für pikante Schlagzeilen gesorgt (die REINE berichtete).

Polivka legt die Zeitung weg und stöbert sich so lange durch den Stapel, bis er die des Folgetages findet. Groß und fett springt ihm die Schlagzeile ins Auge.

Die REINE WAHRHEIT vom 16. Juni 2012
SCHOCKIERENDE WENDUNG IM FALL STRANZER: KRIMINALOBERST LÄSST BOMBE PLATZEN!

Im Fall des verstorbenen Europapolitikers Tilman Stranzer (die Reine berichtete) tritt nun ein Oberst der Wiener Kriminalpolizei mit ungeheuerlichen Vorwürfen an die Öffentlichkeit. Bei einer gestern Mittag im Innenministerium abgehaltenen Pressekonferenz verlautete der Leiter der Abteilung für Gewaltverbrechen, Oberst Alfons Schröck, im Zuge der Ermittlungen um Stranzers Tod seien Hinweise aufgetaucht, die den Verstorbenen mit «schwerer organisierter Kriminalität» in Verbindung brächten. Aus Rücksichtnahme auf die großen Verdienste und das hohe internationale Ansehen Doktor Stranzers wolle man diese Indizien aber einer weiteren, äußerst gewissenhaften Prüfung unterziehen, für detaillierte Auskünfte sei es aus diesem Grunde noch zu früh.

Polivka stöbert sich einen Tag weiter.

Die REINE WAHRHEIT vom 17. Juni 2012
IRRER AMI SPAZIERT ÜBER NIAGARAFÄLLE!

Polivka stöbert weiter.

Die REINE WAHRHEIT vom 18. Juni 2012
STRANZERS TOTENACKER LÖST ENTSETZEN AUS! WAR EHRENWERTER MANDATAR IN WAHRHEIT KRIMINELLER SENSENMANN?

Grauenhafte Bilder boten sich den Spurensicherern der Polizei, als sie am Sonntag eines der Grundstücke inspizierten, die sich im Besitz des verstorbenen Tilman Stranzer befanden. Auf einem unscheinbaren und verlassenen Stück Brachland an der Brünner Straße stießen die Ermittler auf die Leichen dreier Männer, deren Identitäten bis zum Redaktionsschluss nicht festgestellt werden konnten. Gegenüber der REINEN aber bestätigte der Einsatzleiter Oberst Alfons Schröck den Fund einer Videoaufzeichnung, die einen der Toten bei der Durchführung eines grausamen Mordes zeige.

Die REINE aber fragt: Ist unser schönes Österreich denn wirklich schon so tief gesunken wie Sizilien oder Chikago?

Die REINE WAHRHEIT vom 19. Juni 2012
BEGINN DES G-20-GIPFELS IN MEXIKO

Im mexikanischen Los Cabos begann gestern, Montag, das jährliche Gipfeltreffen der G-20-Staaten. Besonderes Augenmerk gilt diesmal den Vertretern der Europäischen Zentralbank, des Internationalen Währungsfonds sowie der Weltbank, soll sich die Zusammenkunft doch in erster Linie mit der Finanzkrise, dem Eurofonds und einer Aufstockung des IWF befassen.

Die REINE WAHRHEIT vom 20. Juni 2012

EREIGNISSE UM DOPPELLEBEN STRANZERS ÜBERSTÜRZEN SICH – INNENMINISTER SPRICHT VON EINEM DER GRÖSSTEN POLIT-SKANDALE DER 2. REPUBLIK!

Nun scheint es also festzustehen: Der saubere Exminister und EU-Parlamentarier Tilman Stranzer war in Wirklichkeit der eiskalte Kopf einer organisierten Verbrecherbande! Wie der Innenminister bei einer kurzfristig einberufenen Pressekonferenz am Dienstag erklärte, sprächen alle von der Polizei gewissenhaft gesammelten Beweise eine eindeutige Sprache. Gemeinsam mit dem Leiter der Ermittlungen, Oberst Alfons Schröck, führte der sichtlich erschütterte, aber um Fassung bemühte Minister vor den Mikrophonen aus, dass Stranzer Kopf einer kriminellen Organisation gewesen sei, die sich aus einer Reihe von ihm angeheuerten europäischen Auftragskillern zusammengesetzt habe. Bei den drei Toten von der Brünner Straße (die REINE berichtete) dürfte es sich um abtrünnige Söldner Stranzers handeln, derer er sich höchstpersönlich entledigte, nachdem sie ihn mit einem Beweisvideo zu erpressen versucht hatten.

Die Hintergründe des Stranzer'schen Mordnetzwerks lägen zwar noch im Dunkel, so der Innenminister, doch sei er zuversichtlich, diesen wohl zu den größten politischen Skandalen der 2. Republik zählenden Fall mit Hilfe eines integeren, aufrechten und überaus fähigen Mannes wie Oberst Schröck restlos aufklären zu können. Schon jetzt gebe es Hinweise, dass die von Stranzer initiierte Mordserie darauf ausgerichtet war, die laufende Privatisierung europäischer Verkehrsbetriebe zu unterminieren – möglicherweise im Auftrag linksterroristischer Organisationen.

Oberst Schröck selbst fügte hinzu, dass nicht zuletzt auch Stranzers Tod vor einer Woche neu bewertet werden müsse. So deuteten die kriminaltechnischen Untersuchungen inzwischen weniger auf einen Jagdunfall als auf den minuziös geplanten Selbstmord des Europaabgeordneten hin. Wahrscheinlich, so Schröck, habe Stranzer schon die starke Hand des Innenministeriums im Nacken gespürt und keinen Ausweg mehr gesehen.

Unbestätigten Meldungen zufolge soll Schröck schon seit mehreren Wochen gegen den einst so geachteten Politiker ermittelt haben.

Polivka stöbert weiter, als ihm plötzlich – außerhalb der von ihm angestrebten chronologischen Reihenfolge – eine Randnotiz ins Auge sticht:

Die REINE WAHRHEIT vom 13. Juli 2012

WIEN ERHÄLT NEUEN LANDESPOLIZEIPRÄSIDENTEN

Wie gestern aus dem Innenministerium verlautete, wird der erst letzte Woche mit dem Goldenen Ehrenzeichen für Verdienste um die Republik Österreich geehrte Oberst Alfons Schröck neuer Wiener Polizeipräsident. Der allseits gefürchtete, aber auch beliebte Schröck, der bei der Aufklärung des Falles Tilman Stranzer an vorderster Front gestanden war, soll seine Arbeit als oberster Polizeibeamter der Bundeshauptstadt bereits in den kommenden Tagen antreten.

30

«Mein Gott, Kind! Was mach ich mit dir mit! Ein Glück, dass dein seliger Vater das nicht mehr mit anschauen hat müssen!»

«Mutter?» Polivka schreckt aus dem Mittagsschläfchen hoch und blinzelt durch die Augenlider.

«Gerade dass er noch die eigene Mutter kennt. Da fragt man sich, was man verbrochen hat, womit man sich das eigentlich verdient hat. Er hat *wirklich* keine schlechte Kindheit gehabt; mein Mann und ich, wir waren *immer* für ihn da ...»

«So reißen Sie sich halt ein bisserl zusammen, Polivka!» Hinter der schmächtigen Gestalt der Mutter wird ein weiterer Besucher sichtbar: klein, gebeugt, vergilbt und welk. Er ist es tatsächlich: Oberst Schröck, der designierte Wiener Landespolizeipräsident und frischgebackene Träger des Goldenen Ehrenzeichens für Verdienste um die Republik.

«Herr Oberst!»

«Da schaust du», wirft die Mutter ein, «wer sich gleich aller um dich kümmert, oder? Der Herr Oberst hat darauf bestanden, dass er mich begleitet, wenn ich dich besuchen geh. Dabei hat er doch wirklich alle Hände voll zu tun, gerade jetzt, wo er ...»

«Schon gut, meine Liebe», fällt ihr Schröck besänftigend ins Wort und wendet sich wieder an Polivka. «Jetzt sagen S' doch um alles in der Welt einmal was Freundliches zu Ihrer Frau Mama, wo sie sich andauernd nur Sorgen um Sie macht! Ich kann Sie wirklich nicht verstehen, Polivka. Wenn ich bei Ihrer Aufzucht etwas mitzureden hätt, ich tät Sie schon Manieren lehren und ein bisserl Respekt.»

«Er kann ja nichts dafür, Herr Oberst», gibt die Mutter mit gebrochener Stimme zurück. «Dem armen Buben fehlt halt schon seit Ewigkeiten eine starke Hand. Auf mich hat er ja nie gehört, ich bin ja leider mutterseelenallein auf Gottes Erdboden.»

Polivka schließt die Augen und fährt gleichzeitig mit einer Hand unter die Decke, um sich in die rechte Pobacke zu zwicken. Nein, es ist kein Traum, im Gegenteil: Es ist der kalte, harte Wachzustand, die Strafe dafür, den schützenden Hafen des Komas leichtfertig verlassen zu haben.

«Danke, Mutter», murmelt Polivka benommen, «dass du dem Hammel geholfen hast.»

«Du weißt doch, dass ich *alles* für dich tu, ich hab ja keine Menschenseele außer dir.»

«Und Respekt, Herr Oberst, dass Sie den Fall Stranzer so famos gelöst haben. Ich hab's nachgelesen. Wirklich eine reife Leistung, die Beweise so zu kombinieren, dass sich am Schluss ein Toter als der einzig Schuldige herausstellte.»

Wie zwei Krötenmäuler wölben sich Schröcks Augenschlitze aus dem faltigen Gesicht. «Gnädige Frau», schnarrt er mit bebenden Tränensäcken, während er Polivkas Mutter die Hand auf die Schulter legt, «könnt ich mit Ihrem Herrn Sohn wohl kurz was Dienstliches besprechen? Fünf Minuten höchstens, und danach tät ich für ein Kaffeetscherl im Sacher zur Verfügung stehen, wenn Sie einem betagten Junggesellen die Freude machen wollen.»

«Da kannst du einmal sehen, Bub, wie lieb der Herr Oberst zu mir ist! Ins Sacher! Da bin ich nicht mehr gewesen, seit dein seliger Vater ...» Die Stimme der Mutter versiegt, sie steht auf und lässt sich von Schröck zur Tür begleiten. Im letzten Augenblick dreht sie sich um und sagt zu Polivka: «Und grüß die Gerda bitte tausendmal von mir. Sie freut sich *so*, dich in den nächsten Tagen da herinnen zu besuchen.»

Kaum hat die Mutter das Zimmer verlassen, macht sich

eine unheilvolle Stille zwischen den zwei Männern breit. Der Oberst tritt wieder ans Bett und setzt sich auf den frei gewordenen Stuhl. Er schlägt die dünnen Beine übereinander und mustert Polivka schweigend.

«Warum haben Sie die Speicherkarte eigentlich dem Oppitz nicht gegeben?», fragt Polivka schließlich. «Hat er nicht darauf gewartet, damals in der Hofburg?»

«Was Sie alles wissen.» Schröck zieht ungerührt die Augenbrauen hoch. «An Ihnen ist wirklich ein guter Bezirksinspektor verlorengegangen.»

«Soll das heißen, ich bin endgültig demissioniert?»

«Nur schön der Reihe nach, wenn ich bitten darf. Zu Ihrer ersten Frage: Selbstverständlich hab ich dem Herrn Fürsten diesen Speicherchip gebracht. Die Anweisung ist schließlich direkt aus dem Innenministerium gekommen. Der Herr Fürst hat zwar an diesem Abend, sagen wir, das eine oder andere Problem gehabt ...», Schröck schmunzelt, «aber auf ein Glaserl Champagner hat er mich trotz allem eingeladen. Dieser Oppitz, das ist schon ein rechter Schwerenöter. Aber amüsant, und außerdem ein Mann, der Wort zu halten weiß. Er hat sich jedenfalls mit diesem Chip in einen Nebenraum zurückgezogen und ist zehn Minuten später wiederaufgetaucht. ‹Sie müssen diese Schweinerei verfolgen›, hat er völlig echauffiert zu mir gesagt und mir die Speicherkarte wieder in die Hand gedrückt. ‹Mit so was will ich nichts zu tun haben; zum Glück hab ich mir das noch angeschaut, bevor ich es dem Doktor Stranzer geb!› Wie sich herausstellt, hat ihn Tilman Stranzer darum gebeten, ihm die Karte aus dem Kommissariat zu holen, und darauf hat der Fürst – aus reiner Freundschaft – die Beziehungen seiner ministerialen Gattin spielen lassen. Nichts, was ihm groß vorzuwerfen wäre, umso weniger, als er mich auch noch später tatkräftig bei den Ermittlungen unterstützt hat. Dieser Acker an der Brünner Straße beispielsweise, wo der Stranzer seine Leichen losgeworden ist: Haben Sie das auch schon nachgelesen?»

«Überflogen», sagt Polivka tonlos.

«Sehen Sie. Und? Wer war's, der mir den Tipp gegeben hat? Der Oppitz. Auch den Hinweis auf die Arbeitsstätte der drei Toten – eine Sicherheitsfirma in Brüssel – hab ich vom Fürsten bekommen. Also lamentieren Sie, wie Sie wollen, Polivka, aber verschießen Sie Ihr Pulver nicht: Wenn Sie versuchen, justament den Oppitz anzupatzen, stoßen Sie bei mir auf taube Ohren.»

«Das war nicht meine Absicht», murmelt Polivka. Mit Schaudern denkt er an die Drohungen zurück, die Oppitz in der Schindergasse ausgestoßen hat: *Wollen Sie tatsächlich am Grab Ihrer hübschen Französin stehen, mit zerquetschtem Gesicht und zertrümmerten Knochen, neben sich den blinden Hammel?*

«Na, dann ist's ja gut», nickt Schröck zufrieden. «Also schlag ich vor, Sie lehnen sich zurück und machen endlich Ihren Frieden mit der ganzen Angelegenheit. Es ist nichts mehr zu tun, für mich nicht und für Sie schon gar nicht, Polivka. Sie müssen einmal damit leben lernen, dass am Schluss nicht immer irgendeiner der Verlierer ist. Am besten ist es doch, man legt die Sache zu den Akten und hat allen Betroffenen ein bisserl gedient – mit Ausnahme von denen, die es nicht mehr spüren, selbstverständlich.»

«Ja, wahrscheinlich haben Sie recht. Das Innenministerium dürfte ja mit diesem Ausgang auch zufrieden sein.»

«Natürlich ist es das. Man hat einen Triumph im Kampf gegen das Verbrechen und die Korruption errungen, noch dazu – und das ist grad bei uns in Österreich ein seltener Akt des Heldentums – gegen ein Mitglied seiner eigenen Fraktion. Dass der Herr Innenminister den Stranzer schon seit jeher nicht hat leiden können, steht auf einem anderen Blatt. Er hat diesen politischen Erfolg gebraucht, und ich hab ihm dazu verholfen.»

«Ich verstehe schon, Herr ... *Präsident.*»

«Sind Sie leicht neidig, Polivka?» Der Oberst schnaubt belustigt auf. «Haben Sie sich schon gefragt, mit wem Sie sich jetzt aller einen Schlafsaal teilen müssten, wenn nicht eine Hand die andere waschen tät? Was glauben S' denn, wer Ihnen dieses Nobelzimmer da bezahlt, Sie primitiver Krankenkassenpatient?»

«Ich ... weiß es nicht.»

«Der Herr Minister, Polivka. Weil ich ihn drum gebeten hab. Und warum hab ich ihn darum gebeten?»

Polivka schüttelt den Kopf. Er muss die Vorstellung zunächst einmal verarbeiten, dem Obersten für irgendetwas Dank zu schulden.

«Weil Ihre entzückende Frau Mutter sehen soll, dass es ihrem Buben gut geht. Außerdem haben Sie ja in der Causa Stranzer auch ein bisserl Vorarbeit geleistet: Ohne dieses Video, das Sie mir kollegialerweise überlassen haben, wär ich nicht so rasch auf einen grünen Zweig gekommen. Wissen Sie ...», Schröck fletscht die fleckig gelben Zähne, die nach vorn geklappt sind wie ein alter Kühlergrill, «es ist zwar niederschmetternd und zutiefst blamabel für die ganze Truppe, aber Sie sind immer noch, wie soll ich sagen ... so was wie mein bester Mann.»

«Danke verbindlichst, Herr Oberst ... Und was heißt das jetzt für mich?»

«Dass Sie mich nicht sekkieren und eine Ruhe geben sollen. Vor allem machen S' einen großen Bogen um den Fürsten Oppitz, der steht unter meinem Schutz – und nicht nur unter meinem, nebenbei.»

«Ich hab nichts anderes vor», sagt Polivka.

«Im Übrigen ist der gestraft genug, bei dem, was man so in der Zeitung liest.»

«Was liest man denn?»

«Da schauen S' am besten selber nach, Herr Chefinspektor», schnarrt der Oberst im Befehlston und steht auf.

«Entschuldigung, Herr Oberst ... *Was* haben Sie gesagt?»

«Dass Sie gefälligst selber nachschauen sollen. Erst gestern ist es in der Chronik g'standen.»

«Nein, ich mein, das andere ... Wie Sie mich gerade tituliert haben ...»

«Meiner Seel, jetzt wacht der aus dem Koma auf und fadisiert mich gleich wieder mit seinen Fragen.» Schröck verzieht den Mund und wedelt drohend mit dem Zeigefinger durch die Luft. «Wenn Sie mich justament an meinem Rendezvous mit Ihrer gnädigen Frau Mutter hindern wollen, Herr Chefinspektor, seh ich schwarz für Ihre Zukunft. Suchen Sie sich selber eine Frau, das sag ich Ihnen schon seit Ewigkeiten.» Ohne Polivka noch eines weiteren Blickes zu würdigen, tritt der Oberst auf die Tür zu und verlässt den Raum.

Die *REINE WAHRHEIT* vom 17. Juli 2012
NACH EKLAT BEIM WIENER LIPIZZANER-KRÄNZCHEN: FÜRST MUSS FEDERN LASSEN

Gestern Mittag wurde am Bezirksgericht Josefstadt die Ehe zwischen der Gesundheitsministerin und ihrem Angetrauten Olaf Markus Oppitz-Marigny geschieden. Auf beträchtliche Teile seiner ausgedehnten Besitztümer, die Oppitz – aus steuerschonenden Gründen – schon davor an seine Gattin überschrieben hatte, wird er wohl künftig verzichten müssen. So auch auf Schloss Stadlwald bei Poysdorf, in dem Oppitz über viele Jahre seine legendären Jagdgesellschaften beherbergte.

Die Ministerin hatte die Scheidung bereits im Juni beantragt (die Reine berichtete), nachdem es bei der alljährlichen, unter ihrem Ehrenschutz stehenden Benefizgala für die Wiener Lipizzaner zu einem peinlichen Zwischenfall gekommen war: Bei einer wortgewandten Rede im Rahmen der Veranstaltung unterlief Oppitz vor laufenden Kameras ein schlüpfriger Fauxpas, der mittlerweile auch im Internet kursiert: Auf der beliebten Plattform YouTube wurde das Video mit dem Titel ‹Höschenfürst› innerhalb weniger Stunden zigtausendfach aufgerufen.

Höschenfürst, gibt Polivka in die Suchmaschine ein, nachdem er Hammels Laptop hochgefahren hat. Mit einem Mausklick öffnet sich ein weiteres Fenster, und das breite, schwitzende Gesicht Fürst Omars grinst aus dem Geviert des Bildschirms.

Hinter einem Wall aus Mikrophonen steht der Fürst an einem Rednerpult, das liebevoll mit einer rot-weiß-roten Stoffbahn und dem stilisierten Doppeladler dekoriert ist. Auf dem Pult ein Wasserglas und ein gut zwanzig Zentimeter hohes weißes Porzellanpferd, das geschickt auf seinen Hinterbeinen tänzelt.

«Sehr verehrte Damen, sehr verehrte Herren», hebt Oppitz jetzt zu reden an, «es ist mir eine ganz besondere Ehre, mich heut Abend in den Dienst einer der vornehmsten und edelsten Institutionen Österreichs zu stellen. Die fürchterliche Seuche, die vor dreißig Jahren das einstmals kaiserliche Hofgestüt in Piber heimsuchte, hat uns gelehrt, was wir an unseren geliebten Lipizzanern haben ...»

Ein Schnitt: Das Bild wird schwarz und klinkt sich erst zu einem späteren Zeitpunkt wieder ein. Inzwischen ist der Fürst beim obligatorischen heiteren Teil seiner Rede angelangt. Ein amüsierter Blick in die erlauchte Runde, dann der schmunzelnd deklamierte Satz: «Ein guter Reiter weiß genau: Zuerst das Pferd und dann die Frau!» Verhaltenes Gekicher ob der wohlgereimten Perle aus dem fürstlichen Zitatenschatz: Ein zweideutiger Scherz zur rechten Zeit ist bei der Hautevolee noch immer angekommen – Hauptsache, dezent. Fürst Oppitz rückt sein Brillengestell zurecht und greift nun automatisch in die Innentasche seiner Jacke, um etwas herauszuziehen. Er fördert ein Stück Stoff zutage, das sich, während er sich damit seine schweißglänzende Stirn betupft, vor den bestürzten Augen seines Auditoriums zu voller Pracht entfaltet. Die Bestürzung ist zwar nicht zu sehen, man kann sie aber aus den Lautsprechern von Hammels Notebook hören: allgemeines Luftanhalten, dann ein halb empörtes, halb entgeistertes Gemurmel und der eine oder andere spitze Aufschrei. Oppitz steht inzwischen da und weiß nicht, was die Reaktion des Publikums hervorgerufen hat; nach endlosen Sekunden erst bemerkt er den lavendelfarbenen Damenslip in seiner Hand.

Ein weiterer Bildschnitt: die Ministerin, die – leichenblass – zwischen dem Vizekanzler und dem Bundespräsidenten an einem der opulent gedeckten Tische sitzt. Die Blicke aller anderen Gäste ruhen auf ihr. Sie tastet nach der Tischkante, steht schwankend (und den Arm des Bundespräsidenten ignorierend) auf und lässt sich von zwei jungen Männern aus dem Saal begleiten.

Siebenhundertneunundfünfzigtausend Mal ist *Höschenfürst* in den vergangenen fünf Tagen angesehen worden – siebenhundertsechzigtausend Mal sind es, als Polivka den Laptop zuklappt. Sein Gesicht ist rot und tränenüberströmt. Er hat noch selten so gelacht.

Der Abend senkt sich über Wien, und Polivka starrt grimmig auf den schwarzen Fernsehapparat. Dazu, ihn einzuschalten, fehlt ihm schlicht die Lust. Das Lachen ist ihm im Verlauf des Nachmittags vergangen, ohne dass es dafür einen äußeren Grund gegeben hätte. Nach den ersten Schritten in Begleitung einer resoluten Physiotherapeutin, einem ersten autonomen Gang auf die Toilette, einer ersten Dusche, einer ersten Schüssel Vollkornbrei und einer ersten ungesüßten Tasse Kräutertee droht nun der Tag in jenem trüben Dämmerlicht zu enden, das er schon in seiner Kindheit so verabscheut hat. Zu keinen anderen Zeiten ist die Schwermut so bedrückend über Polivka hereingebrochen wie nach langen Sommertagen, wenn die Sonne untergeht und man die ersten Lampen aufdrehen muss. Kein kalter Winter, keine schwarze Nacht ist so durchtränkt von ungelebten Chancen, ungestilltem Hunger, unerfüllter Hoffnung, von einem gnadenlosen Absterben des Glücks, das einem in den Morgenstunden noch gewunken hat.

Sophie. Sie hat sich nicht gemeldet.

Draußen zwitschert eine Amsel. Drinnen macht sich eine Krankenschwester an den Jalousien zu schaffen, zieht sie rasselnd zu und wuchtet dann ihr weiß bekitteltes Gestell zum Zeitungstischchen, das ihr offenbar ein Dorn im Auge ist. «Wir haben Sanatorium», zetert sie durchs Halbdunkel zu Polivka, «kein Dokumentensammlung. Viel Ordnung heißt viel gesund. Papierhaufen ist keine Ordnung, viel schmutzig, nix gesund.»

«Von mir aus schmeißen Sie ihn weg», brummt Polivka.

«Sie lesen nicht mehr?»

«Nein. Es stehen ja doch nur Lügen drin.»

«In Polen wir lesen Bibel. Ich kann geben, wenn Sie wollen.»

«Danke, aber ...»

«Einmal kommt Zwerg David und wirft Kieselstein auf Riesen Goliath.»

«Aha.»

«Und Goliath kriegt Kieselstein auf Schädel und fällt um.»

«Sehr interessant.»

«Vielleicht ist auch nur Lüge, aber trotzdem gute Story. Weil Zwerg David ist auf jeden Fall, wie sagt man ... *Held*. Egal, ob Riese Goliath ist wirklich tot. Zwerg David hat *versucht*, nur das ist wichtig.»

«Wenn Sie meinen.»

«Haben Sie auch Namen?»

«Bitte?»

«Ihre Namen, Krankmann? Wie Sie heißen?»

«Polivka.»

«Und weiter?»

«*Chefinspektor* Polivka. Seit heute Mittag. Dafür, dass ich mit dem Steinewerfen aufgehört hab.»

«Immer werfen macht noch keinen Helden, Chefinspektor Polivka. Zwerg David muss auch schützen seine Freunde und sein Frau, sonst Riese Goliath kommt und tötet.»

«Fragt sich nur, ob seine Frau und seine Freunde das auch wissen oder ob sie ihn für einen Feigling halten.»

«Glauben Sie mir, Chefinspektor Polivka: Sie wissen.»

Aus dem Dunkel tritt die Krankenschwester an die Bettkante und streift die Haube von den Haaren. Sie hakt die Ösen ihres Kittels auf und lässt ihn leise raschelnd auf den Boden gleiten. Ihre Brüste schimmern in den fahlen Lichtstreifen, die durch die Jalousien fallen.

«Du hast es schon wieder getan», sagt Polivka leise.

«Was?»

«Na, Krankenhauskleider gestohlen.»

«Und wieder habe ich keinen Slip ergattert.» Kichernd schlüpft Sophie unter die Decke. «Aber den werd ich im Presshaus ohnehin nicht brauchen.»

«Wieso Presshaus?»

«Ottfried Gutmaisch hat uns seine Gästewohnung angeboten, wenn du hier entlassen wirst. So lang wir wollen, hat er gesagt. Und ich will lange ... ewig lange.»

«Ohne Slip?»

«Was soll ich tun? Den hat ja jetzt der Höschenfürst ...»

Ihr helles Lachen. Ihre kühle Hand auf seiner Brust. Ihr warmer Atem.

«Sag einmal», meint Polivka nach einer Weile, «willst du wirklich wissen, was auf meinem Taufschein steht?»

«Dein Vorname? Natürlich.»

Polivka beugt sich zu ihr und legt die Lippen an ihr Ohr.

«Im Ernst? So wie ...?»

«Genau. Hercule Poirot.»

«Ein Held. Ich hab es ja gewusst.»

Sie legt den Arm um ihn, und ihre Bernsteinaugen glitzern.

31

Die REINE WAHRHEIT vom 27. Juli 2012
BRÜSSEL MACHT DIE ÖFFIS
ENDLICH SICHERER

Europas Zug- und Busbenutzer können aufatmen: Nach einer Reihe tödlicher Unfälle (die REINE berichtete) wurde am Dienstag die lange geforderte EU-Verordnung zur europäischen Gurtenpflicht im Schienen- und Busverkehr ratifiziert.

Mit freundschaftlichem Dank an die Doktoren Alfred Noll und Alexander Potyka und an meine unermüdliche Lektorin Katharina Schlott

Schriftsteller sind keine Götter; ihre Schöpfungen sind stets von einer längst geschöpften Welt geprägt. So mag sich auch in den Figuren und Geschehnissen dieses Romans das eine oder andere Versatzstück der Wirklichkeit widerspiegeln. Dennoch ist und bleibt das reflektierte Bild Fiktion, der Handlungsrahmen frei erfunden.

**Stefan Slupetzky
bei Kindler und rororo**

Absurdes Glück

Halsknacker

Polivka hat einen Traum

Lemming-Reihe

Das Schweigen des Lemming

Der Fall des Lemming

Lemmings Himmelfahrt

Lemmings Zorn

Das für dieses Buch verwendete FSC®-zertifizierte Papier
Lux Cream liefert Stora Enso, Finnland.